O FAZEDOR DE VELHOS 5.0

RODRIGO LACERDA

O Fazedor de Velhos 5.0

Copyright © 2020 by Rodrigo Lacerda

Grafia atualizada segundo o Acordo Ortográfico da Língua Portuguesa de 1990, que entrou em vigor no Brasil em 2009.

Capa
Raul Loureiro

Imagem de capa
Macaparana, *Sem título*, técnica mista sobre cartão, 30 × 23 cm. Coleção particular.

Preparação
Márcia Copola

Revisão
Fernando Nuno
Huendel Viana

Os personagens e as situações desta obra são reais apenas no universo da ficção; não se referem a pessoas e fatos concretos, e não emitem opinião sobre eles.

Dados Internacionais de Catalogação na Publicação (CIP)
(Câmara Brasileira do Livro, SP, Brasil)

Lacerda, Rodrigo
    O Fazedor de Velhos 5.0 / Rodrigo Lacerda. — 1ª ed. — São Paulo : Companhia das Letras, 2020.

    ISBN 978-85-359-3110-5

    1. Ficção brasileira I. Título.

20-32860   CDD-B869.3

Índice para catálogo sistemático:
1. Ficção: Literatura brasileira   B869.3

Maria Alice Ferreira — Bibliotecária — CRB-8/7964

[2020]
Todos os direitos desta edição reservados à
EDITORA SCHWARCZ S.A.
Rua Bandeira Paulista, 702, cj. 32
04532-002 — São Paulo — SP
Telefone: (11) 3707-3500
www.companhiadasletras.com.br
www.blogdacompanhia.com.br
facebook.com/companhiadasletras
instagram.com/companhiadasletras
twitter.com/cialetras

Sumário

1. Sol de inverno, 9
2. Coração no pé, 15
3. Papai, Marmita; Marmita, papai, 32
4. Chamado selvagem, 52
5. O outro lado, 67
6. Passe livre, 84
7. O outro lado (Continuação), 98
8. Temporada no inferno, 114
9. O Grande Inquisidor, 123
10. Sinfonia, 142
11. Na doença e na saúde, 155
12. Quanto vale?, 168
13. Fontana cósmico, 179
14. Terrorismo de papel, 207
15. A metáfora do sofá, 223
16. Eu odeio Paris, 229
17. O dia que nunca acabou, 243
18. Outro tipo de sequestro, 260

19. Utopia pela TV, 267
20. O guaxinim, 279
21. Sonambulismo, 288
22. Meu texto esquisito, 297
23. Valsa rebelde, 300
Epílogo, 309

Você sabe o que aconteceu na minha casa? Na minha casa!!! Onde a minha mulher dorme, onde os meus filhos se divertem com seus brinquedos. Na minha casa...
Michael Corleone

O tempo é uma ilusão.
Albert Einstein

1. Sol de inverno

Muita gente não vê problema em conceber forças maiores atuando sobre nossas vidas e nem se abala ao pensar que existem ocorrências reservadas para nós desde antes de nascermos. Tal naturalidade é compartilhada por espíritos de três tipos: os elevados, os indiferentes e os entreguistas.

A um quarto tipo pertencem os queridinhos da metafísica. Chamamos de "pré-destinados", por exemplo, os grandes campeões dos esportes — um Pelé, um Michael Jordan, um Usain Bolt —, os grandes gênios das artes — Picasso, os Beatles, Shakespeare — e os gênios da filosofia e da ciência — Platão, Newton, Darwin, Freud, Einstein etc. Esses aí provam que tem, sim, gente que nasce de bunda para a Lua.

Por último estamos nós, que aceitamos nossos limites e a existência de determinações superiores, mas o fazemos de má vontade. Filhos do medo com a teimosia, e uma pitadinha de orgulho, não temos a paz da iluminação, a alienação da indiferença, a autopiedade do entreguismo e muito menos a glória dos preferidos.

A vida mistura nossos desejos e frustrações até uns sumirem nos outros, como faz uma batedeira aos ingredientes da massa de bolo. Impossível escapar de suas pás giratórias e velozes. Admitir tal impossibilidade, porém, não resolve nosso problema. Teimamos em bater o bolo com nossas próprias mãos e, quando o destino não está olhando, continuamos tentando tirar a batedeira da tomada.

Eu tive esperanças de mudar ao conhecer o Marco Aurélio. Não, não me refiro ao meu ex-colega de pré-escola, Marco Aurélio Santana, famoso lambedor de embalagens de sorvete decaídas, com predileção de connoisseur por aquelas que encontrava no recreio, rasgadas, pisadas e desprezadas no chão do pátio por línguas de menor requinte, o qual, certa vez, foi visto saboreando também um tubo de tinta acrílica na aula de pintura a dedo. Tampouco falo do Marquinho sos, ou Marco Otávio Sá, entusiasmado colega de aula de tênis na adolescência, cujas limitações psicomotoras geravam real perigo de vida para qualquer passante distraído num raio de dois quilômetros da quadra. E muito menos, mas muito menos mesmo, quero evocar como guia existencial o meu carrasco, meu Anticristo particular, meu ex-amigo Marco Aurélio Savonarola, o homem que destruiu minha reputação como intérprete do meu tempo.

O Marco Aurélio que prometia apaziguar minhas inquietações transcendentais, quem diria, foi um imperador romano do século II d.C., Marco Aurélio Antonino. É verdade que há um abismo de distância entre nós, em termos de poder político e econômico, além da óbvia distância cronológica, já que só fui lê-lo mil e novecentos anos depois de ele molhar os pezinhos no rio dos mortos. Apesar disso, suas *Meditações* me encheram de esperança.

Para começar, o imperador filosofa aos pedaços, com frases soltas, parágrafos curtos, palavras simples e pensamentos pontuais. Talvez por isso seja muito mais fácil de entender do que quase todos os outros grandes pensadores, pais de sistemas complexos, figurinhas em geral enroladíssimas e, cá entre nós, merecedoras de respeitosa desconfiança. Minha preguiça mental agradeceu penhorada.

Ainda que simples ao escrever, Marco Aurélio consegue o prodígio de conciliar os opostos. Para ele, predestinação e livre-arbítrio, no fundo, acabam dando no mesmo. A solução é muito engenhosa. A força do destino existe, afirma o imperador com certeza absoluta:

> Tudo que acontece a você está preparado desde toda a eternidade.

Só que cada indivíduo atrai uma fatalidade específica; cada trajetória é afetada conforme sua necessidade. Conscientes ou não, provocando-o ou não, precisamos viver o que vivemos.

> Tudo que acontece com você acontece com justiça. As causas, como numa trama, há muito ligavam todo acontecimento à substância da sua vida.

Isso vale para as coisas boas, mas vale também para os dramas e apliques do destino. E se até esses são customizados, não há tanta diferença entre o que vem de fora e a energia interior que serve de combustível para os nossos atos. Tudo faz parte da evolução de cada um.

Quando li Marco Aurélio pela primeira vez, entendi que não fazia sentido me revoltar contra indesejadas interferências externas na condução da minha vida. Elas me ultrapassavam, sim, mas não eram gratuitas e aleatórias. Era como se eu as provocasse indiretamente.

Mas um problema persistia: quando perdas e tristezas fatais nos atingem, como transformá-las em trunfos? Como tirar partido do que contraria nossos objetivos? O imperador filósofo dá uma resposta para isso também:

> Tudo que acontece, acontece de tal forma que você é capaz de suportar ou não. Se lhe acontece algo que você é capaz de suportar naturalmente, suporte-o. Se, ao contrário, lhe acontece algo que você não é capaz de suportar naturalmente, não guarde ressentimento, sua vitória sobre si mesmo acabará com o problema.

Bem poderia ser dele a frase "Quem protesta já perdeu". Segundo Marco Aurélio, todo sofrimento ou obstáculo deve ser enfrentado ou com a força que já temos ou "vencendo a nós mesmos", assim como um tecido se regenera, um músculo recupera o movimento, um osso quebrado cola outra vez. Alimentar a guerrinha contra o destino é paralisante e inútil.

A chave, aos olhos do imperador, está na ideia de transformação individual. Tirar proveito das fatalidades é não continuar para sempre vivendo o que já vivemos, sendo o que, ou como, já somos. O imperador enfatiza isso:

> Perder nada mais é do que mudar, e a Natureza Universal ama a mudança. Tudo está em curso de transformação. Você próprio não cessa de mudar. O mesmo acontece ao Universo.

Podemos ter nossas metas, mas elas devem ser flexíveis. Tal preceito continua valendo quando sofremos agressões de terceiros, ou encontramos quem não goste de nós e esteja determinado a nos privar de nossos desejos. Marco Aurélio condena, da mesma forma, o ressentimento pessoal. Longe de se colocar como anjo castigador, sedento de vingança, o filósofo romano praticamente sugere que ofereçamos a outra face:

Quando reprimem você, odeiam você ou manifestam contra você tais sentimentos, considere as almas de quem o faz, penetre nelas a fundo e veja como são. Então compreenderá que não deve se preocupar em saber se elas têm tal ou qual opinião. E assim você saberá ser benevolente com os outros, pois por natureza são seus amigos.

E chega a ponto de dizer:

É próprio do homem amar mesmo aqueles que lhe fizeram mal. Os que agem mal pecam por ignorância e involuntariamente.

Altivez na hora dos golpes fatídicos, eterna disposição para enfrentar mudanças, generosidade para com as incompreensões e os defeitos de caráter que movem nossos desafetos — todas essas atitudes parecem meio elevadas demais, generosas demais, e são. Mas se apoiam no uso da razão como agente processador do sofrimento:

Nada faz mal a você, se não ataca sua faculdade diretora, se ela se mantém serena.

A dor que é intolerável mata, e a que se prolonga é tolerável. A inteligência pode, mergulhando em si mesma, conservar a calma, pois sua faculdade diretora não foi afetada.

Só por aí já dá para imaginar o quanto Marco Aurélio mexeu com alguém como eu, tão propenso a querer tudo do meu jeito e a espernear contra desígnios superiores ou alheios à minha vontade. Num tributo ao grande influenciador romano, dei seu nome ao narrador do meu segundo romance. O personagem, por motivos inconscientes na época, saiu incapaz do mesmo alargamento espiritual.

Eu disse que meus dilemas existenciais quase foram resolvidos pela filosofia de Marco Aurélio, porém é importante enfatizar o "quase". Nunca deixei de achar seus aforismos belíssimos, realmente maravilhosos, transbordantes de sabedoria. Só que minha adesão sempre foi limitada. Por mais esforço que eu tenha feito, por mais que eu admire, em tese, o que dizem suas *Meditações*, nunca atingi o valor real do sentimento.

Não consigo ser tão generoso com os outros e muito menos comigo. Quando meus desejos se realizam por motivos acidentais e não por mérito, eu me recrimino, sinto que a felicidade deixa de me pertencer. Quando meu livre-arbítrio é atropelado pelos acontecimentos, apesar do meu esforço e merecimento, protesto e digo que foi injustiça. Eu desafio os oráculos e afirmo, por exemplo, que a morte precoce é um desperdício imperdoável, ou que a injustiça social atrofia e até esmaga muitos destinos individuais por aí. Da mesma forma, quando me vejo sabotado pelos que não gostam de mim, sinto raiva, praguejo contra eles sempre que sobra um tempo. Estou pouco me lixando se não passam de seres humanos cheios de fraquezas. E eu, sou o quê?

Ao meu querido imperador filósofo, peço perdão e me justifico com as palavras, também sábias, que ouvi de um velho apresentador de talk show:

"Bom conselho é que nem sol de inverno, ilumina mas não aquece."

2. Coração no pé

Décadas atrás, quando eu era pré-adolescente e ainda jogava futebol, minha posição era a de meia-armador. Cabia a mim distribuir as bolas roubadas na defesa e municiar os jogadores da frente. Eu não era especialmente rápido, nem tinha um drible curto impossível de parar, mas pelo menos tinha alguma visão de jogo e fazia lançamentos bastante precisos (desde que o centroavante e os pontas fossem rápidos e tivessem pernas compridas).

Eu não jogo mais há muito tempo, e só gosto de assistir quando o jogo é realmente bom. Já o André, meu terceiro filho, caçula de onze anos, ama qualquer coisa que role. Na grama, na terra, na quadra de salão, no corredor do prédio, no salão de festas, na sala de jantar lá de casa etc. A rigor, nem precisa rolar, basta deslizar, feito uma latinha ou um copinho de plástico achatados, ou pipocar pelo chão, como uma pedra pontiaguda ou um cubo de bom tamanho. Para não falar, é claro, da bola bidimensional, pixelizada no videogame da Copa dos Campeões.

Como sou uma tragédia também nos joysticks, a modalidade que eu e meu filho podemos praticar juntos é mesmo o velho futebol de botão. Tenho até hoje o estojo de couro bordô, com frisos dourados, onde guardo os times que herdei do meu pai e os reforços contratados durante meu tempo de cartolagem, na infância e adolescência. Um elenco de feras. Entre botões de tamanhos e formatos variados, há capas de relógio as mais incríveis e cascas de coco legítimas, lixadas pelo meu pai à perfeição. Na minha infância já ninguém fazia botões artesanais, por isso a raridade da herança. Minha contribuição para o plantel estrelado foram os jogadores de plástico, cujos passes eram negociados em papelarias de amplo espectro, legítimos celeiros de craques. Menos charmosos, talvez, mas ainda assim de grande apuro técnico.

Como o nosso campo é de várzea (a mesa é pequena), eu e o André jogamos com sete na linha e um no gol. Meu time titular chama-se Rural Futebol Clube. Não sei de onde tirei esse nome, mas, nos campeonatos da infância, quando eu enfrentava a mim mesmo, dirigindo até seis equipes, era no Rural que se concentravam os maiores talentos. A tradição se mantém. Sem falsa modéstia, meu time equivale aos madrilenhos galáticos do Cristiano Ronaldo, ao Flamengo do Zico, ao Santos do Pelé, ao Botafogo do Garrincha, ao Boca do Maradona, ao Barcelona do Messi, enfim, está muito acima da rapa.

Todos os botões, claro, têm nome, às vezes inspirado num jogador real, outras vezes inventado. O goleiro chama-se Cantarelli, em homenagem ao histórico arqueiro do rubro-negro carioca, famoso pelo corte de cabelo Chanel e por oscilar entre defesas dificílimas e frangos constrangedores. Esse nome, entretanto, é um rebatismo. No tempo em que o meu pai usava os botões do estojo, esse mesmo goleiro respondia por Yashin, o arqueiro da seleção russa de 58, 62, 66 e 70, também conhecido como o Aranha Negra.

A mudança de nome foi necessária. Meu pai havia feito o Yashin estufando uma caixinha de fósforo com chumbo derretido, selando-a com fita adesiva preta e então colando um pequeno brasão soviético no corpo do guarda-meta. Só que o goleiro já chegou na minha mão com a fita isolante seca e sem cola, toda esgarçada nos cantos. Daí peguei uma fita adesiva amarela, cor da camisa do Cantarelli, reencapei a caixinha e, no lugar da foice e do martelo, colei um escudinho do Flamengo, símbolo infinitamente mais democrático.

Meus amigos, àquela altura, usavam goleiros feitos de plástico, mas optei por renovar o contrato do Cantarelli, o que faço até hoje, e não só por razões sentimentais. Embora os de plástico sejam mais compridos, fechando melhor os cantinhos do gol, o chumbo torna o goleiro mais estável, mais resistente aos avanços de algum atacante rompedor, habituado a entrar com bola e tudo.

No miolo da zaga, o time conta com um maestro, Quintanilha, o verdadeiro estadista do futebol. É uma capa de relógio pintada de preto, sobre a qual meu pai colou uma grossa palheta de plástico laranja. Por incrível que pareça, a engenharia deu certo. Quintanilha se desloca com uma categoria impressionante, é preciso nos cortes, já saindo com a bola dominada, e faz lançamentos longos como se esticasse o braço e colocasse a bola com a mão no ponto exato para o companheiro.

Do lado direito da defesa joga o Leite, um botão de osso, sempre no mais impecável uniforme branco. Do lado esquerdo, o Cocão, beque de coco raspado, também maravilhoso no duelo com os atacantes adversários, e ainda homem-surpresa no ataque, com excelente instinto finalizador.

O meio de campo, formado por Zico e Boniek, modéstia à parte, raramente errava um passe. O primeiro é uma capa de relógio rasa, pintada de vermelho por dentro e estampando, claro, o honorífico número 10 e o sagrado brasão rubro-negro. Seu domínio de bola é majestoso, nada menos. O segundo, homenagem ao meia polonês que arrebentou na Copa de 82, é um botão de massa, dono de uma silhueta esguia, ágil e classuda, vermelho-luminosa na parte de cima, mas deixando uma linha branca, muito fina, na base.

Lá no ataque conto com dois finalizadores pequenos e rápidos, o Coquinho e o Sueco, ambos do tamanho de uma tampinha de garrafa. O primeiro é uma lasca fina de coco, mestre na arte de pegar a bola por baixo e encobrir barreiras, goleiros e o que mais lhe colocarem na frente. O outro, uma pequena bolha de plástico azul-clara, tem no centro o escudo de seu país, com o fundo azul e duas faixas amarelas se cruzando. Pelo tamanho, leveza e agilidade, os dois são como vespas rondando a área dos adversários, enfiando-se em ângulos imprevisíveis pelo meio dos beques e disparando chutes pontudos e ardidos como ferroadas.

Como se pode ver, a obsessão do meu caçula por futebol é perfeitamente compreensível para mim. Por isso, ao longo do ano passado inteiro, respeitei a seriedade com que ele se dedicou ao time do colégio, o da turma 7A, onde atuava como ponta-esquerda. Dando todos os incentivos que se podem exigir de um pai, levei-o e fui buscá-lo nos treinos, não perdi uma única partida, fiz preleções táticas importantes e trabalhei seu lado psicológico. Nos trinta dias anteriores ao grande jogo, a mãe de todas as finais, até relevei que seu afinco nos treinos fosse inversamente proporcional ao empenho nos estudos.

Ele, como eu, não é alto, mas ao contrário de mim tem muita habilidade com a perna esquerda. Essas duas características explicam a frase imortal com que o técnico o havia encaixado no time titular: "Lugar de baixinho driblador é na ponta esquerda".

O treinador era um homem sem requintes, mas perspicaz. Meu filho certa vez me contou outro dos perfis instantâneos do professor Ernesto, que tirara um garoto do time nos seguintes termos: "Você pode ir embora. Quem entra em campo com a mão no bolso é pereba".

Para a decisão que se aproximava, contudo, era forçoso admitir, o time de meu filho era mais fraco que o adversário, física e futebolisticamente. Os garotos precisariam se desdobrar, e ainda assim ia ser difícil. Encarar a turma 9B do ensino médio, tricampeã do torneio interséries, chegava a ser uma audácia. Eu acreditava na vitória sem razões objetivas, por solidariedade paterna. Bem, talvez não só por isso. Vencer os garotos mais velhos é um comando automático do cérebro masculino, em centenas de espécies, e necessário, de acordo com a boa teoria evolutiva. Portanto, minha torcida incluía alguma crença na sabedoria da natureza.

Fiz de tudo para arrastar às arquibancadas minha filha, Estela, a irmã de dezenove anos do atacante. Ao receber o convite, porém, ela deu uma bufada de menosprezo. Minha filha do meio disfarça seu desinteresse profundo pelo esporte nacional com a velha e chocha desculpinha: "Só gosto de futebol na Copa". Ela é dessas. Não engana ninguém, obviamente, pois está na cara que dizer isso é apenas um adiamento de suas obrigações cívicas e esportivas. Tentei argumentos sociopolíticos, mais de seu agrado:

"Mesmo hoje em dia, num momento em que poucos times brasileiros são decentes, e não mais que decentes — porque o futebol brasileiro é mal administrado, porque os cartolas isso, os canais de TV aquilo etc. etc. etc. —, o futebol continua sendo um importante dado cultural do nosso povo, que atravessa todas as classes, um de nossos denominadores comuns como brasileiros, e isso não é pouco."

Ela continuou surda ao juízo. Apelei:
"É importante para o seu irmão."
Ilusão imaginar que tal apelo, mesmo tão nobre, a faria rever sua decisão. Estela rechaçou-o com displicência:

"Não dá. Vou no coletivo da faculdade."

A outra a ser "voluntariada", Filomena, relutou o quanto pôde e só não escapou porque recorri a uma edificante chantagem. Lembrei-a de que, mesmo avessa a qualquer espetáculo atlético, e particularmente embotada para os encantos do futebol, ela vinha a ser madrinha do nosso bravo ponta-esquerda, tendo assim obrigações inescapáveis.

Filomena era uma antiquíssima amiga minha e da Mayumi, que acompanhara, de perto e de longe, o nascimento dos nossos filhos. Havíamos nos conhecido no meu último ano de faculdade, logo depois da publicação do meu primeiro livro e da morte do professor Nabuco, meu velho mestre. Tornara-se parte inseparável da família, sócia remida.

Era de uma rica família libanesa e, quando solteira, chamava-se Filomena Haddad. Depois foi morar na Europa, onde passou uns quinze anos girando nas altas-rodas. Assim que chegou ao outro lado do Atlântico, fisgou um ricaço e abandonou o sobrenome de origem. Passou então a colecionar maridos e sobrenomes, todos igualmente afortunados. Walton foi o primeiro, em seguida vieram De Zarzuela, Azagão, Torelli e Von Rottweiler. O Walton tinha uma cadeia de padarias gourmet espalhada por toda a Grã-Bretanha; o De Zarzuela era dono de uma pedreira de mármores nobres na Andaluzia; o Azagão era um escroque internacional, bilionário; o Torelli era dono de uma das maiores empreiteiras italianas; e o último, Karl von Rottweiler, um conde bávaro de pele branca-transparente, bigodes ruivos e careca, cuja fábrica de chucrute funcionava desde o século XVII.

Eu e a Mayumi fomos visitar Filomena algumas vezes. Ela, contudo, vinha ao Brasil com muito mais frequência do que nós viajávamos para a Europa. Filha única, com os pais vivos estava sempre por aí. Depois, passou a vir menos, porém ainda era mais assídua aqui do que nós por lá. Os padrinhos de meus filhos variaram ao longo do tempo, distanciando-se pela vida afora, mas Filomena era a madrinha de todos.

Inesperadamente, e ainda com o barão germânico vivo, nossa amiga resolveu voltar em definitivo para a terra natal. Herr Rottweiler, uma vez transplantado para o Rio de Janeiro, só quis saber de mar, sol e ziriguidum. Com quarenta graus à sombra e uma barriga de cerveja digna de um hipopótamo albino, não durou muito. Quando aconteceu o inevitável, a Mayumi foi comigo ao velório, apoiando nossa amiga em sua quinta e última viuvez. (Na época eu não tinha como saber, mas minha felicidade conjugal também estava prestes a ser interrompida, e foi uma bênção ter Filomena por perto, para mim e para os meus filhos.)

Com tantas heranças somadas, ela sempre cutucava minha inveja ao dizer:

"Eu não levanto da cama antes do sono acabar."

Na manhã do jogo, fui buscá-la pessoalmente, temeroso de que na última hora Filomena fugisse de suas responsabilidades, trancando-se num shopping center ou numa clínica de embelezamentos variados, protegida por um pelotão de ferozes manicures, pedicures, depiladoras, maquiadoras, cabeleireiros e estilistas, todos armados até os dentes com seus apetrechos de trabalho. Ela não fugiu, mas o alto-comando das forças esteticistas parecia mesmo reunir-se no seu quarto, pois levou um século para ficar pronta. Atrasou pelo menos meia hora. Chegamos ao colégio apenas cinco minutos antes de começar o jogo. Meu filho, previdente, saíra mais cedo, indo de ônibus para a concentração.

Era um dia de sol intenso. Saltei do carro afobado e irritado. Filomena veio atrás, movendo-se lentamente como fazem as madames chiques, com chapelão de palha, óculos escuros, uma bolsa imensa, vestida num macaquinho de linho branco, lenço colorido amarrado na cintura e sandálias sem salto, que não passavam de simples tirinhas verdes de couro amarradas. Seu queixo longo, testa alta e narigão de califa, todos traços fortes e angulosos, chamavam atenção e conferiam-lhe uma beleza particular. Enquanto eu disparava pela rampa que ia até o campo, ela dizia:

"Meu bem, correndo não! Noventa minutos é uma eternidade. Perder quinze ou vinte, debaixo desse sol, vai ser ótimo para a nossa pele. Sua dermatologista vai agradecer."

"No futebol de salão, cada tempo tem só vinte minutos."

"Jura? Que bom!"

Contrariado por aquela alegria indecente, me vinguei:

"Mas o relógio é travado toda vez que a bola sai de campo, então acaba levando muito mais tempo."

"Ai, que pena!"

"Seu afilhado não iria gostar se ouvisse você falando assim."

"Por isso é que certas coisas a gente só fala pelas costas. E como você nunca vai contar, ele nunca vai saber."

Chegando tão em cima da hora, claro que só encontramos nas arquibancadas os lugares muito baixos e laterais, os piores. Quando eu ia me recolhendo a um deles, emburrado, Filomena se indignou:

"Vir aqui e ficar mal sentada, com você enfezadinho... nem morta! Eu não mereço."

Ela então pegou meu braço e se pôs a me rebocar arquibancada acima, pisando nos pés da multidão quando necessário. Depois de escalar alguns degraus, na verdade tábuas apoiadas numa estrutura metálica, ela alcançou a melhor altura e posição, no centro do campo. Foi chegando e sentando, espremendo os vizinhos sem nenhuma cerimônia e ignorando os olhares de pasmo e raiva. Constrangido, acabei fazendo o mesmo. Quando finalmente nos instalamos, devo admitir que tínhamos uma visão esplêndida.

Com o sol batendo forte, até o chão de cimento, os canos de ferro e os assentos de madeira suavam. Nós, humanos, derretíamos lentamente. Para piorar, uma charanga entusiasmada começou a batucar e buzinar.

Com uma careta, Filomena exclamou:

"Ai, meu Pai! Ainda bem que vim preparada..."

Ela abriu sua bolsa, a grande ameba de couro branco e alças douradas, me passou duas tacinhas de plástico e ordenou:

"Segure isso aqui."

Em seguida, veio lá de dentro outra bolsa menor, que logo percebi ser uma embalagem térmica, e Filomena puxou — eu não acreditei — uma garrafa de champanhe.

"Bebida alcoólica, de manhã, no colégio das crianças, Filomena... pelo amor de Deus!"

"Qual o problema? Sofistica, neném! Se o *principal* reclamar, a gente dá um golinho pra ele."

"O diretor, se reclamar, vai é botar a gente para fora..."

"Bota nada", ela disse, abrindo um sorriso malicioso. "Dá cá o pé, louro."

Estiquei as taças e ela nos serviu. Verdade seja dita, o champanhe fresco, borbulhante, desceu tão bem que os ribombos e as estridências da charanga pareceram atravessados por uma nota límpida de clarineta. Foi quando os times entraram em campo.

O time da 7A gozava de uma torcida animada, porém a massa mesmo estava com os tricampeões do ensino médio. Os alunos das turmas 7B e 7C, derrotados pelos colegas do mesmo ano, haviam posto de lado a solidariedade entre iguais e exibiam uma preferência descarada pelos mais velhos. Percebendo minha tensão, Filomena tentou aliviá-la:

"Não vá roer as unhas. Manicure nenhuma, por melhor que seja, pode fazer milagre."

"Você tem noção do que significa um jogo como este, Filomena?"

Estranhando a pergunta, ela rebateu:

"Um bando de moleques correndo atrás de uma bola?"

"Não! Na essência... O que é um jogo de futebol na essência, no tutano da coisa?"

"Pedro, meu querido, ainda não raiou o dia em que vou entender de futebol, muito menos de tutano. O champanhe, debaixo desse sol miserável, deve estar fazendo mal a você."

"Um jogo de futebol é como uma teia existencial."

"Oi?"

"Uma teia de vidas entrelaçadas, na qual se chega ao centro por vários caminhos. Um jogo de futebol é uma poderosa e fascinante pororoca de biografias."

O jogo ia começando.

"Assim você me assusta, chuchu."

"Olha aquele menino ali com a bola", eu disse.

Ela foi virando o rosto e me encarando ao mesmo tempo. Continuei:

"Aquele é o Julinho, o segundo melhor do time adversário. Um sujeito com problemas, e por isso mesmo um atacante perigoso. É louro, alto e forte como poucos nessa idade, além dos olhos verdes. Tudo para ser o galã do campeonato, mas — sempre tem um 'mas' — a voz dele é fininha como a de um esquilo de desenho animado. Isso o tornou irritadiço, um pavio incorrigivelmente curto. Veja como mastiga o chiclete com raiva, jogando com os punhos cerrados e dando caneladas no ar enquanto anda. Dá toques elétricos na bola, curtos e rápidos, está vendo?, até que solta uma bomba com o pé esquerdo, tão potente que o nosso goleiro, o Camundongo, precisará segurar com luvas de amianto. Cobrando falta perto da área, o Julinho é mortal, tipo Rivelino."

"Rivelino? Coisa mais antiga!"

"A canhota dele é referência para qualquer geração."

"Afinal, como você conhece esse Julinho tão bem? Foi o André que passou a ficha do garoto?"

"Eu já vi o Julinho jogar. E tem mais: ele e o Camelo, nosso zagueiro encarregado de marcá-lo, brigaram outro dia na saída do colégio. Quer dizer, vai sair faísca naquele pedaço do campo."

"Será que me interessa a rivalidade entre dois machistinhas primitivos e espinhentos? Acho que não..."

"O Coruja, nosso outro zagueiro, é mais inteligente que a maioria, daí o apelido; muito atento e possuidor de um bom toque de bola, no entanto é lento na corrida. Na final do campeonato da sétima série, não acompanhou a disparada do atacante, que ficou livre para marcar. Tomamos o primeiro gol e depois, até a virada acontecer, foi um aperto. Quase perdemos o direito de disputar este torneio aqui, com os campeões dos outros anos. Além disso, como nunca teve namorada, o Coruja tem um ponto fraco na autoestima. Na hora do olho no olho com o atacante, pode piscar primeiro."

"Mas o André também nunca teve namorada. Aliás, nenhum menino da idade deles merece ter namorada."

"Pode até ser, mas o Coruja é repetente, portanto mais velho. Está em plena ebulição hormonal, aí sofre mais."

Filomena me olhou como se eu fosse um louco delirante. Interrompemos a conversa porque o Adler, o craque do time deles, dupla de ataque com o Julinho, driblou um, driblou dois, três, e viu o companheiro livre na entrada da área. Se tivesse tocado para ele, o gol fatalmente aconteceria. Mas o Adler era um individualista incorrigível e, por simples capricho, desandou a driblar todo mundo outra vez. Foi evoluindo aos trancos em direção ao gol, mas ninguém consegue driblar todo mundo, toda vez, todo o tempo, e acabou desarmado pelo Coruja.

A torcida adversária lamentou o preciosismo. Eu, depois de ter prendido a respiração, comentei:

"A sorte é que ele é fominha."

Filomena me olhou quase com pena. Expliquei:

"Esse compridão aí, o Adler, é disparado o mais habilidoso da escola. Mas tem esse defeito, dribla demais, enfeita demais e acaba perdendo os gols. Parece que o pai é poeta."

"Você ainda implica com os poetas?"

"Eu não! Só estou dizendo. Mas o Adler, de fato, lembra alguns poetas que conheci. Trata os outros jogadores, até os colegas de time, aos pontapés."

"Posso imaginar. Ninguém fica normal com um nome tão esquisito."

"Como dribla excepcionalmente bem e tem um controle de bola absurdo, ele xinga e humilha os menos talentosos. Chega a ser cruel. Em geral os meninos resistem, se acostumam, mas já aconteceu disso minar a confiança dos mais inseguros. Com o Julinho ele também engrossa, os dois passam o jogo inteiro se xingando. Uma vez, em pleno campo, trocaram peitadas, empurrões e testadas. O Adler cria uma dinâmica coletiva muito instável, para dizer o mínimo. Esse ponto fraco eles têm."

Filomena não respondeu. Bicou a taça e tentou mudar de assunto:

"Por isso que eu gosto de champanhe. Essas bolhinhas lutam contra a gente, fica mais divertido."

Após o comentário surrealista, prossegui:

"Esse aí para quem o Adler passou a bola, o Gringo, é um garoto raro. Vegetariano, pratica ioga desde pequeno. É conhecido por ser capaz de fazer ondulações incríveis nos músculos abdominais e de mexer as orelhas sem usar as mãos. Joga futebol bem, a ponto de estar no time finalista, mas ainda é melhor no vôlei. É capitão da seleção do colégio."

"E ainda é bonito, o garoto...", disse Filomena, beirando a inconveniência.

Mas tinha razão, admiti, e completei:

"É bonito, gente boa, sensível, feliz, enturmadíssimo com as garotas, sempre tem namoradas lindas, é hipersaudável, um garoto realmente de ouro. Por isso mesmo nenhum menino gosta muito dele, nem os colegas de time."

"Eu também não suporto gente perfeita."

"Preciso falar mais do Camelo..."

"Mas isso é o time do colégio ou o grupo desportivo do zoológico? Coruja, Camundongo, Camelo... Aff!"

"Ele tem um chute muito rápido, de biquinho, que sai com uma precisão impressionante, você tem que ver."

"Tenho?"

"Como eu disse, é beque, e um senhor beque! O maior ladrão de bola do colégio, apesar do tamanho avantajado. Não é só bola que ele rouba, aliás, parece que é cleptomaníaco e nunca deixa os estojos dos colegas em paz, tendo já surrupiado centenas de canetinhas e borrachas descoladas. Nos vestiários, é conhecido por afanar shorts, meias, desodorantes e bandeides, ou o que mais estiver dando sopa. Por isso está sempre lutando para não ser expulso do time e vive todo jogo como um desafio pessoal, uma prova de que suas virtudes são muito maiores do que essa única fraqueza de caráter."

"E o nosso goleiro, o digníssimo Camundongo, como é?"

"Ah, o Camundongo é uma figura controversa! Baixinho marrento, bom de briga e ótimo de lábia com as garotas. Já namorou uma menina do ensino médio, três anos mais velha, feito poucas vezes igualado por outros adolescentes. Tem reflexos rápidos, o que para goleiro é fundamental. Sempre que faz uma defesa difícil, uma daquelas pontes coreográficas, ou uma de mão trocada, dá bronca nos zagueiros. Diz que é a única coisa que o impede de deixar a vaidade subir à cabeça e se desconcentrar, se achando muito gostoso."

"Ele diz isso?", espantou-se Filomena.

"Para quem quiser ouvir, acredita?"

"Se eu acredito não importa, o que importa é..." Ela me olhou e viu que eu estava prestando mais atenção no jogo. "Ah, deixa pra lá. Vocês, homens, quando bancam os testosterônicos, são impossíveis."

Nosso bravo Camelo, naquele instante, com todo o time adversário subindo para o ataque, roubou a bola e esticou um passe para o último jogador da 7A que ainda não mencionei, o Deco, um argentino. Seu nome era Juan María Ramirez, e ele tinha esse apelido porque apresentara aos meninos uma antiga revista em quadrinhos feita do outro lado da fronteira, cujo protagonista era um jogador de futebol chamado Deco.

Pois bem, o Deco recebeu a bola no meio do campo, avançou com ela dominada e, de repente, viu meu filho disparando por trás do lateral deles, em direção à ponta esquerda. Tocou na corrida para o André, que, com um único toque na bola — meu garoto! —, deu um corte seco no Muricy, o lateral que vinha zunindo em seu encalço. O bichão passou lotado. Meu filho deu mais um toque, entrando na área e armando o chute ao mesmo tempo, até ficar cara a cara com Carlos "Caniço" Henrique, o goleiro deles, um magricelo que, para abafar o disparo iminente, se adiantou em direção à entrada da área, fechando todos os ângulos de chute ao mesmo tempo, como o deus indiano Shiva, aquele com vários braços.

Vendo o goleiro crescer diante dele, o André, num lampejo, um segundo antes de perder a bola, desistiu do chute e apoiou sobre ela o pé esquerdo, dando um giro no próprio corpo, trazendo a bola e deixando o goleiro para trás. Uma carrapeta de manual, perfeitamente executada, que o colocou de frente para o crime, sem nada e ninguém entre ele e a linha do gol.

Antes que ele pudesse empurrar para as redes, porém, o Caniço esticou a perna e trançou-a com as do André. Desequilibrado, meu filho se estatelou no chão. Pênalti claro. A charanga da 7A pôs-se imediatamente a ribombar, antecipando o primeiro gol e a entrada da zebra em campo. Após alguma discussão, ficou decidido que o próprio André iria bater.

Ele pareceu concentrado, enquanto se preparava. Tomou boa distância e, no trote em direção à bola, inclinou o corpo como se pretendesse bater de chapa no canto direito do goleiro. Foi ganhando velocidade e personalidade. No último segundo antes do chute, fechou o ângulo da canhota e inverteu a mira para o chute diagonal no canto esquerdo. A sequência de movimentos foi tão perfeita que até hoje não consigo entender como a bola acabou indo para fora. Ela foi saindo rente à trave, enquanto o Caniço desabava fora da fotografia, totalmente iludido do outro lado do gol. Meu coração de pai perdeu uma batida... Pude sentir a confiança e a autoestima do André desmoronando. Filomena, ao deduzir a gravidade do lance, me cutucou:

"Não vão deixar ele bater de novo?"

Não respondi, paralisado. Mas a inconveniência de Filomena não foi nada, perto do que ouvi atrás de mim:

"Esse baixinho tá comprado! Perna de pau!"

Fechei a cara, virando o corpo na direção da voz, mas não consegui identificar quem havia gritado. Nesses jogos de colégio, alguns fanáticos esquecem que não estão num estádio de verdade e que todas as pessoas ao seu lado são pais, mães e irmãos dos outros jogadores. Acabou aí o primeiro tempo.

Durante o intervalo, torci silenciosamente para o técnico do time e os colegas, no vestiário, conseguirem devolver ao André o moral necessário. Quando voltaram a campo, analisei seu rosto com atenção, mas não tive certeza de qual era seu estado de espírito. Seria muito bom se pudéssemos sempre entender o que nossos filhos estão sentindo.

A etapa final começou encarniçada. O gol da turma 9B parecia amadurecer, obrigando o Camundongo a três defesas milagrosas. Na primeira, o Adler driblou três jogadores, ou três vezes o mesmo jogador, agora não lembro, e passou para o Julinho, que deu um totó por baixo da bola para ela subir um pouco e emendou num canhão de peito de pé que teria entrado no ângulo esquerdo se nosso goleiro não desse um de seus pulos formidáveis, de cobaia maluca, espalmando a bola para escanteio. E dá-lhe bronca na defesa. Na segunda e na terceira, o Camundongo foi acossado pelo Gringo, em dois contra-ataques quase mortais, mas primeiro fechou o ângulo de tal jeito que conseguiu rebater para fora e, no outro lance, rebateu na direção do Coruja, que pôs ordem na casa.

Nosso time ameaçou uma vez, aos sete minutos, numa falta cobrada pelo Deco, que explodiu no travessão. No rebote, o Camelo deu um daqueles seus bicos formidáveis, mas dessa vez isolou a bola. Além dessa, os meninos só tiveram mais uma chance real, aos dezoito minutos, quando André disparou com a bola pela esquerda e limpou o Muricy da jogada. Chegando a hora de rolar para a finalização do Deco, que entrava livre pelo meio da área, meu filho errou e acabou entregando a bola de presente para o goleiro adversário.

"Vendido! Pé torto! Pé de alface!", gritou a mesma voz sem noção atrás de mim. Por sorte, novamente não descobri de quem era.

"Seu afilhado não está num bom dia", desabafei para Filomena em voz alta, para ver se o cara ouvia e se mancava.

Ao olhar para minha acompanhante, percebi que estava tensa, totalmente focada no campo.

"O champanhe acabou", ela disse, disfarçando.

Chegamos ao último minuto de jogo. O zero a zero persistia no placar. O time dos mais velhos estava irritado, pois não conseguia impor sua superioridade. O Adler, num de seus acessos de driblador, cavou uma falta na beira da nossa área, do lado esquerdo do ataque. Embora o Coruja, jogando muito aquele dia, tivesse roubado a bola de forma limpa, o juiz caiu na do atacante. O Julinho se apresentou para bater. Com os nervos esquentados, e conhecido pelo chute forte, não foi surpresa ele ter disparado um foguete em direção à barreira da 7A. A surpresa foi ela abrir. O André, que no meio do empurra-empurra do miolo da área estava na marcação do Adler, esticou a perna para cortar. A bola, porém, foi mais rápida e ricocheteou em sua canela. Com uma guinada repentina em direção ao gol, tirou a todos da jogada. Os adversários prenderam a respiração. Meu filho e os companheiros olharam para o Camundongo, o único que poderia evitar o desastre coletivo e sua tragédia pessoal. Mas nosso goleiro também foi enganado pela trajetória da bola, que, implacável, acabou entrando rente à primeira trave.

3. Papai, Marmita; Marmita, papai

Meu filho chorou tanto que temi uma desidratação. Tive de ir buscá-lo no vestiário e carregá-lo até o automóvel. No caminho para casa, ficou catatônico. Filomena tentou animá-lo, amorosa ao seu estilo politicamente incorreto. Eu também tentei, mas acho que no fundo sua dor me parecia justificada. No lugar dele, eu estaria procurando as melhores modalidades de suicídio.

Ao chegarmos, André foi direto para o seu quarto. Filomena pediu uma taça de vinho, boa ideia diante das circunstâncias, e ficamos bebericando por lá, à espera de alguma coisa que melhorasse o clima.

Finalmente decidi ir falar com o atleta amargurado. Já tinha consolos menos radicais a lhe sugerir. Bati na porta de leve, mas ele não respondeu. Bati de novo, mais forte. Nenhuma resposta outra vez. Abri devagar. André estava na cama, ainda com o uniforme do jogo e de chuteiras, o rosto escondido contra a parede.

"Filho?"

Fui me aproximando e sentei ao seu lado. Ouvi um grunhido murcho, abafado pelo travesseiro. Pus a mão em sua perna, em silêncio. Fiquei um tempo assim.

"Você sabe que essa tristeza vai passar, não sabe?"

"E a vergonha?", ele rebateu, sem me olhar.

"Também vai."

Ouvi um suspiro como resposta:

"Ninguém vai me querer no time agora."

"Qualquer um que entra em campo está sujeito a fazer gol contra, todo mundo sabe disso."

"E a perder pênalti?"

"Exatamente."

"No mesmo jogo?"

"Sim."

"Na final?"

É mais difícil consolar os espertos, pensei.

"Pode ser um desafio reconquistar a confiança dos outros", eu disse, "mas isso vai acontecer naturalmente."

"Ah, é? Quando?"

"Quando você reconquistar a confiança em si mesmo."

"Então ferrou…"

Eu lhe fiz um carinho. Ainda com o rosto escondido, André pôs a mão na minha perna.

"Por que tinha que ser comigo?"

"Ah, isso ninguém sabe. Só você pode dar um sentido ao que acontece na sua vida."

Ele não respondeu. Tentei dizer algo um pouco mais reconfortante:

"Mas ela não será marcada pelo dia de hoje."

"Eu acho que vai ser."

"Talvez até seja, mas não como você está pensando."

"Como, então?"

"Você não está condenado a ser um perdedor."

Ele me encarou, enfim, para checar se eu tinha mesmo alguma verdade filosófica na agulha:

"Não foge da pergunta."

Reparei em seus olhos, inchados por causa do choro.

"Agora você já sabe como é sofrer uma grande derrota pessoal", eu disse. "Isso é um trunfo que muitos dos seus colegas ainda não têm."

Ele pensou, depois se recolheu:

"Grande vantagem..."

"Ainda não acabei."

"Acaba, então", ele disse, sem convicção, tornando a me encarar.

"Quem conhece a derrota antes, amadurece antes. Pode escrever: ano que vem, você estará no time titular da turma 8A, e psicologicamente mais forte do que os jogadores sem a experiência que teve hoje."

"Eu não quero ser uma pessoa psicologicamente mais forte, eu quero ganhar."

"A força psicológica ninguém tira de você."

Meu filho suspirou e, num desafio meio ambíguo, perguntou:

"E se eu virar mesmo um perdedor, pra sempre?"

"Ninguém 'vira' perdedor aos onze anos de idade. Pelo contrário, de hoje em diante, você está destinado a ser uma pessoa muito mais generosa com os outros, a ter um coração muito maior, a ser capaz de perdoar, de compreender as fraquezas alheias e..."

"Não exagera, pai."

"Não é exagero, é verdade."

"Você já viveu algo parecido?"

"Nem o Pelé pode dizer que nunca perdeu. E o Zico, então, que não ganhou nenhuma Copa? E o carrossel holandês de 1974, que maravilhou o mundo e acabou rodando na final?

E o Messi, não foi o maior colecionador de fracassos na seleção argentina?"

"Você implica com o Messi..."

"Não é esse o ponto. Estou dizendo que o mundo está cheio de vencedores que já perderam antes, e vice-versa. Isso só acaba quando a gente morre, pode acreditar."

André se recostou na cama, aceitando ao menos o conforto dos travesseiros.

"Ajudei?"

"Bem pouco... mas tá bom."

"Então vou para a sala, sua madrinha ainda está aí. Esperamos você, quando quiser."

Filomena continuava no sofá, de taça na mão. Botei para tocar Ernesto Nazareth, com seu pianinho melodioso, antídoto para as piores situações. Filomena me olhou.

"O que foi?", perguntei.

E ela, subitamente enternecida:

"Você é uma graça com essa musiquinha."

Fui salvo do encabulamento pela campainha. Alguém a tocava como se esmigalhasse uma barata que, ao morrer, solta um grito desesperado. Era Estela chegando, certamente esquecera ou perdera sua chave pela milésima vez. Eu estava pronto para repreendê-la, até abrir a porta e perceber o choro recente em seus olhos:

"Você também!?"

Sua expressão acuada deixava claro que alguma coisa grave havia acontecido. Tratei de anular o mau jeito, tomando-a nos braços:

"O que houve, meu amor?"

Estela me abraçou por um tempo, chorando. Depois se soltou, sem me encarar. Enxugando o rosto, deu três ou quatro passos até o meio da sala e sentou numa das poltronas, abatida, com as mãos trêmulas. Num esforço sobre-humano, tentava não chorar mais. Ao falar, ela espremeu a voz para fora da garganta:

"Pai..."

Olhei atônito para Filomena, que, com a sensibilidade das mulheres realmente elegantes, aproveitou a deixa:

"Bom, meus queridos, vocês precisam conversar. Eu, depois de horas numa arquibancada infecta, preciso ir para casa tomar um longo banho de espuma na minha banheira de mármore, me besuntar com muitos cremes hidratantes e borrifar perfume francês em cada milímetro do meu lindo pescocinho."

Por consideração à privacidade de Estela, aceitei sua decisão de partir. Minha filha, porém, surpreendeu:

"Tia, não vai embora, por favor..."

Filomena, com um sorriso, largou a bolsa e tornou a sentar no sofá:

"Se você prefere que eu fique, meu bem, claro que fico."

Encostei ao lado de Filomena. Minha filha recomeçou a lutar contra as emoções, estava difícil dizer o que precisava:

"Estou grávida, pai."

Na hora, lembrei de certos guerreiros gauleses que só tinham um medo: o céu cair sobre suas cabeças. Eu saberia descrever tal sensação.

"Como é que é?!"

"Pedro, calma", arriscou Filomena.

Eu já estava em pé, de novo no meio da sala:

"Repete, Estela. Acho que a sua tia não ouviu direito."

"Essas coisas acontecem", retrucou Filomena.

"Pois não deveriam!", explodi. "De jeito nenhum!"

Ninguém falou nada. Eu respirava com força, indignado. Filomena me olhou feio. Tentando ser prática, dirigiu-se à minha filha:

"De quanto tempo você está, meu amor?"

"Acho que uns três meses."

Eu as interrompi:

"E nos últimos dois meses você achou que estava acontecendo o quê, Estela? De que adianta ser do coletivo feminista da faculdade, resolver os problemas das mulheres do mundo, se você não sabe nem tomar conta da própria vida?"

Minha filha, nervosa, balançou a cabeça:

"Eu sei, eu sei..."

Diante de uma resposta tão abrangente, por um momento me pareceu que restava pouco a dizer. Se uma menina como ela, maior de idade, bem informada, lúcida, com acesso a todos os recursos de prevenção, tinha sido inconsequente àquele ponto, então nenhuma conversa jamais adiantaria. Um abismo momentâneo se abriu entre nós.

Coube a Filomena lembrar de um pequeno detalhe:

"E o pai, querida?"

Olhei para Estela, muito sério. Minha filha se apressou em responder:

"É o Zé Roberto."

"O Marmita!?", me exasperei. "O Marmita!?"

Filomena, parecendo chocada, dirigiu-se a Estela:

"Jura que ele tem esse apelido?"

"Não, tia. Ninguém chama ele assim, só o papai."

Filomena respirou aliviada:

"Então tudo tem jeito."

Estela deu um sorriso amarelo, achando graça na tia. A minha implicância com o namorado a irritava, mas a malícia da madrinha era divertida. Vá um pai entender...

Estela e o tal Marmita — agora mais Marmita do que nunca! — namoravam desde o maldito réveillon que ela passou na Chapada dos Veadeiros, dois anos antes. Ele jamais quis me conhecer, nunca aceitou jantar lá em casa ou ir ao cinema com o pai e o irmão da namorada, enfim, ter uma convivência normal. Não sei bem por quê. Provavelmente porque não tinha mesmo muito a contribuir para o ambiente familiar. Ou então me achava um reacionário, afinal, ele era a fina flor da esquerda estudantil... Cursando geografia, o garoto levava a vida como protestador profissional, conscientizador político da nação via internet, militante especialmente convidado para todas as manifestações e ocupações, de preferência aquelas que terminavam em pancadaria com a polícia.

"E o Zé Roberto já sabe?", perguntou Filomena.

"Já."

Eu me sentia feito uma chaminé, com fumaça tóxica saindo pela cabeça. Um pai nessas horas tem todo o direito, e o dever, de protestar:

"Que absurdo!"

Filomena fez que não ouviu:

"Você já decidiu o que vai fazer, querida?"

A pergunta soou muito respeitosa para o meu gosto, e atalhei:

"Não tem o que decidir, Filomena. Eles não têm a menor condição de ter esse filho. O Marmi..., quer dizer, Sua Excelência o sr. dr. Zé Roberto é um homem muito ocupado com as altas questões nacionais, jamais terá tempo a perder com a vida burguesa, trabalhando para pagar a escola do filho, fazendo supermercado, comprando fraldas no meio da noite..."

Duas lágrimas gordas pularam dos olhos de Estela. Por uma fração de segundo, achei que tinha sido duro demais. Filomena me repreendeu:

"Menos, Pedro, bem menos."

"Mas, Filó..."

Estela, calada, de olhos baixos, esperou alguém vencer a discussão. Sentia o terreno antes de revelar o que lhe passava pela cabeça. Quando percebemos aquele silêncio, nós, os adultos, intuímos sua resposta.

"Você decidiu ter a criança, é isso?", perguntou Filomena.

Minha filha oscilou entre culpa, orgulho ferido, medo e expectativa:

"Tia, eu nunca fui contra quem decide tirar. E eu sei que a senhora odeia criança pequena. 'Herodes tinha razão', não é assim que sempre fala?"

Filomena, bem ao seu jeito, relativizou:

"Herodes só vale para o filho dos outros, meu amor, nunca para um filho seu."

Estela riu e chorou ao mesmo tempo:

"Mesmo...?"

As duas se deram as mãos. Filomena acrescentou:

"Qualquer que seja sua decisão, você só precisa ter claro que a tomou por vontade própria."

"Você também acha que eu devo tirar?"

"Querida, eu posso não ser contra tirar, mas também não sou a favor. Ninguém é a favor. Tirar um filho é sempre muito sofrido. Isso sem a gente entrar em grandes discussões biológicas, jurídicas e metafísicas. Qual argumento prevalece no seu caso, só você pode saber."

Estela pensou um pouco, medindo as palavras:

"Minha opção talvez não seja a mais racional. Talvez nem seja propriamente uma opção..."

"Sempre é", apressou-se a dizer Filomena. "Em algum nível, sempre é uma opção."

Estela parou, vasculhando os próprios sentimentos, observando nossas reações. Quase com um gemido, admitiu:

"Pai, me desculpa, por favor, me desculpa muito..."

Enquanto falava, Estela tentava ler minhas reações:

"Sempre fui a favor das bandeiras das mulheres, você sabe, e continuo sendo. No coletivo da faculdade, o direito da mulher ao próprio corpo nem se discute. Mas, quando eu me pergunto o que realmente tenho vontade de fazer, no fundo, a resposta que vem é... eu simplesmente... não consigo me imaginar tirando esse filho. É uma contradição... sei que é..."

Filomena, para ajudá-la, discordou:

"Uma coisa é defender um direito, outra muito diferente é achar que ele tem de ser exercido automaticamente. Você está escolhendo não exercê-lo. Não vejo nenhuma contradição nisso."

Estela olhou para a madrinha, novamente agradecida. Estava confirmado, a crise viera para ficar. Naquele primeiro momento, só consegui me perguntar uma coisa: com a Mayumi ao meu lado, será que tudo aquilo estaria acontecendo? Se ela ainda estivesse com a gente, talvez o André conseguisse driblar a pressão no jogo final, talvez Estela conduzisse a vida com mais prudência e responsabilidade... Uma tristeza imensa baixou sobre mim. Eu havia aprendido a desempenhar o papel de pai, mas era péssimo no de mãe.

Fiquei um tempo em silêncio. Nós três ficamos. Então perguntei:

"Você pensou bem? Ser mãe aos dezoito anos..."

"Dezenove."

Refiz as contas. Carlos, meu primeiro filho, devia ter vinte e oito, Estela nascera nove anos depois dele... Sim, ela estava certa, mas não fazia diferença:

"Pense no prejuízo para você, para sua juventude, sua faculdade, sua entrada no mercado de trabalho... Já pensou nisso tudo?"

"Pensei, pai."

"Quanta coisa você vai deixar de viver! Pensou mesmo?"

"Pensei, quer dizer, acho que pensei... Nem sei mais se é uma questão de pensar ou de sentir."

Aquela não era uma resposta sólida o suficiente para me tranquilizar:

"Pois devia saber."

"Pai, por favor, me desculpa..."

"E o que adianta eu desculpar, minha filha?"

"Não fala assim...", ela disse, dolorida, ameaçando recomeçar a chorar.

"Você sabe que não sou rico", continuei. "Já tenho vocês dois para sustentar, mais a sua avó doente. A casa de repouso é uma fortuna todo mês. Não depende só da minha vontade."

"Se precisar parar a faculdade, eu paro. Se precisar trabalhar, eu trabalho. Depois termino os estudos. Juro."

Filomena intercedeu:

"De jeito nenhum! Onde vocês estão com a cabeça? Dinheiro não é problema."

Fiquei chocado com aquela frase. Só os milionários são capazes de dizer tamanha barbaridade. Discordei na hora:

"De jeito nenhum digo eu, Filomena. Não tem sentido você sustentar uma criança que não é nada sua."

Estela me olhou horrorizada com a grosseria, e até Filomena, em geral imune a frases mais duras, sentiu-se ferida. Depois de um silêncio ressentido, virou-se para mim:

"Você pode não me considerar da família, Pedro, mas, para mim, é como se os seus filhos com a Mayumi fossem do meu sangue."

Tentei consertar:

"Não quis dizer isso..."

Ela não respondeu.

"Me desculpe", implorei.

"Tudo bem."

"Por favor, Filomena, me desculpe mesmo."

"Tudo bem, já disse."

"É claro que você é da família."

"O orgulho, meu querido, sempre foi a sua maior virtude e o seu maior defeito. De que serviu enterrar tantos maridos ricos, se eu não puder ajudar as pessoas que amo?"

Eu e minha filha sorrimos diante de mais aquele disparate. Respirei fundo, voltando-me para Estela, numa tentativa de ser firme e amoroso ao mesmo tempo:

"Se a sua tia diz que pode ajudar, muito bem. Mas você não vai parar de estudar e, assim que for possível, vai trabalhar para sustentar o seu filho. Tudo tem consequência nesta vida. Se quiser que eu aceite, a condição é essa."

As duas ficaram mudas. Instintivamente entenderam ser melhor deixar a impressão de que tudo aconteceria do meu jeito. Mas no fundo todos sabíamos ser impossível ditar um princípio ordenador para as situações que o nascimento de uma criança suscita. O improviso ao longo do caminho é inevitável.

"Você já foi a um médico?", perguntou Filomena.

"Não. Fiz o teste hoje."

Suspirando, eu me rendi às obrigações de pai:

"Pode ligar para o dr. Otacílio e marcar. Vou com você."

Minha filha, sem jeito, coçou a cabeça:

"Pai, tudo bem se não for o dr. Otacílio? Ele é um fofo, mas eu vou lá desde os oito anos de idade."

"E daí? É o médico da família."

"Nesse caso eu queria outra pessoa."

"Isso se arranja", interrompeu Filomena.

E minha filha, espichando o olhar até ela:

"Você vai comigo, tia, por favor?"

"Claro, querida!", respondeu Filomena, emocionada e disfarçando a emoção com uma promessa grandiloquente. "Vou arrumar o melhor médico do mundo para você e o seu filho."

O alívio que senti ao me ver desobrigado de acompanhar Estela — a consulta seria forçosamente constrangedora — veio misturado a uma ponta de ciúme e sentimento de rejeição.

"E o Marm..., o Zé Roberto?", perguntei. "Onde está, que não veio com você?"

Minha filha não respondeu. Ficou um bom tempo em silêncio, até dizer:
"Pai, não vai ficar mais nervoso..."
Não gostei daquele começo, e repeti:
"O Zé Roberto, onde está?"
"Viajando."
"Vocês tomaram uma decisão tão séria pelo telefone?"
"Pelo WhatsApp", ela respondeu, como se fosse a coisa mais natural do mundo.
Esse detalhe me irritou de novo, mas tentei não perder o foco:
"Ele está viajando de férias?"
"Ele precisou se esconder por uns dias. Está sendo ameaçado pela polícia."
Fiquei sem reação. Filomena se assustou:
"Verdade?"
"Lembra, tia, das manifestações que aconteceram no meio do ano? O Zé foi acusado de agredir um policial. Está respondendo a um processo, com advogado, tudo direitinho, mas fizeram uma ameaça anônima, e a gente sabe que partiu da polícia, então ele saiu da cidade, só por uns dias."
Eu mal podia acreditar naquilo. Nem meu costumeiro pessimismo preventivo seria capaz de imaginar cenário tão ruim.
"Ele foi acusado ou é culpado?", perguntei.
"Ele agrediu, mas o policial agrediu antes."
"Certamente ele provocou...", eu disse.
Filomena, de novo, atalhou:
"Isso você não sabe, Pedro. Sem julgamentos precipitados, por favor."
Acatando, mudei a linha do interrogatório:
"Se foi uma ameaça anônima, como vocês sabem que partiu da polícia?"
"Está na cara, pai."

"Onde o Marmita se escondeu? Quando vai poder voltar?"

"Então... o pai dele... o advogado... eles acharam... Ah, deixa pra lá, não importa."

"Como assim, não importa, querida?", ponderou Filomena. "Ele tem obrigação de ficar ao seu lado neste momento."

"É isso mesmo", eu disse. "Ele tem obrigação!"

Estela gaguejou:

"Ele também quer que eu..."

E concluiu, me olhando:

"Pelo menos isso vocês têm em comum."

Quase perdi o equilíbrio, literalmente. Dei um passo para trás e me apoiei no sofá. Filomena me olhou, cheia de pena da afilhada. O Marmita iria deixá-la sozinha na situação mais difícil de todas. Filomena parecia me dizer que cabia a mim ser um pai magnânimo e dar a minha filha todo o carinho de que ela precisava.

Será?

André apareceu na porta do corredor. Já de banho tomado, vestia um antigo pijama de malha, estampado com brasões de times de futebol. Lembrava o gordinho recém-nascido que, na maternidade, só parava de chorar quando ia para os braços da mãe, a nossa japonesa de pele macia. Eu, Filomena e Estela nos entreolhamos, sentindo, através dele, a presença da Mayumi.

André logo viu que alguma coisa de anormal estava acontecendo:

"Por que vocês estão me olhando assim?"

Estela baixou a cabeça, enxugando as lágrimas. Filomena me encarou, era minha função dar a notícia. Duvidoso privilégio... Estiquei o braço para o meu caçula, que veio até mim com passos desconfiados. Ele bem que poderia dispensar mais um acontecimento palpitante aquela noite.

Eu disse, com cara de velório:

"Você vai ser tio."

André pulou do meu colo e caiu nos braços da irmã. Havia adorado a novidade. Filomena me cutucou, para que eu admirasse a cena. A reação dele inibiu o prosseguimento das conversas mais difíceis. Tentamos fazer parecer natural a transformação que estava por vir, reencontrando alguma paz doméstica, mas o clima, obviamente, continuou esquisito. Dali a pouco, pedimos pizzas, com direito a borda recheada de catupiry numa delas. Se não na vida, ao menos nas pizzas a parte dura pode esconder alguma recompensa. Cada um comeu imerso nos próprios problemas e cálculos, fatiados como as pizzas. Apenas Filomena puxou assunto, os mais absurdos. Quando terminamos, Estela e André logo foram dormir.

Filomena me perguntou:

"Não quer ir lá para casa? Eu faço uma massagem, você toma um banho, a gente relaxa…"

"Filomena…"

"Que que tem? Você também precisa de consolo hoje."

"Não assim. Você já ajudou muito. Obrigado. E desculpe, mais uma vez, aquela besteira que eu disse."

"Tem certeza?"

"Tenho. Não posso deixar as crianças sozinhas."

"Crianças… no plural?"

Mais tarde, já deitado na cama e no escuro, continuei impactado pelas duas hecatombes que, em menos de vinte e quatro horas, dinamitaram a vida dos meus filhos (ou melhor, dos dois que ainda estão ao meu lado). Era muita injustiça. Por que os meus tinham de crescer mais rápido que os dos outros? Torci para André enfrentar a humilhação sem grandes cicatrizes, torci para Estela aguentar as consequências radicais de sua decisão e, por fim, amaldiçoei o Marmita.

De olhos fechados e com um sorriso maléfico, eu o imaginei pendurado pelos tornozelos, amarrado e amordaçado, balançando de cabeça para baixo sobre um caldeirão, onde borbulhava um caldo grosso e fedorento. Atiçando o fogo, e com uma colher de pau na mão, estava o Che Guevara, a quem reconheci com total segurança, embora vestisse um avental branco sobre o uniforme camuflado de guerrilheiro e tivesse na cabeça, em vez daquela boina charmosa, o chapéu alto e pitoresco dos *chefs de cuisine*. Então, para minha alegria maior, a corda que evitava a queda do Marmita começou a esfiapar, fibra por fibra. Em seu rosto, no qual ardiam a morte iminente e o vapor fétido da gororoba, eu via dois olhos arregalados de terror.

Não, amordaçado não, me corrigi mentalmente. Quero ouvir o Marmita gritar.

Antes que minha fantasia avançasse, porém, fui interrompido por um clique na maçaneta. Pela fresta da porta, ouvi Estela sussurrar:

"Pai?"

Estiquei o braço em direção ao abajur.

"Não. Não acende, não..."

Interrompi o gesto e, antes que dissesse qualquer coisa, minha filha se aproximou, puxou os lençóis e entrou na cama comigo. Me abraçou sem pedir licença e deitou a cabeça no meu peito. Ela nem me deu a escolha de adiar a reconciliação. Um alívio, na verdade. Sua madrinha tinha razão, e mesmo que não tivesse, eu me conheço, minha resistência não iria durar mais que um ou dois dias. Ficamos abraçados, no escuro. Minha única filha começou a chorar de mansinho. Vindo de seus cabelos, num golpe de ar perfumado, senti o cheiro da mãe.

"Me desculpa?"

"Me desculpe eu. Fiquei muito nervoso."

"Tudo bem..."

Apertei-a em meus braços. Lágrimas silenciosas morreram no travesseiro.

"Se fiquei tão alterado", eu disse, "foi porque você acelerou demais a sua vida, meu amor. Vai ficar mais difícil fazer as curvas, e você ainda estaria na idade de fazer muitas curvas."

"Eu sei que fiz besteira..."

Segurei-a mais forte e perguntei em seu ouvido, bem baixinho:

"Você sabe que eu te amo, não sabe?"

"Eu sei, pai."

"Sabe mesmo?"

"Sei. Eu é que... eu não queria..."

Estela prendeu a respiração, antes de conseguir terminar:

"... ser um peso pra você."

Beijei seus cabelos:

"Você é minha filha querida, a linda mestiça da casa, a lembrança mais próxima do amor da minha vida... Nunca será um peso, nunca."

Estela não respondeu. Após alguns minutos, cheguei a pensar que havia adormecido. No escuro, sua voz reapareceu:

"Descobri hoje que estava grávida. De uma hora pra outra, comecei a ficar nervosa, meio angustiada, depois comecei a passar mal, senti enjoo sem ter comido nada estragado, e aí veio uma intuição megaforte, uma certeza absoluta. Parecia que o meu corpo estava me dizendo uma coisa que era impossível negar, que eu sabia ser a única explicação. Quando fiz o teste, só confirmei. Mas, no fundo, eu já sabia."

"Só de me imaginar grávido, sinto arrepios."

Estela pareceu achar a ideia divertida:

"Você ia ficar engraçado..."

Em seguida, mais séria, disse:

"Algumas mulheres passam a gravidez normalmente, outras deprimem; umas reclamam, outras ficam se sentindo lindas. Como será que vai ser comigo?"

"Todas as reações são naturais, acho."

Após novo silêncio, ela disse:

"Fiquei pensando no Carlos..."

"Por que pensar no seu irmão agora?"

"Queria entender por que eu saí tão diferente dele."

"Mas nem sabemos como ele é hoje..."

"De como ele era, então. O Carlos preferiu viver sem família, encarar a vida sozinho. Enquanto eu estou optando justamente pelo contrário. Quem é o medroso de nós dois, quem é o corajoso?"

"As situações são muito diferentes."

Estela insistiu:

"O Carlos era só um ano mais moço do que eu sou hoje..."

Tentei ser o mais sincero possível, ainda que isso significasse uma resposta meio vaga:

"Não existe só um jeito de ser corajoso."

Ela ficou quieta, pensando:

"Eu não vou perdoar nunca o que ele fez com a mamãe, com você, com a gente."

"Ele teve seus motivos. Já falamos disso."

"Duvido. Tenho certeza absoluta que a mamãe não merecia, e você é um ótimo pai."

Gostei de ouvir aquilo, mesmo sendo mais rigoroso com o pai que eu fora dez anos antes. Minha filha leu meus pensamentos:

"Você estava tão perdido quanto todo mundo."

"Eu me perdi antes. Além disso, eu era o pai de vocês, cabia a mim cuidar de todos, do Carlos inclusive."

"Você nunca fez nada de tão terrível."

"Depende do ponto de vista. Eu não fui, para ele, o pai que fui para você e para o André. Demorei a aprender..."

"Você e a mamãe eram os perfeitos namoradinhos, ela sempre foi feliz ao seu lado, e eu nunca te achei ausente."

"Como você pode saber? Era tão pequena."

"Mas eu lembro, uma menina de nove anos não é tão pequena assim. E eu sei como você é. E mesmo que tivesse sido ausente, tanto quanto o Carlos fez você acreditar que foi, provocar a dor nos outros por opção, consciente, é pior do que fazer os outros sofrerem sem intenção. O que ele fez foi tão radical, tão absurdo; só alguém muito torto da cabeça faria algo assim."

"Na verdade, eu é que estava meio empenadinho..."

Estela sorriu, eu continuei:

"É sério. Eu era feliz com a sua mãe e com a nossa família, era mesmo, mas não era nada feliz por outro lado. Seu irmão percebeu que eu não estava inteiro. Ele acabou descobrindo o meu lado B, e não aguentou. Não tiro sua razão. Ele viu um homem que, em silêncio, estava se envenenando com frustração, ressentimento e inveja."

"Ah, pai, não exagera."

"Não estou exagerando. Ele viu que eu, como escritor, jamais chegaria a ser quem eu gostaria de ser, e que no fundo até eu mesmo já sabia disso. Um trauma para qualquer filho, concorda? Sobretudo um adolescente, que precisa sentir o pai confiante, realizado, emocionalmente estável."

"Isso não acontece com todo mundo? Querer mais, se questionar..."

"Em alguma medida, talvez. Mas seu irmão não conseguiu me perdoar, e eu entendo. Em nome de uma 'glória literária' impossível, e mesmo que possível, idiota, eu sacrificava a minha convivência com a sua mãe, com ele e, depois, com vocês todos. Eu estava sempre longe de casa, correndo atrás de um ideal vazio. Não brinquei com seu irmão quando ele era menor, não o levei ao estádio de futebol, não ensinei a ele nada sobre o amor, não alterei minha rotina, não passei mais tempo com ele, não conversamos direito nem na hora que ele mais precisava da minha ajuda."

"Mas, pai, peraí... Ninguém merece o que o Carlos fez com você. A carreira de escritor é superimprevisível. Você era muito moço pra já ter desistido! O que ele fez foi muito de repente, e muito violento. Nem dá para acreditar direito que as coisas aconteceram daquele jeito."

"Não, não foi nem um pouco de repente. Seu irmão acumulou muita coisa dentro dele até explodir. Se foi violento demais?" Não era uma pergunta retórica, nunca era. "Digamos que seu irmão teve de gritar muito alto, ou eu não teria escutado. E lembre-se que o mundo estava caindo não só em cima da sua mãe e de mim, estava caindo em cima dele também."

Estela parou, pensou. Afinal, torcendo a boca, desaprovou: "Não entendo como você consegue defender o Carlos."

Não era para ela entender. Não dava para uma terceira pessoa entender. O que aconteceu entre mim e meu filho mais velho era algo só nosso, não devia mesmo fazer sentido para mais ninguém — nem para a Mayumi fez (eu acho...). Eu sempre tentava explicar, mas era inútil. Mostrava que tinha motivos, apesar de incompreensíveis, para não condená-lo, ou para não condená-lo sozinho, mas não importava como eu contasse a história, como eu demonstrasse os argumentos do outro lado. Era verdade o que a Estela havia acabado de dizer; acontecia, realmente, de as pessoas mal acreditarem que as coisas tinham se passado daquela forma.

"Tudo isso de uma hora para outra?", perguntavam. "E você não fez nada, não foi atrás?"

Foi como foi, fiz o que pude na hora, e o Carlos também. O que elas queriam mais? A nossa história era aquela, fazer o quê? Triste, maluca, mas era. Cheia de insensibilidades grotescas? Sim. Cheia de barreiras intransponíveis? Sim. Cheia de lances improváveis, intempestivos e radicais? Sim, sim, sim — e daí?

Eu não iria mudar a realidade dos fatos só para torná-los mais apresentáveis, mais verossímeis. O que aconteceu, o que levou cada um a agir como agiu, só eu e meu filho sabíamos. Os descontos de nossos exageros, de parte a parte, o custo dos nossos erros, só nós conhecíamos. Só eu entendia a sua inocência, só ele entendia a minha culpa. O que havíamos aprendido um com o outro, só nós conseguiríamos admitir (se é que ele aprendeu alguma coisa comigo). Só eu podia dar a minha versão da ruptura, e sobretudo só o Carlos podia dar a dele. A distância entre uma e outra era a medida do nosso amor machucado.

Balancei a cabeça no travesseiro, espantando aqueles pensamentos. Tínhamos ido longe demais, num assunto doloroso demais.

"Agora não é hora de pensar em nada disso", falei. "Chega dessa conversa triste. Agora é hora de pensar em você, na sua vida, na sua saúde e no…"

Eu hesitei. Fui pego em flagrante, por mim mesmo, prestes a mencionar o bebê extemporâneo como um dado positivo em nossa situação familiar.

"E no quê?", perguntou Estela, intuindo aonde eu iria chegar e querendo ouvir.

Eu não continuei. Ela me deu um cutucão:

"Fala!"

4. Chamado selvagem

O mundo passa muito bem sem os meus livros, e eu idem. Demorei a entender isso, sobretudo a segunda parte. Foi traumático, mas depois, que alívio!

Durante vinte anos da minha vida adulta, eu me imaginei capaz de reinventar a alma da humanidade por meio das palavras no papel. O sucesso era uma questão de tempo. Os grandes críticos literários, claro, se derramariam em elogios; eu ganharia tantos prêmios que, quando o Nobel chegasse, teria preguiça de ir à cerimônia de entrega. Graças ao meu gênio e status de celebridade, palestras no exterior e viagens com tudo pago seriam minha rotina. Minha conta bancária teria saldo de no mínimo uns cinco milhões, e eu nunca mais precisaria me preocupar com dinheiro. De quebra, ainda contribuiria para acabar com a fome, a pobreza, o preconceito, as guerras, a doença e a falta d'água no planeta.

Como se pode ver, meus sonhos eram megalomaníacos e impossíveis de realizar, ainda mais todos ao mesmo tempo. Tais fantasias, comparadas à realidade, eram uma mina inesgotável de frustrações igualmente grandiosas. Eu me enganava, achando que só faziam mal a mim mesmo, e por isso continuava me dedicando de corpo e alma aos meus sonhos de fama e sucesso. Só muito tarde descobri que eles provocavam danos maiores.

Ser escritor, além do quê, não rende um centavo. É uma atividade solitária, na qual sua única companhia garantida é algum Marco Aurélio Savonarola, pronto para incendiar seu corpo em praça pública, pelos jornais. Na verdade, quase ninguém lê o que você escreve, mesmo no seu país. E o que dizer do impacto global de sua poética redentora... puro delírio. Pelo mundo afora, as guerras e a fome não acabam, tampouco o aquecimento global é revertido pelo que você põe numa página em branco.

Mas não adianta culpar a humanidade. Todo dia você empurra a pedra montanha acima, enquanto escreve, para depois vê-la rolar montanha abaixo, quando o livro é lançado. Sísifo perde. E não me refiro apenas ao meu fracasso como escritor. Quem vive perseguindo a felicidade ideal nunca é feliz. Ela fica chamando você para o futuro, para o dia em que seu último desejo insatisfeito supostamente se realizará, e você corre, luta, se esfalfa, mas por algum motivo misterioso nunca chega lá. É quando a vida se torna frustração contínua. A felicidade parcial, aquela que você conquistou, que sente por ser quem é, já não basta.

No meu caso, fica fácil calcular o alívio que senti quando me livrei do desejo de ser escritor. Foi a ferro e fogo, em meio a traumas familiares e por reciprocidade — a carreira literária também desistiu de mim —, mas depois do cataclismo veio a paz, a humildade sábia de abandonar a tarefa desproporcional, a capacidade de aproveitar o que a vida oferece no presente, aqui e agora. Para um Sísifo menos ambicioso, a meia altura entre o vale e o topo da montanha já dá para o gasto. Ou contribuir anonimamente para a comunidade dos homens é o bastante para o cidadão ser feliz e ser respeitado, ou o mundo se torna uma selva de egocêntricos ferozes.

Em vez de escritor, com quarenta e poucos anos de idade virei editor. Para mim, foi uma redução saudável das expectativas. Bati cartão, participei de reuniões, preenchi planilhas do Excel e ajudei a chegarem ao público livros que me pareciam importantes, interessantes ou belos. Um editor, ao contrário do escritor, não precisa optar por uma corrente literária, se restringir a uma única patota supostamente eleita para transformar o mundo. Sua contribuição é ciscar com critério pelas diferentes áreas, linhas e turmas, procurando o melhor de todas elas. O segredo, eu descobri então, era sair borboleteando por aí, escolhendo as flores mais bonitas para polinizar, e fazê-lo em revoada, nesse sentido aliado à concorrência, sem querer resolver tudo sozinho.

Quem me permitiu tal metamorfose foi a mesma pessoa que antes publicava meus livros. O dono da Mundo Livre Edições, um dos principais incentivadores de minha carreira literária — afora a Mayumi e o professor Nabuco. Foi ele o autor da carta que mudou minha vida, aceitando publicar meu romance de estreia, quando eu ainda era um jovem universitário. Embora fosse vinte e poucos anos mais velho, eu e o dr. Rodolfo Amaral, ou Rodolfinho Puccini como os amigos o chamavam, havíamos selado uma forte amizade durante a produção daquele primeiro livro.

Lembro que, num evento literário, um dos chatíssimos, fomos os únicos a dar uma banana para as palestras e ir nos refestelar, às gargalhadas, num simpático restaurante da cidade. Terminamos a noite vagando pelas ruas, com ele me ensinando a cantar suas árias de ópera preferidas.

Editor desse e dos outros três que publiquei, ele foi enganado pelo meu entusiasmo de juventude tanto quanto eu, ou mais, visto que o dinheiro gasto na produção dos livros sempre foi dele. Pobre coração generoso! Depois, quando afundei na crise criativa (simultânea à pessoal e familiar), foi ele quem me estendeu a mão, oferecendo o primeiro emprego formal que tive na vida.

Minha gratidão era imensa. Para enfrentar o que eu enfrentava, com a vida familiar desmoronada e a literária violentamente abortada, a rotina de escritório me deu um gosto inédito de paz e liberdade. O que para muitos é prisão, para mim foi o contrário. Eu gostei de ter chefe. Era mais fácil satisfazer a um chefe, cumprindo às vezes reles tarefas burocráticas, do que encarar o massacre da minha autocrítica impiedosa diante do que eu escrevia e de tudo que acontecera com a minha família.

Alguns anos e altos e baixos da economia depois, o salário na editora já não bastava para minhas despesas mensais. Isso havia me obrigado a fazer um pouco de tudo para completar o mês: frilas de jornalismo, textos institucionais, traduções e roteiros, dar aulas, dar oficinas, selecionar originais para outras editoras e, por intermédio do próprio Rodolfo, tornar-me olheiro de manuscritos para colecionadores como ele.

Foram esses bicos de avaliador que me abriram uma avenida profissional ainda melhor que a vida de editor. Os autênticos martelinhos de ouro da cidade, os leiloeiros Clésio Moura e André Bergamini, me contrataram como responsável por garimpar primeiras edições, manuscritos e documentos para a Moura & Bergamini Leilões. Eu ganhava mais e um dia me despedi da Mundo Livre Edições. Rodolfinho compreendeu.

Continuei gerenciando alguns projetos para ele, mas voltei a trabalhar em casa, aprendendo a dinâmica dos leilões, e tirei o pó do diploma de historiador. Tratei de me reciclar, fazendo cursos técnicos de paleografia, grafologia, encadernação e restauro. Eles ajudariam em meu novo trabalho. E tudo isso com dois filhos crescendo e um sumido no mundo.

O trabalho de avaliador e comprador de manuscritos, na prática, consiste em visitar belas bibliotecas privadas pelo país afora, negociando com donos ou herdeiros, ou escarafunchar na internet os sites de antiquários e leiloeiros do exterior, com liberdade e orçamento para uma verdadeira "compraterapia cultural".

O que sempre gostei mais de procurar foram os autógrafos, isto é, cartas, bilhetes, anotações, reflexões, diários, fragmentos e originais de obras literárias, escritos à mão por artistas famosos, políticos poderosos, pessoas importantes em geral. Eu me divirto infinitamente mais fazendo isso do que escrevendo livros meus. É uma espécie de *TV Fama* erudita, uma revista *Caras* da movimentação intelectual. Era o máximo que um ex-viciado como eu conseguia aguentar sem recaídas.

No campo da literatura e das artes, entre os tesouros que consegui estavam as cartas eróticas do Machado de Assis — que tarado! —, sonetos de próprio punho do Baudelaire adolescente, partituras originais do Villa-Lobos, um poema do Victor Hugo, anotações de campo do Guimarães Rosa, quadrinhas do Drummond para a filha, num caderno de escola, e uma carta do Lima Barreto sobre o pai biruta, que ficava urrando o dia inteiro pela casa. Me identifiquei muito, com o pai.

Também já passaram por mim documentos preciosos da história do país e do mundo. No campo nacional, meus maiores achados foram um bilhete do Lampião para a Maria Bonita (detalhe: Lampião não sabia escrever, o que aumentava a raridade da descoberta) e um desabafo íntimo escrito por Getúlio Vargas, homem sabidamente reservado e pouco afeito a desabafos. Entre os estrangeiros, vi o rascunho de um discurso porreta do Kennedy, uma declaração oficial do general De Gaulle concedendo incentivos fiscais aos produtores de queijo da França, três parágrafos do Churchill sobre a arte de fumar charutos, uma página de equações rabiscadas pelo Einstein e o datiloscrito de um texto filosófico do Mao Tsé-tung. Um currículo e tanto, que fez bombar a seção de documentos e autógrafos da Moura & Bergamini, atraindo os mais endinheirados colecionadores brasileiros e estrangeiros.

Desde aquele domingo de crise familiar, algumas semanas haviam se passado, e foi minha dupla atividade profissional que me levou ao escritório do Rodolfinho Puccini. Já preocupado com as despesas do futuro neto, eu precisava fazer caixa.

A editora ficava no centro da cidade, perto do Theatro Municipal, e naquela região cheia de bancos, empresas e escritórios de advocacia, tão pragmática e atarefada, a Mundo Livre era uma raridade feliz. Esplendorosamente bagunçada, lá as obras de arte se espremiam pelas paredes e amontoavam-se pelo chão; ricos tapetes percorriam os corredores; esculturas e pilhas de livros e papéis erguiam-se em cada tampo de mesa ou prateleira. A empresa crescera um bocado desde que eu havia deixado de ser funcionário fixo — outros rostos, outros gostos, outras máquinas agora substituíam os colegas da minha época —, mas o maravilhoso clima de liberdade permanecia intato.

A secretária me conduziu até a sala de Rodolfinho. Lá, a temperatura gélida, por causa do ar-condicionado sempre no máximo, também continuava intata. Trocamos um abraço afetuoso. Ele ficou emocionado quando contei que seria avô. Conhecia Estela desde criança.

Atrás da mesa de trabalho de meu amigo e potencial comprador, notei a sua indefectível prateleira com a coleção de estatuetas dos grandes compositores de ópera — o obrigatório Puccini, honrando o apelido, o pequeno Rossini de gesso, o Wagner de bronze brilhante, passando pelo Mozart em terracota e o Verdi em massa pintada, entre outros. Reparando num novo integrante do time, perguntei:

"Quem é esse aí?"

"Arnold Schönberg."

"Ele era assim mesmo, coitado?"

"Era."

"Com essa cabeça de tartaruga?"

"Sim."

"E esse olhar de peixe morto?"

"O talento e a beleza nem sempre vêm juntos, Pedro. Deixa o Schönberg em paz."

"E ele compôs óperas? Sua coleção não é só de compositores de ópera?"

Rodolfinho me olhou com atenção. Comerciante muito mais hábil, logo percebeu o que eu estava fazendo:

"Estou vendo que hoje você quer me arrancar um dinheiro pesado. Fazendo suspense, é? O que tem aí para mim?"

Rimos.

"Não consigo esconder nada de você", eu disse.

"Melhor nem tentar."

"É verdade, tenho uma coisa especial."

"O que será?", disse Rodolfinho, com o típico ar guloso dos colecionadores.

"Ainda não", respondi.

Meu ex-editor ficou perplexo:

"Como não?"

"Vamos limpar a pauta das coisas práticas. Preciso falar da nossa edição do *Anna Kariênina*. O trabalho antes da diversão."

Ele ficou preocupado:

"Meu Deus, você hoje quer mesmo me esfolar..."

Descartei sua frase com a mão, rindo novamente, e fiz um relatório minucioso de como andava o projeto sob minha responsabilidade. Ao terminar, disse:

"Estou procurando alguém para fazer a última revisão."

"Tenho a pessoa certa", ele disse. "O Gonçalo Nunes."

"Não conheço, é bom?"

"Não conhece porque não quer, ele está em todas. É um jovem erudito, com seguidores na internet. Acaba de lançar um livro de contos muito elogiado e que, segundo dizem, até vendeu."

"Isso eu duvido."

"Eu também. Mas o Gonçalo tem jeito de ser meticuloso, e fala russo."

"Então é perfeito."

"Esse é o telefone. Ligue mesmo."
"Vou ligar."
"Bom, então", disse Rodolfinho, "já que você quer limpar a pauta antes de me mostrar as maravilhas que tem aí na pasta, deixe eu falar uma coisa. É um convite."
Fui pego de surpresa:
"Convite para quê?"
"Estou organizando a nova edição do prêmio literário patrocinado pela editora, e preciso de mais um jurado."
Fiz uma careta.
"Não comece fazendo careta."
Difícil evitar, mas tentei um pouco menos de antipatia ao dizer:
"Eu estou fora desse mundo, Rodolfo."
"Mas 'esse mundo', como você diz, não está fora de você. Quantas noites você já não estragou criando uma polêmica no meio da roda de amigos? Você, quando menos se espera, começa a desfiar suas teses de arte com psicologia evolutiva para quem quiser ouvir."
"Já não faço nada disso há muito tempo."
"Pedro..."
"Quê?"
"Pense com carinho. Um júri de prêmio é o palco perfeito para você expor suas teorias, com a vantagem de que as pessoas não poderão fugir, terão de ficar ouvindo."
"Não sei do que você está falando", eu disse.
"Está bem, não vou discutir. Mas e então, posso contar com você?"
Fiz um gesto com as mãos, pedindo calma, e perguntei:
"Quantos originais você está esperando que sejam inscritos?"
"Da última vez que promovi o concurso, foram duzentos e cinquenta."

"E para ler tudo isso...?"
"Dois meses."
"Você enlouqueceu?"
"Sem atrasar o Tolstói."
Respirei fundo. Rodolfo contemporizou:
"Você sabe que não precisa ler todos até o fim. Se não gostar de um, pula para o próximo."
Sim, eu sabia, mas o abacaxi era grande de todo jeito. Eu precisava de outro tipo de motivação:
"Paga bem?"
"Dez mil, por dois meses de trabalho. Posso ou não posso contar com você?"
Pedi calma de novo:
"Não é tanto..."
"É bem mais que o normal, Pedro."
"Além de nós, quem está no júri?"
"O Ivan da Rocha e a Janaína Cruz."
O Ivan eu conhecia, um veterano professor universitário.
"E quem é essa Janaína?"
"É a jornalista cultural mais badalada no momento."
Em circunstâncias normais, eu nunca aceitaria. Mas...
"Você vai ver", disse Rodolfinho, "a maioria dos originais são tão ruins que nem precisa passar da página 2."
"E se todos forem assim?"
"E se todos forem bons?"
"Pior ainda. Dá mais trabalho."
"Fazemos uni-duni-tê, pedra, papel e tesoura, escravos de Jó, que tal?"
"É uma boa ideia..."
Ele torceu o nariz, com impaciência:
"Logo você vai receber as caixas com os originais, aí definimos a data da votação."

"Não vou receber os livros em PDF?"

"Ô Pedro, escuta uma coisa, ninguém tem o direito de ficar ranzinza antes de ficar velho! E o velho aqui sou eu."

"É que fica um trambolho na casa da gente... Depois eu não consigo jogar fora."

"No fim eu mando retirar, combinado? Resolvo o seu problema."

"Vou cobrar, hein?"

"Pode cobrar."

"Então tudo bem", concordei. "Pode mandar os livros." Não tive coragem de recusar o dinheiro. Quem precisa, precisa. Paciência.

"E agora", perguntei, "posso falar da nova coleção de manuscritos que estou montando?"

Rodolfinho Puccini, subitamente, fez uma cara estranha. Ele parou, me olhou, baixou a cabeça meio sem jeito e cutucou a caneta que tinha diante de si com a ponta do dedo, girando-a sobre a mesa.

"Guarde seu talento de vendedor mais um pouco."

Fiquei em silêncio. Meu ex-editor continuou:

"Estou com um pequeno problema no depósito da editora, e quero conversar com você já faz um tempo."

Ele me estudou antes de prosseguir, apreensivo:

"Tem a ver com os seus livros..."

Senti meu passado de escritor, para mim morto e enterrado, levantar a tampa do caixão.

"Eu preciso saber como você prefere fazer", disse Rodolfinho, ainda sem ir direto ao ponto.

Fiquei mais gelado que a temperatura da sala. Ele continuou:

"Você está há quase dez anos sem escrever..."

Fiz questão de ser mais específico:

"Estou limpo há nove anos, três meses e vinte e três dias."

Com muito orgulho. Se existisse um AA para ex-escritores, eu seria o garoto-propaganda do tratamento."

Rodolfinho me encarou, tentando absorver o sarcasmo, depois foi adiante:

"Está faltando espaço no depósito. Já liquidei alguns títulos, fiz promoção de outros, até doação eu já fiz. Os seus livros, como você se retirou do meio literário, estão lá, parados há anos. Agora preciso saber o que quer que eu faça com eles."

"Destrua todos."

Ele se surpreendeu com a rapidez da resposta, mas apenas um pouco:

"Você não quer nem um lote de exemplares de cada um?"

"Rodolfo, por mim você pode mandar tudo para a trituradora de papel. O meu prejuízo em relação a eles eu já contabilizei faz tempo. Lamento que tenha chegado a sua hora de fazer o mesmo."

Rodolfinho Puccini me lançou um olhar penetrante, para ter certeza de que eu não estava blefando.

"Acredite", confirmei.

Ele tomou fôlego:

"Pois tenho outra ideia. Eu ainda gosto muito dos seus livros, de você como escritor e…"

"Pode parar", cortei, "nem vale a pena."

Ele não parou:

"Se você escrevesse um novo livro, podíamos aproveitar e relançar os antigos."

"Não, obrigado."

"Trocamos as capas, hoje em dia há artistas gráficos excelentes, fazemos novas edições, encomendamos prefácios, cooptamos uns jornalistas seus admiradores da velha guarda etc."

"Fale com o Marco Aurélio Savonarola e ele vai explicar por que fazer tudo isso seria uma gigantesca idiotice."

"E por que a opinião dele é mais importante que a minha?"

"Porque você foi meu editor, portanto é suspeito, enquanto ele é o crítico mais respeitado do país."

"E daí?"

"Não, Rodolfo, não quero."

"Você não pode ficar eternamente bloqueado..."

"Não estou bloqueado, estou curado."

"Ficou maluco?"

"Eu era maluco antes, isso sim."

"Não é verdade!"

"E como é."

"O sucesso de qualquer artista oscila com o tempo. Houve um período de baixa, concordo, mas quem sabe agora você não recuperaria sua fama inicial?"

"Não recuperaria, não. Simplesmente porque ela nunca existiu."

"Claro que existiu! Não foi um estrondo, mas você teve, sim, algum sucesso. O problema foi que você queria a unanimidade da crítica e vender milhões de exemplares, e esse tipo de sucesso não é um projeto pessoal, é destino. Ninguém controla isso."

"Não vejo ninguém falando mal do Shakespeare, do Cervantes, do Machado de Assis..."

"Se todo mundo pensar assim, ninguém escreve mais nada. Seus padrões são muito altos! E depois, se só existissem Mozarts no mundo, você acha, realmente, que a música sairia ganhando?"

"Claro que não."

Rodolfo ficou esperando que eu continuasse, mas parei por ali. Como fechei aquela porta, ele veio por outro lado:

"Você vai ter um neto, a Estela ainda é jovem, precisam de todo dinheiro extra que puderem conseguir."

"Está aí uma coisa que nem por dinheiro eu faria. Aliás, desde quando direitos autorais sustentam alguém? Comigo nunca aconteceu, não vai ser agora."

"Você ainda é muito jovem para desistir!"

"Não sou, não. Vou fazer cinquenta anos. Eu sou é muito velho para continuar."

"Cinquenta anos não é muito para um romancista."

"Há controvérsias..."

Ficamos em silêncio por um instante.

"Olha, não mesmo", eu disse. "Levei anos para admitir que, embora adorasse escrever, odiava ser escritor. Me dá mais dor de cabeça do que prazer."

"Isso é um esnobismo idiota."

"Não é esnobismo, é incompatibilidade de gênios. É falta de tempo, também. Não quero mais desperdiçar as vinte e quatro horas do dia pensando em literatura."

"Eu já disse: você não faz outra coisa da vida!"

"Não é verdade. Hoje em dia me interesso por gente que faz literatura, é diferente, é muito outra coisa. O corpo a corpo literário já não me interessa."

Ele ficou quieto.

"Passou, Rodolfo. Isso não faz mais parte da minha vida."

"Você vai sufocar o seu talento para sempre?"

"Talento? Depois das fogueiras inquisidoras do Savonarola, só você ainda acredita que eu tenha algum."

Rodolfo se irritou:

"Um crítico! Você vai deixar UM crítico ditar o seu destino?"

Eu me irritei de volta:

"Ele não é um crítico qualquer, você sabe muito bem, é a sumidade, a unanimidade, a majestade, o especialista do bom gosto, tem os cadernos culturais e as universidades aos seus pés. O que ele diz todo mundo repete."

"Você ganhou prêmios, Deus do céu, eles não significam nada? Como é que dá para viver assim, superdimensionando as críticas e menosprezando os elogios?"

"Não dá, é esse o ponto, por isso eu preferi ser feliz, vivendo de outro jeito."

Rodolfo lutava para não perder a calma. Após alguns momentos, tentou me analisar:

"Você sabe que o problema não é a opinião dos outros. Talvez não seja nem mesmo esse seu superego gigante."

"Qual é o problema, então?"

"É o trauma..."

"Qual deles?"

"Tudo que aconteceu com o Carlos..."

Invocar a ruptura com meu filho mais velho era golpe baixo. Desafiei:

"E se for? Saber disso não muda nada."

"Você acha que é feliz, mas continua se proibindo de ser feliz realmente", concluiu Rodolfinho. "Acreditou em tudo que o seu filho...", ele hesitou. "Você está se castigando por causa de um menino inconsequente. Que um dia, de uma hora para outra, resolveu fazer boliche relacional com toda a família."

"Ele teve seus motivos."

"Que motivos, Pedro, pelo amor de Deus! Seu filho era um Édipo supersônico, isso sim, a vida inteira disputou a Mayumi com você! Seu único erro foi não ter visto antes que ele daria uma de moleque na hora em que mais precisava agir feito homem!"

Não adiantava querer me chocar com supostas verdades e julgamentos tão duros, eu tinha outras certezas absolutas a respeito:

"Rodolfo, aceite os fatos. Eu tenho o direito de mudar minha vida. Mesmo estando errado, o que não estou."

"Você era uma pessoa tão alegre quando escrevia. Como pode se deixar levar por essas fantasias de culpa, trancar um pedaço tão importante de quem você é?"

"Meus motivos são esses que eu já disse e muitos outros, suficientes para eu dizer não à sua proposta e pedir encarecidamente que destrua os encalhes o quanto antes."

"Você não aceita nem pensar no caso?"

"Não, Rodolfo, obrigado. E, para a sua informação, eu ainda me acho uma pessoa alegre."

"É uma pena..."

"Não é. É um alívio. Em nome da nossa amizade, até peço a você, por favor, que nunca mais toque no assunto."

Ele se recostou na cadeira, cansado e deixando a cabeça pender:

"Como você é teimoso!"

"Estou certo, é diferente."

Encerrada a conversa, finalmente tirei da pasta o inventário da coleção que estava montando e alguns documentos escolhidos a dedo. Nada melhor para desfazer o mal-estar e alegrar o ambiente. Meu ex-editor, contudo, parecia sem ânimo.

"Veja isto aqui...", eu disse, escorregando-lhe o material pela mesa.

Era natural que meus olhos já não estivessem brilhando como deveriam, após o papo desagradável, mas os documentos que eu trouxera ainda me deram alguma energia. Eu amava aquela coleção. Rodolfinho, porém, não mexeu na pilha de envelopes de plástico, não se deu ao trabalho de erguer sequer uma folha. Imóvel, ainda recostado na cadeira, disse:

"Prefiro que você me conte do que se trata."

Olhei bem para a cara dele. Rodolfo me olhava com um ar entre desanimado, piedoso e irritado. Subitamente indignado, ofendido mesmo, concluí que, se ele não tinha interesse nos meus tesouros, eu também não estava mais disposto a mostrá-los. Peguei tudo de volta:

"Eu vou embora, Rodolfo. Outro dia a gente vê isso."

5. O outro lado

Aquela noite inteira eu fiquei ligado, vendo os enfermeiros entrando e saindo. Ainda eram umas sete da manhã, não lembro exatamente, mas tipo isso, porque o sol ainda estava fraco quando vi a porta abrindo, bem devagarzinho, como se alguém desse uma geral no ambiente antes de entrar. Em câmera lenta, apareceu o rosto do meu pai.

Eu nem me mexi. Todo torto na poltrona, fechei os olhos e fingi que estava cochilando. Desde que minha mãe tinha começado a viver de internação em internação, quando meu pai aparecia no hospital, sempre que dava eu evitava ficar muito perto dele, para não brigar.

Meio se esgueirando, ele chegou até a cama da minha mãe. Sem a menor cerimônia, afastou o cabide dos tubos de soro e de remédio e ignorou completamente o painel atrás da cabeceira, que marcava a pressão arterial e o batimento cardíaco dela. Foi logo acordando quem mais precisava descansar.

Na véspera, depois de mais uma de suas "famosas" palestras literárias, ele tinha ficado de ligar pra saber o resultado dos últimos exames, mas não ligou. Daquela vez, minha mãe já estava sozinha ali tinha três dias; quer dizer, sozinha comigo, enquanto meu pai se divertia por aí.

Com o quarto ainda no escurinho, ele se mexeu tanto em volta da cama que minha mãe acabou acordando, claro. Vendo quem era, abriu o maior sorriso:

"É você..."

"Passei em casa, larguei a mala, larguei tudo e vim correndo, louco para ver a minha Audrey Hepburn oriental, a minha princesa do sol nascente."

Tanto romantismo meloso só podia ser de mentira. Quando os dois conversavam, é sério, nem pareciam adultos. Na real, minha mãe sozinha era incrível, mas os dois juntos ficavam meio insuportáveis. Todo casal tem briga, tem atrito. A regra também devia valer pra eles, só que não.

O pior, o mais louco, é que a fachada de casal perfeito era verdadeira. Por mais torto que o casamento fosse, eles se achavam muito felizes. Eu via os problemas, eles não, e ela, sobretudo, aparentemente também não. Até na intimidade máxima, sem ninguém de fora da família por perto, os dois se comportavam como uns namoradinhos apaixonados, como se tivessem dado o primeiro beijo um dia antes. Eu achava isso muito irritante.

"Tenho trinta e nove anos e trezentos e sessenta e um dias de vida", disse meu pai. "São quase quarenta anos a seus pés, meu amor."

"Trinta e nove é pouco para o meu gosto", ela provocou.

"Mas foram todinhos pensando em você."

"E na verdade não são nem trinta e nove, pois quando nos conhecemos você já tinha uns vinte."

"Mas antes eu estava me preparando para você."

Sempre essas conversas empapadas em ternura... Minha mãe se divertia com aquele charme caricato. Não podia estar sinceramente gostando — ou estava? Achou mesmo alguma graça naquilo? Eu não suportava, e continuei fingindo que dormia. Às vezes tinha vontade de sumir, mas como?

Ela dizia que eu era muito duro e impaciente com meu pai, que ele era um homem maravilhoso, doce, sensível, e que se matava de trabalhar, que fazia tudo que podia pra nos sustentar, e blá-blá-blá, blá-blá-blá. E ainda amava o senso de humor dele. Pra mim, o meu pai era o oposto. Sem graça, sem talento, sem autocrítica e sem grana. Um *loser* total.

"Você não atendeu ontem. Eu liguei, o Carlos ligou...", disse minha mãe, numa vaga reclamação.

"Mil perdões, querida, esta noite foi um pesadelo completo. Quando acabou, falar no telefone já não era o suficiente para matar minhas saudades de você."

"Um pesadelo por quê?"

"Ah, o de sempre. A Santíssima Trindade — chave, carteira, celular — se revoltou contra mim."

"O que você perdeu dessa vez?"

"O celular, mas só quase."

"Perdeu ou não perdeu?"

"Não, mas foi por pouco. Depois que minha palestra terminou, íamos a um jantar na casa do secretário de Cultura de Curitiba. A caminho de lá, na van da Bienal do Livro, percebi que tinha esquecido o celular no camarim. Depois de deixar os outros convidados na festa, voltei ao auditório para pegar meu telefone, mas cadê? O desgraçado não estava onde eu tinha deixado, e já não havia quase ninguém no auditório. Toca a procurar o pessoal da limpeza, os últimos que com certeza haviam passado por ali. Tinham ido embora. Liga para um e ele não sabe de nada, liga para outro e esse não atende. Com a minha volta marcada no primeiro avião de hoje, eu já estava dando adeus ao celular."

"E aí?"

"De repente, várias coincidências aconteceram. Apareceu um funcionário da coordenação, que pelo horário já nem era para estar ali, e ele por acaso tinha ouvido um faxineiro comentar sobre um aparelho esquecido. O sujeito havia dito que iria guardá-lo no seu escaninho, pois o responsável pelo Achados e Perdidos já tinha ido embora. Procuramos esse faxineiro, mas foi inútil. E ninguém sabia o telefone dele. Aí, como que por milagre, descobriram o sujeito num botequim do outro lado da avenida, jantando antes de voltar para casa. Ele veio, abriu o escaninho e botou o celular na minha mão."

"E você perdeu o jantar de confraternização?"

"Praticamente. Cheguei, fiquei dez minutos e acabou. Não deu para conversar com quase ninguém. Entrei na van de novo e fui para o hotel, exausto de tanta adrenalina."

"Você é muito sortudo, Pedro, é incrível", disse minha mãe, rindo.

Já eu pensei outra coisa: putz, que cara mala! Conseguiu encher o saco de uns dez infelizes numa única noite, e ainda perdeu o social mais importante da viagem de trabalho. Eu e minha mãe, tão amigos, tão ligados, tão parecidos, definitivamente não conseguíamos nos entender em relação ao meu pai.

"Você precisa prestar mais atenção nos seus objetos pessoais", ela disse. "Vive perdendo tudo, esquecendo as coisas aqui e ali. Elas voltam para sua mão por puro milagre."

Total verdade, meu pai era completamente atolado, uma criança. Ele fez um ar de quem já estava acostumado a ser como era, e terminou de dar sua desculpinha:

"Como cheguei tarde no hotel, fiquei com medo de acordar vocês. Por isso não telefonei."

"E você se comportou por lá?", perguntou minha mãe, em outra piada interna de casalzinho feliz. Os dois sorriram.

"Claro! Para mim, só existe o meu caramelinho."

Minha mãe teve um brilho no olhar que eu não tinha visto desde o início da internação:

"Caramelinho? Por que caramelinho?"

"Porque você é doce, macia, cheira gostoso e tem a pele cor de caramelo."

Será que meu pai não se tocava? Como podia ser tão cego, tão alienado pra realidade? Ele ainda elaborou a cafonice:

"É um caramelo no ponto perfeito, puxa-puxa, do qual a gente não desgruda mais."

Minha mãe ficou feliz pela primeira vez em dias:

"Meu amor... Eu te amo tanto."

Ouvir minha mãe dizer aquilo até doía. Era de uma sinceridade nojenta. Meu pai beijou sua mão, seu rosto, sua boca. Tinha conseguido outra vez, já estavam imunes à vida real. Dali em diante, ela pensaria mil vezes antes de falar alguma coisa que perturbasse a suposta felicidade dele, que deixasse meu pai desconfortável ou triste, abalando seu egoísmo gigante.

Claro que ele identificou o momento certo de perguntar:

"E como você está, querida?"

Minha mãe deu um suspiro:

"Um pouco melhor hoje."

Como ela aguentava? Não devia ser fácil tratar o marido como um adolescente, esconder de um homem adulto, pai de três filhos, uma verdade completamente óbvia. Será que minha mãe tinha vergonha por ele?

"Mais bem-disposta, então?"

"Acho que sim. O enjoo dos remédios é que atrapalha."

"E os exames? Chegaram todos?"

Ele ouvia o que queria, ela contava o que achava que ele estava pronto pra ouvir:

"Ainda não..."

"E o que deu, até agora?"
"Por enquanto, nada conclusivo."
"E a dor que você estava sentindo?"
"Melhorou um pouco."
"Você vai ficar boa, querida, tenho certeza."
Ele fingia que tudo estava sob controle. Eu achava bizarro. E era sufocante pro resto da família, sobretudo pra minha mãe (só podia ser). Para mim, era um inferno do qual eu não via saída. Ainda...
"Você vai ter de me aturar um pouco mais", ela disse.
Meu pai sorriu:
"Mais mil anos está bom?"
"Acho que dá..."
Minha mãe, em casa, agia como a gueixa japonesa típica, que põe o marido acima de tudo, aceita ordens, serve, canta e dança pra ele. Só que por outro lado ela não era nem um pouco assim, de jeito nenhum. Tinha uma carreira própria, aliás muito mais bem-sucedida que a do meu pai, e era independente de grana e de cabeça.

Ou então ela parecia a típica mulher de artista, que idolatra o marido e se escraviza pro gênio da casa criar em paz. Enquanto meu pai escrevia, nenhum aborrecimento cotidiano devia atrapalhar "o fluxo da criação". Mas essa dinâmica também não batia com a realidade dos dois. Ele estava longe, muito longe, de ser um gênio, e ela, inteligente e culta, ótima leitora como era, devia saber disso muito bem.

Pra piorar, depois que o maldito livro era publicado, vinha a hora das críticas, e não importava se eram positivas ou negativas, tanto fazia, porque meu pai ficava angustiado do mesmo jeito. A tortura podia se arrastar por uns três meses. Quando finalmente ele estava prestes a perder a imunidade e ser tratado como gente grande, aparecia outro projeto de livro e tudo recomeçava.

Meu pai nunca recusava um convite pra viajar de graça. Acho que ia a toda feira de livro que aparecesse, por mais distante e micada que fosse, porque nesses ambientes podia fingir que era o escritor importante que tanto gostaria de ser. Qualquer migalha de sucesso já bastava pra ele fazer o gênero. O que mais explica tanta disposição? Não eram os cachês... Fui com ele em algumas viagens, e nada era tão incrível. Às vezes fazia sua palestra num auditório quase vazio, pra meia dúzia de pessoas. Ou então bancava o artista-cara-legal, dizendo que "o contato com o leitor é muito gratificante", mas sabia muito bem que nenhum dos espectadores tinha lido nada seu.

Minha mãe, ali internada, além de se preocupar com a própria saúde e com meus dois irmãos pequenos, continuava tendo de cuidar da casa, das contas, das coisas chatas em geral. Meus irmãos estavam morando de favor na casa da nossa tia, mas minha mãe supervisionava tudo à distância. A Estelinha tinha nove anos, no máximo. O André era um bebê.

Dentro de casa meu pai era um inútil, fora de casa era meio coitado, mas nem por isso dava pra esquecer que ele existia. Mesmo de longe, palestrando por aí, ainda infernizava minha mãe com pedidos — fazer um pagamento pra ele, resolver um problema com a operadora telefônica pra ele, providenciar um mensageiro pra buscar e levar os trabalhos dele, ensinar algum novo recurso do computador pra ele, responder os convites dos amigos dele etc.

É um mistério... Os dois já tinham um casamento bem estranho, e bem injusto, enquanto ela ainda estava com a vida normal, mas naquela altura as distorções eram bizarras. Para que engolir qualquer explicação furada, qualquer manipulação óbvia? Por que desculpar tudo? E ela ainda levantava a bola dele, deixando meu pai sempre bem na foto. Fez isso de novo aquele dia no hospital:

"Animado com o seu romance novo, meu amor?"

"Muito. Li mais uma vez na viagem e adorei."

"Jura?"

"Acho que é a melhor coisa que já escrevi, disparado."

"Que bom, querido."

"Estou louco para ouvir sua opinião."

"Tenho certeza de que vou gostar. O pedaço que eu li, também adorei. E agora você vai deixar o Rodolfo ler?"

"Fui entregar uma cópia impressa pessoalmente na editora, antes de viajar. Eu te contei…"

Ela ficou sem graça de ter esquecido, mesmo estando péssima, numa cama de hospital. Que absurdo!

"E ele já falou alguma coisa?", minha mãe perguntou.

"O Rodolfo leu em dois dias! Ontem me mandou uma mensagem dizendo que adorou", ele disse, animado.

Minha mãe o puxou para perto e deu um beijo nele. Meu pai aproveitou o momento certo pra dar o bote:

"Daqui a pouco, se você não se importar, eu até precisava dar uma passadinha na editora."

"E o Rodolfo vai estar no escritório hoje?", ela estranhou, decepcionada. "É domingo…"

"Ele disse que vai."

"Mas você acabou de chegar, Pedro."

"É rápido."

"Não pode falar com o Rodolfo por telefone?"

"Preciso pegar o original em que ele fez anotações. Estou morrendo de curiosidade."

"Ele não pode mandar entregar aqui, ou lá em casa?"

"Acho que preciso olhar nos olhos dele, para ter certeza de que gostou mesmo. Você me perdoa?"

Minha mãe ainda tentou:

"Ele é seu amigo, seu editor, e um bom editor, por que iria dizer que gostou se não estivesse falando a verdade?"

"Você me conhece, sempre desconfio dos elogios. Além

disso, ficamos de pensar em algumas pessoas que poderiam fazer a apresentação, ou o texto de orelha."

Meu pai devia se achar um mestre do hipnotismo sentimental:

"Eu volto logo, juro!"

Era mentira, provavelmente, mas bastou. Minha mãe disfarçou a tristeza fazendo humor negro com a própria situação:

"Prometo não sair daqui."

Eles riram. Meu pai voltou ao seu assunto preferido, a tão sonhada glória literária:

"Esse livro é a minha volta por cima! Dessa vez, ninguém vai poder falar mal. Nem o Savonarola! Sabe a sensação de ter encontrado a sintonia perfeita? De fazer uma obra-prima?"

Minha mãe, paciente, avisou pela milésima vez:

"Querido, vai com calma. Ninguém agrada a todo mundo, e a opinião dos outros não importa tanto."

"Eu sei, eu sei. Mas o livro ficou poderoso demais para dar margem à dúvida. E o texto de apresentação, se conseguirmos que seja feito por um crítico influente, ou um professor universitário respeitado, vai pautar todas as resenhas. A primeira palavra é a que fica. Sobretudo quando é dita por alguém com autoridade."

Ela sorriu, inflando o ego do marido metido a imortal da literatura:

"Esse livro não vai precisar de favor nenhum da crítica."

"Jura que acha isso?"

"Claro."

"Eu também. Mesmo. Vou mudar de prateleira, ganhar prestígio de verdade. Se bobear, até vendo bem, já pensou? Vou poder ajudar mais na casa, vou ficar mais com vocês, viajar menos."

"Tomara, querido."

Os delírios de grandeza foram interrompidos pela enfermeira, que entrou pra checar o fluxo dos líquidos injetados nas veias da minha mãe. O dia do hospital estava começando. Em seguida veio a moça da comida, com quem minha mãe já tinha feito amizade:

"Chegou seu café, dona Mayumi."

Eu finalmente fingi acordar e me espreguicei no sofá, com os dois me olhando. Então me levantei e fui em direção à mesa de rodinhas, onde a copeira ia deixando a bandeja, mas meu pai me puxou pela camisa, como fazia quando eu era criança, pra me beijar no rosto:

"Oi, filho."

Claro que eu odiava aquele jeito dele de me cumprimentar. Enxugando as bochechas, resmunguei que a comida ia esfriar e vi que a copeira, já de saída mas sabendo que o acompanhante ali era eu, me deu força. Empurrei a mesa até minha mãe e levantei o encosto da cama.

"Bom dia, querido", ela disse.

"Dormiu bem?", perguntei.

"Mais ou menos. E você? Dormiu na poltrona, meu amor?"

Balancei os ombros, não dando importância, e respondi com uma pergunta que na verdade era afirmação:

"Você precisa comer, tá?"

Minha mãe olhou com desânimo pra bandeja: o mamãozinho de hospital, um papaia plastificado, o minipão francês borrachento, a manteiga pasteurizada um milhão de vezes, o suco de laranja desenvolvido em laboratório e o café com leite aguado. Realmente não era nenhum cafezão de hotel cinco estrelas.

"Não sei se aguento."

"Você não jantou direito", insisti.

Com um ar sofrido, ela se rendeu:

"Mas não vou comer tudo."

Meu pai tinha recuado pra perto da janela e ficou olhando a vista, tirando o corpo fora como sempre. Eu, enquanto isso, tampei a xícara com o pires, pra que o café com leite continuasse quente, e tirei o plástico que cobria o mamão. Minha mãe encarou a carne da fruta, de um laranja meio pálido e enrugado. Depois comeu duas colheradas sem nenhuma vontade. Aí virou o rosto.

"Só isso, mãe?"

"Desse mamão, filho, já é muito."

"Faz uma força…"

"Nada cai bem, não é culpa minha."

"Mesmo assim, comer faz parte do tratamento."

"Quem sabe um pão com manteiga?"

Preparei o pão.

"Posso botar geleia?"

"Não, geleia não."

Em minha homenagem, ela deu um ou dois goles no suco, mas fez careta:

"Como é doce…"

Deu duas ou três mordidinhas no pão, mas logo desistiu:

"Deixa aí, daqui a pouco eu termino."

"Toma pelo menos o café com leite."

Minha mãe suspirou e empurrou o conteúdo da xícara garganta abaixo, como um remédio amargo. Assim que terminou, foi afastando a mesinha num reflexo automático. Sem saber que eu tinha ouvido a conversa deles desde o início, ela, mais uma vez, aceitou fazer o trabalho sujo:

"Carlos, você aguenta ficar no hospital mais um pouquinho? Seu pai precisa passar na editora ainda hoje."

"Já? Mal chegou…"

"É trabalho, meu filho", ele respondeu.

Como eu não disse nada, ainda tentou fazer uma graça:

"Eu sou gente que rala."

"Sei."

Os dois registraram o tom da minha voz. Baixei os olhos.

Não era justo, mas ia fazer o quê? Às vezes eu me perguntava o que ia precisar acontecer para eu conseguir botar meu pai no seu lugar. E para eu reocupar o meu.

"Claro, mãe."

Meu pai me fez um agrado no ombro, que veio junto com uma frase feita:

"Não vou demorar, prometo."

Depois disso, as paredes pareceram me espremer naquele quarto de hospital. Logo ele teria tudo que precisava pra se alienar: um romance inteiro para ser relido, com as observações do editor rabiscadas na margem. Se não queria nunca ficar com a família, por que não saía logo de casa? Era como se ele, no fundo, sem nunca ter tido coragem de admitir, achasse que a culpa de não ser um grande escritor era nossa, dos filhos pentelhos e da mulher, que só davam despesa e preocupação. Mas então por que não nos abandonava logo de uma vez?

Depois de alguns minutos, minha mãe, debilitada, fechou os olhos e dormiu de novo. Precisava descansar. Não acordou nem quando reclinei a cama outra vez. Acabando de ajeitá-la, olhei firme pro meu pai. Sem brigar, estava difícil ficar perto.

De repente, meu pai pediu, ou melhor, mandou:

"Venha comigo até o corredor."

Só de ouvir ele falar "venha", mesmo sabendo que soava muito metido, e não "vem", como todo mundo normal, eu tinha vontade de gritar. Já no corredor do hospital, trocamos olhares que pareciam empurrões. Minha mãe estava exigindo demais de mim. O que ela queria era absurdo, protegê-lo daquele jeito não fazia nenhum sentido.

"O médico falou quando sua mãe poderá continuar o tratamento em casa?"

Me surpreendi com aquela pergunta tão direta, e tão sem noção. Mas logo suspeitei onde ele queria chegar:

"Você vai viajar de novo?"

Ele nem se deu ao trabalho de mentir:

"Fui convidado para dar uma oficina de escrita criativa em Porto Alegre, no fim da outra semana. Vai dar um dinheirinho bom."

"Não era lá que você estava até agora?"

"Eu estava em Curitiba."

Encaramos um ao outro em silêncio.

"Pode ir", eu disse. "Ela não vai sair do hospital tão cedo."

Ele hesitou. Por um momento, considerou a hipótese de me perguntar alguma coisa. Mas ficar na ilusão era mais fácil.

"E a Estela e o André estão ótimos na casa da minha tia", fiz questão de completar.

Ele achou que era boa ideia fazer uma DR comigo, bem ali no corredor:

"'Da minha tia?' Ela é minha irmã, Carlos, esqueceu? Que tom!"

"Que que tem?"

"Por que você está falando assim comigo? Ficou bravo com a viagem?"

"Bravo com você, o pai perfeito? Nunca!"

Ele me deu um daqueles olhares de diretor de colégio arrumando paciência para lidar com um adolescente revoltado:

"Você ficou chateado porque vou ter de sair hoje? Volto rápido, juro."

"Não é isso."

"Está preocupado com a sua mãe?"

"Você não está?"

"Claro que estou, Carlos."

"Não parece."

"Que besteira, meu filho."

"Besteira?"

"Tão grande que vou fingir que nem ouvi."

"Tudo bem", eu disse, balançando os ombros. "Não vai fazer diferença."

Meu pai reagiu como se não entendesse de onde vinha aquela agressividade toda. Talvez não entendesse mesmo, e isso era o pior.

"Eu não amo vocês? Não cuido de vocês?", ele perguntou.

"Hã-hã."

"O que deu em você nos últimos tempos? A gente sempre foi tão amigo. Minha profissão, além de escrever, é viajar, dar palestras, oficinas. Eu faço tudo isso para ajudar a sustentar a nossa família, você inclusive."

"Grande coisa. Não fosse o salário da mamãe..."

"E que machismo é esse? Qual o problema dela ganhar mais do que eu? Nem eu nem ela nos importamos com isso. Claro que eu preferiria mil vezes ganhar rios de direitos autorais e trabalhar em casa todos os dias. Adoraria ter vocês sempre por perto! Mas não dá, preciso sair para ganhar."

"Pode viajar quanto quiser, já disse."

O papo morreu, e ficamos quietos um de frente pro outro. Ele, de repente, tentou "racionalizar" a discussão. Fez que me entendia, que iria desarmar minha revolta com sua maravilhosa intuição e sabedoria:

"Carlos, sua mãe é mulher, e japonesa..."

"E daí?"

"Esse é o grupo populacional mais longevo de toda a humanidade."

Quando falou isso, soou até doente mental, de tão otimista:

"Pai, acorda."

"Ela é jovem, vai se curar. Vai ficar boa e voltar para casa, acredite."

Como ele ainda podia...? Como era possível?

"De longe, tudo fica mais fácil, pai."
Ele continuou:
"Já, já todos nós estaremos recuperados."
A raiva, o desprezo, o medo, tudo começou a borbulhar dentro de mim.
"'Recuperados', no plural?", eu disse. "Não sei se você percebeu, mas quem está doente é a mamãe."
"Claro que eu sei disso."
"Então por que não faz alguma coisa?"
"Fazer o quê? Se eu pudesse, eu curava sua mãe agora!"
"Fazer o quê? Ajudar, pai, ajudar! Ficar por perto. Se dedicar a ela um pouco, uma vez na vida!"
Ele parou, me olhando:
"Virou advogado da sua mãe agora? Ela alguma vez reclamou de mim?"
"Não."
"Pois é. Será que isso não diz nada a você?"
Fiquei sem resposta por um momento, mas disparei logo depois:
"Pai, você é muito covarde..."
"Carlos, o que é isso?! Desde quando você tem tanta raiva de mim?"
"Desde quando você ficou insensível? Ou será que sempre foi?"
"Não acha que está distorcendo tudo, não? Eu não sou esse monstro que você pensa. Posso não ser perfeito, mas ninguém é."
"A mamãe é! Com você, ela é mais que perfeita!"
"Até parece que tudo de ruim que acontece é culpa minha."
"Eu acho."
Uma enfermeira, ao passar por nós, percebeu nosso tom alterado, e saiu fora rapidinho.
"Carlos, eu adoraria poupar você dos aborrecimentos que a

vida de adulto traz, mas é impossível, e você já tem dezoito anos. Sua família está passando por um momento difícil, não se comporte feito um garoto mimado."

Eu, mimado? E tendo que ouvir isso dele! Foi nessa hora que desisti de atender ao pedido da minha mãe. Não dava, não tinha jeito, era impossível. Livro novo, aniversário de quarenta anos, pai retardado, nada justificava. Não era lógico, não era justo.

"A mamãe recebeu os exames ontem", eu disse.

Meu pai insistiu:

"Não vá mudando de assunto. Eu e você não podemos ficar assim…"

"Ela recebeu todos os exames, pai", repeti.

Ele se espantou:

"Como é?"

"Todos os exames já chegaram."

"E por que ela não me contou?"

"Porque a mamãe vive te protegendo de tudo, e daqui a quatro dias o grande escritor faz quarenta anos, nada pode estragar uma data tão importante!"

"Que maluquice é essa?"

"Não é maluquice. Ela me implorou para eu não contar até o seu aniversário."

Se ela não queria que eu contasse, pensei, por que não me pediu para sair do quarto quando o médico veio com os resultados? Eu teria saído. Mas não pediu, óbvio, precisava de alguém para estar ali com ela, para ouvir o que ia acontecer e segurar sua mão, todo mundo precisa. Só que eu não merecia carregar aquilo sozinho.

"E o que os médicos disseram?", perguntou meu pai, com o pé atrás.

"Descobriram o que é a dor no peito dela."

Meu pai me encarou:

"E…?"

"Encontraram outro tumor na mamãe. No pulmão."
Ele ficou com os olhos cravados em mim:
"Não pode ser."
"Mas é."
"Você..."
"Eu o quê?"
"Aposto que entendeu mal."
"Não entendi mal, não. É outro tumor maligno."
Meu pai amoleceu o corpo e se encostou na parede. Ficou juntando forças para tentar se enganar pela última vez:
"Não está falando isso só para me agredir, está?"
Perguntar aquilo era sinal de desespero, mas me irritou mesmo assim:
"Claro que não!"
Ele não conseguia mesmo acreditar. Ficou paralisado um tempo, até finalmente encontrar o que dizer:
"E já marcaram a cirurgia?"
"Não vão operar."
Com a minha mãe era superinjusto, mas ele bem que merecia um castigo. Era hora de falar tudo.
"Vão fazer radioterapia?"
"Não. O tumor se espalhou muito rápido."
"Quimioterapia, então?"
"Ele tomou os dois pulmões, pai."
"Mas ela nunca fumou um cigarro na vida!"
"O tumor é muito agressivo. O pior tipo."
Com voz de pânico, ele perguntou:
"E qual o tratamento indicado, então?"
"Nenhum."
Ele ficou catatônico:
"Nenhum?"
"Foi o que o médico disse."

6. Passe livre

O tal Marmita, também chamado de José Roberto Macieira, começara a carreira de ativista profissional organizando manifestações no campus da universidade. Em pouco tempo, ficou conhecido nas redes sociais. No varejo, segundo Estela, ele era disparado o melhor orador da sua geração. No atacado, a julgar pela frequência com que as passeatas terminavam em vandalismo e quebra-paus com a polícia, o garoto defendia seus pontos de vista não apenas com palavras.

Ainda no primeiro ano da Faculdade de Geografia, um reles calouro, meu futuro genro compulsório já escalava a hierarquia do Centro Acadêmico. Nessa época, o Marmita brandia sua verve por direitos fundamentais em classe — ser avaliado por trabalhos sem nenhuma relação com o tema do curso, frequentar as aulas de sunga e chinelo, puxar um ronco honesto no fundão da sala (direito em pleno vigor, na prática, mas ainda não consagrado nos estatutos), entre outros.

No segundo ano, já um líder visionário e ativo na União Nacional dos Estudantes, ele tinha a função de articular apoios junto aos professores mais politizados, as famosas "lideranças docentes", para as lutas estudantis. Fazia também o contrário, levando os alunos a aderir às greves iniciadas pelos professores. Estes queriam aumento de salários, reivindicação sempre legítima, mas os estudantes que os apoiavam não entendo bem o que tinham a ganhar. Sei o que perdiam: aulas.

Também marcou essa fase a defesa heroica de um funcionário que, pego roubando livros do depósito da editora universitária, foi exonerado por justa causa, mesmo sendo funcionário público concursado. O Marmita, sem perda de tempo, organizou uma assembleia. Em seu discurso, alegou que Sartre, o filósofo francês, já defendera o roubo de livros como o único crime justificável e até meritório, existencialmente falando. O grande orador saiu derrotado no episódio trabalhista-filosófico, pois a reitoria ignorou solenemente seus argumentos em favor da cleptomania cultural e da readmissão de um réu confesso. Talvez porque Sartre, ao fazer tal defesa, se referisse a quem roubava livros para ler, não para revender. De qualquer modo, sua fala teve boa repercussão entre alunos e professores, e o Marmita foi recebido como herói pelo sindicato dos funcionários da universidade, que chegou a homenageá-lo com um churrascão opíparo no clube do campus.

Foi quando seu nome passou a circular com mais frequência lá em casa. Estela, ao falar de seus discursos e da efervescência que geravam, tinha um brilho diferente nos olhos. O Marmita havia conquistado algo muito mais valioso que o apoio de adolescentes conscientizados, professores militantes e funcionários sartrianos. Eu pressenti e, no réveillon daquele ano, na fatídica Chapada dos Veadeiros, o Marmita e Estela começaram a namorar. Entre florestas e cachoeiras, a Geografia e as Ciências Sociais se encontraram.

Sua carreira política não parou um segundo, no entanto. Já

de volta, o Marmita abraçou a causa do direito de voto para os estudantes nas eleições de reitor e, como um líder que se preza, cuidou para que todos no movimento estudantil endossassem o pleito. Organizou atos e passeatas, quase sempre seguidos de escaramuças com a guarda universitária ou, se realizados fora do campus, com a Polícia Militar, os motoristas de táxi e os cidadãos em geral. Foi durante uma delas que o acusaram de agredir um PM.

O episódio era obscuro, que se diga isso a seu favor, fui conferir na internet. Um acusava o outro de ter começado. Um monge budista talvez dissesse que, na verdade, os dois haviam começado, pois o espírito de harmonia com o mundo exterior acabara antes mesmo do início da passeata. Eu concordaria com o monge. A polarização política no país e a crescente radicalidade das posições, de parte a parte, adubavam o terreno para tais conflitos. Nunca é um fato isolado, um incidente apenas, que gera a violência. E adubo a gente sabe o que é.

No BO, o policial agredido contava ter perseguido até um beco o Marmita e seu companheiro não identificado. Dera ordem de prisão, pois os havia marcado como responsáveis pelo apedrejamento de um ônibus. Os dois teriam ainda furado os pneus do veículo público, criando pânico entre os passageiros, que desembarcaram aos gritos e trambolhões. Uma vez no beco, prosseguia o policial, o "meliante", isto é, o Marmita, vendo-se encurralado, sacou um spray da mochila e tascou um gás qualquer nos olhos do valoroso soldado. Não contente, derrubou-o no chão e, ao fugir, aplicou-lhe dois chutes, um deles no rosto, como provava o exame de corpo de delito etc. etc.

Já o Marmita, em sua defesa, alegava nunca ter apedrejado ônibus nenhum e ter sido injustamente perseguido, com um "companheiro de luta", por um policial com sangue nos olhos, o qual, ao encurralá-los no beco, teria partido para cima deles munido de um cassetete transformado em clava de homem das cavernas. Os dois garotos teriam tentado se render, mas sofreram os abusos da lei e depois, só depois de cada um receber algumas cacetadas no tronco, braços e pernas, haviam reagido e derrubado o guarda, ganhando a rua logo em seguida e às carreiras, para então desaparecer no bolo de gente. Em seu depoimento, além de não constar um exame de corpo de delito para comprovar o que ele dizia, o Marmita recusou-se a fornecer a identidade do outro estudante, o que lhe valeu a má vontade definitiva das autoridades e da grande imprensa.

Um mês tinha se passado desde que Estela contara da gravidez e me avisara da encrenca do Marmita com a lei. Nesse meio-tempo, sua barriga crescera e ele decidira voltar à cidade, ignorando a ameaça recebida, para acompanhar de perto o processo judicial e, é claro, continuar sua carreira de militância. Nada a ver com o meu neto, portanto.

Eu, na sala de casa, de short, chinelo e camiseta, deitado no sofá e tomando chá gelado, assistia pelo canal de notícias a última do Lênin tupiniquim. Lá estava nosso herói, de novo no centro da cidade, à frente de uma passeata pelo direito de voto dos estudantes para reitor em todas as universidades públicas do país. Uma quizumba tão cívica quanto, no meu entender, distante. Votar para reitor? E os professores que faltavam sem dar satisfação? E os cursos concebidos não para ensinar o máximo aos alunos, mas para dar o mínimo de trabalho ao professor? E os banheiros infectos da faculdade? E a ausência de segurança e de um bandejão decente no campus? Não seria mais inteligente brigar primeiro pelas coisas essenciais?

O canal de notícias transmitia ao vivo a passeata, quase sem disfarçar a torcida para que o caldo entornasse, aumentando a audiência à custa do idealismo alheio. Estela, por sorte, dessa vez estava segura. Fora fazer um exame de ultrassom com Filomena. Meu caçula, também são e salvo, encontrava-se trancado no quarto, ouvindo heavy metal, o que não punha ninguém em risco (afora pelos tímpanos rompidos e alguns neurônios danificados). Mesmo assim, diante da nova situação familiar, eu me senti obrigado a torcer para que nada de grave acontecesse aos manifestantes. Uma coisa era sonhar com o Marmita cozinhando no vapor; outra muito diferente era meu neto só conhecer o pai atrás das grades, ou pior, ficar órfão antes de nascer.

Nos meus momentos mais generosos, confesso, eu até admirava o entusiasmo do Marmita por suas causas, fossem elas quais fossem, e sua incansável determinação política. Apesar de todos os equívocos e exageros, ele tinha boas intenções e coragem. Eu admitia isso. Sua liberdade podia estar em risco, para não falar da sua integridade física — a dele e a de todos os outros cinco mil jovens ali, que logo seriam seis mil, pois a multidão continuava crescendo —, mas ele nunca desistia. Entre um gole e outro de chá gelado, eu achava isso melhor do que desperdiçar a vida fofocando no Facebook, caçando Pokémons no meio da rua, ou subindo e descendo doze horas por dia numa rampa de skate, com as bermudas caindo pela bunda e as cuecas aparecendo.

A determinação do Marmita, analisada à distância, podia até ser motivo de inveja. Nunca fui de ter opiniões políticas muito sólidas. Quando achava uma coisa, achava com ênfase, forte ênfase, mas dali a cinco minutos revia minha posição. Argumentos contrários, quando me pareciam legítimos, me obrigavam a isso. Logo aprendi que era melhor pôr em dúvida permanente minhas certezas. Como consequência, fiquei sempre distante dos centros acadêmicos, grupos militantes e movimentos de protesto. Sempre odiei a ideia de ser "soldado" de algum partido ou grupo político, forçado a repetir qualquer coisa que viesse da cúpula, e proibido de desobedecer à orientação da liderança. Mais tarde, já adulto, passei a desconfiar dos partidos em que votava e a discordar dos governos que ajudava a eleger.

De esquerda ou de direita, todos procuravam tolher meu direito de ser ideologicamente independente, e inconstante.

A televisão mostrava o ambiente cada vez mais tenso entre os estudantes e a polícia. Eram alunos de todas as universidades públicas, federais e estaduais, e ainda de algumas particulares, e até secundaristas, por solidariedade. O Marmita devia ser bom de articulação. Eles gritavam palavras de ordem e seguravam faixas variadas — "Pela universidade pública e universal", "Quem escolhe o reitor sou eu", "A nova política é a rua" etc.

Não parava de chegar gente no centro da cidade, o que deixava os policiais mais encrespados e a negociação entre as partes mais carregada. Era fim de expediente, a noite ia caindo e as pessoas que saíam do trabalho encontravam as vias públicas atravancadas e o trânsito horroroso.

A polícia e os órgãos competentes tinham bloqueado o trânsito de uma determinada avenida para a manifestação se desenvolver de forma controlada. Mas os garotos, ao verem tudo muito preparadinho, decidiram percorrer a avenida na direção oposta. Invocavam o direito de ir e vir sem predeterminação de ninguém, ao que as autoridades contrapunham sua obrigação de zelar pela população que não estava envolvida no protesto, proporcionando ordem e segurança a todos. Uma definição clássica de tragédia: quando os dois lados têm razão.

Divaguei por um instante, enquanto me servia de outra dose de chá. Subitamente, a TV soltou três estouros. Quando voltei os olhos para a tela, vi nuvens de fumaça branca se levantando no ar, no mesmo ponto onde um buraco se abria na multidão.

Os ânimos, como aquelas bombas, haviam explodido de repente. A tropa de choque avançou contra os estudantes. Muitos saíram correndo, outros recuaram organizadamente, e outros ainda reagiram com paus e pedras antes escondidos nas mochilas. O locutor narrava as imagens e procurava, como eu, decifrar a origem do caos. Os microfones dos repórteres captavam gritos e novos estouros, bombas de gás lacrimogêneo, morteiros e tiros com balas de borracha. As câmeras registravam cassetetes em ação, cavalos derrapando no asfalto, grades forçadas, correrias nas estações de metrô, lixeiras derrubadas etc. Os manifestantes, espalhando-se pela avenida e pelas ruas laterais, começaram a armar novos focos de resistência. De um helicóptero, chegavam imagens trêmulas e inquietantes.

Ouvi a chave girar na fechadura, eram Estela e Filomena chegando. Minha filha ficaria histérica ao saber do confronto. Eu nem tinha certeza se ela e o Marmita estavam se falando ou se haviam cortado relações, mas não fazia diferença. Ela ficaria histérica do mesmo jeito, e podia até fazer mal ao bebê. Pensei em desligar a televisão e fingir que não sabia de nada, mas teria sido inútil. No que pôs os pés em casa, Estela perguntou:

"E aí, pai, e a passeata?"

Fui obrigado a mostrar o que estava acontecendo. Estela reagiu como previsto e, com uma expressão de urgência, desandou a teclar no celular. Eu e Filomena procuramos minimizar a gravidade da situação, mas fomos contrariados pelas imagens de estudantes sangrando, repórteres machucados por balas de borracha, policiais feridos por pedradas, montes de entulho pegando fogo, novas bombas de gás lacrimogêneo estourando no asfalto da avenida e a correria contínua nas ruas laterais.

E logo apareceu um grupo de estudantes sendo enfiado à força num camburão. Estela pulou do sofá, apontando para a TV:

"São eles! É o nosso grupo!"

Eu não sabia o que dizer. Estava angustiado e solidário, mas achei que se falasse alguma coisa iria soar falso, tendo em vista meu histórico de implicância com o Marmita. Limitei-me a dizer o inútil:

"Calma, filha."

Estela voltou a teclar freneticamente, trocando informações com a rede de amigos e colegas. Facebook, Twitter, Instagram, WhatsApp... ela sozinha deve ter congestionado a rede, acionando ao mesmo tempo todos os miraculosos poderes comunicativos de sua geração. Filomena, para acalmar os nervos, suplicou:

"Pedro, meu santo, um vinhozinho por piedade..."

A TV exibia novo confronto, agora numa rua estreita. Os estudantes haviam se entrincheirado atrás de automóveis e jogavam paus e pedras nos PMs, que por sua vez, se aproximando em marcha cerrada, disparavam balas de borracha e arremessavam mais latas de gás.

"O Zé Roberto está bem", anunciou Estela, semialiviada. "Acabaram de me escrever. Mas muitos amigos foram detidos."

Na TV, a pancadaria piorava. De um lado, os soldados, armados pelo Estado e, no entanto, sem controle dos próprios nervos e sem a supremacia tática esperada. Seus rostos mostravam uma raiva que ia além da obrigação de restabelecer a ordem na cidade. De outro, um grupo de jovens mascarados, com paus, pedras e canos quebrados, atacando um caixa eletrônico, estourando os vidros de uma agência bancária e depredando carros estacionados.

"Pronto", eu disse, "perderam a razão."

Minha filha reagiu na hora:

"Qual o problema?"

"Como assim, Estela? Olha o que fizeram nessa agência bancária!"

"E cobrar quatrocentos por cento de juros ao ano não é vandalismo, não, né? E a polícia bater em estudantes, tudo bem?"

"Um erro não justifica o outro. Não é assim, simplesmente botando para quebrar, que se constrói um país melhor."

"Ah, então como é?"

"Obedecendo à lei, para começar."

"E desde quando os políticos tradicionais obedecem?"

"Eles chegaram lá seguindo as regras constitucionais."

"Que eles mesmos fizeram para ficarem no poder para sempre."

"Todo jogo tem de ter regras. Quem quiser mudá-las, que trabalhe politicamente para isso. Já se tentou muito reformar a sociedade sem ser pela via política: sempre deu errado."

"Só a gente que tem de obedecer às regras? Eles não?"

"Eu não disse isso."

"Sem um pouco de depredação, a sociedade não escuta. Ninguém muda nada pedindo por favor."

"Com violência e Facebook também não. Tem que ler muito, tem que pensar politicamente, tem que se colocar no lugar do outro e respeitar a opinião alheia."

"A opinião ou a propriedade? E você não entende mesmo que o Facebook e o poder de mobilização que ele nos dá são ferramentas políticas, né?, não adianta falar."

"Entendo, sim, mas, a meu ver, a internet é um território perigoso, onde as forças menos progressistas, aliás, estão levando vantagem."

"Você fala isso porque é de outra geração."

"E com muito orgulho. A geração dos meus pais abriu caminho entre os idiotas que acreditavam que os militares podiam fazer o serviço dos civis, e os tresloucados que achavam que os civis deviam agir feito militares. A minha geração manteve a trilha aberta. E agora… que belo trabalho a sua está fazendo!"

"As forças reacionárias estavam adormecidas, só isso."

"Estavam desarticuladas, é diferente. E dos dois lados do espectro político."

"Mais cedo ou mais tarde elas iriam reaparecer."

"Talvez, mas depois da ditadura e antes da internet, durante a minha juventude e parte da minha vida adulta, foram mantidas na insignificância. Predominava um mínimo de sensatez."

"Sensatez? No Brasil?"

"Sim, senhora. Estávamos tocando o barco, devagar, é verdade, devagar demais, até concedo isso, mas para a frente."

"Pra você, pai, o Brasil parou nos anos 1990. Acorda! A política de hoje não usa mais terno e gravata. As formas de atuar são outras. Se você não quer aceitar isso, o problema é seu."

Filomena tentou apartar, mas eu não ia deixar aquilo sem resposta:

"O que eu não aceito é me informar sobre política a partir de fake news, de blogs fantasmas, de influenciadores sem ética, de perfis falsos e dos algoritmos emburrecedores que as corporações digitais nos enfiam goela abaixo. A esse tipo de capitalismo selvagem você não vai resistir? Para esse lixo da indústria de consumo você não vai torcer o nariz?"

"É ridículo negar o potencial democrático da internet e das manifestações que ela produz."

"Democrático? Desde quando sair distorcendo os fatos e trocando ofensas é democrático? A internet é dominada por quatro ou cinco corporações, o que tem de democrático nisso? Desde quando vender dados sobre a intimidade alheia e usá-los para manipular as eleições é democrático? Ideologia em excesso deixa a pessoa insensível, minha filha, e a insensibilidade é a pior forma de burrice."

Filomena cortou de vez o bate-boca:

"Crianças, não briguem. Quem foi que disse que eu deixo? Comigo não tem essa frescura de democracia. Você está grávida, Estela, sossegue. E você, Pedro, vai logo encher meu copo que é o melhor que você faz."

Em silêncio, continuamos assistindo televisão. Estela recebia boletins a cada apito do celular. Após uma hora, ou pouco mais, as ruas começaram a se esvaziar. A polícia foi recuperando todos os quarteirões e liberando o tráfego e os pedestres que não se interessavam pelos rumos da educação nacional. Os veículos, as lixeiras, os estilhaços das vitrines e os detritos carbonizados, cadáveres esquecidos pelos generais dos dois exércitos, passaram a ser recolhidos pelos caminhões da limpeza municipal. Os repórteres já estavam nos prontos-socorros das redondezas, aonde os feridos iam chegando, no triste saldo daquela explosão de insensatez. Lá pelas sete e meia da noite, quase duas horas depois, tudo se acalmou.

Estela seguia emburrada comigo. Tentei desanuviar o ambiente:

"E então, filha, o exame foi bem? Como está o Pedrinho?"

Ela não achou graça:

"Pai, nem ferrando que vou dar o seu nome pra ele."

"Por que não? É um nome tão bom!"

"Sem chance. Nada a ver esse negócio de todo mundo na família ter o mesmo nome."

"Mas não é só o meu nome. É o nome de um monte de gente, e um monte de gente legal."

"Não estou nem aí."

"Vai chamar ele do quê, então?"

"Deixa a menina em paz, Pedro", cortou Filomena.

Em minoria, fiz uma retirada estratégica:

"Ainda temos tempo para decidir. Mas e então, como está o meu neto?"

"Tudo bem", respondeu Estela, secamente.

"Só isso?"

"O que mais você quer que eu diga?"

"O médico não falou mais nada?"

Ela fez cara de impaciência:

"Estou mais ou menos na décima sexta semana."

"Mais ou menos?"

Minha filha deu uma bufadinha. Estava muito cansada, do exame, do susto pela TV e do pai reacionário e implicante. Filomena mais uma vez entrou na conversa:

"Pedro, o médico disse que o bebê tem uns doze centímetros e pesa cem gramas, o que está dentro do esperado. Não há nenhum sinal de má-formação, nem dos órgãos, nem dos ossos, nem de coisa nenhuma. E o sexo está mesmo confirmado, é menino. Aqui está o DVD, se quiser."

Abracei minha filha, pedindo desculpas. Ela mais aceitou o abraço do que retribuiu. Logo em seguida, pediu licença e foi para o quarto:

"Tô megapodre."

Estela sumiu pelo corredor e ouvimos a porta bater. Perguntei a Filomena:

"Fui muito duro com ela?"

"Você foi é muito chato. Mas não creio que seja esse o maior problema."

"Ela não ficou feliz com o ultrassom?"

"Ficou, Pedro, claro que ficou."

"Então o quê?"

"Ah, meu amor, você sabe..."

"Sei? Acho que não."

"Nós, mulheres, somos românticas até quando negamos o romantismo."

Com a frase misteriosa, que eu vagamente supus ter relação com a ausência do Marmita na rotina dos exames pré-natais, minha amiga se despediu. Quando já chamava o elevador, me fez uma recomendação:

"Depois dê uma olhada no DVD do exame. Você vai gostar."

Meus filhos, aquela noite, não sairiam mais do quarto. Nem jantar quiseram, me deixando sozinho, com tempo para pensar e me entediar. Antes de dormir, fui dar uma espiada no tal DVD. Não tinha expectativa de entender muita coisa. Dos ultrassons dos meus filhos, minha lembrança era que eu e a Mayumi enxergávamos apenas um fundo preto, emoldurado por numerozinhos indecifráveis, no qual, conforme os movimentos indiscretos do captador de imagens, apareciam umas bolotas acinzentadas, com manchas brancas, e umas sombras pretas com manchas acinzentadas, todas crescendo rápido e logo diminuindo, se formando e desaparecendo. Sem a ajuda do obstetra, não se distinguia bulhufas naquelas formas dançantes. E mesmo quando ele ajudava, era difícil enxergar o que dizia estar vendo.

Enfiei o disco no aparelho quase por desencargo de consciência. De saída, reconheci a trilha sonora fetal, um bate-estaca molhado, um squash-squash-squash de tom grave, ritmo forte, bem marcado e bem alto. Era o sangue do Pedrinho sendo bombeado por seu coração minúsculo. Formas apareceram na tela, não bolotas e sombras e manchas amorfas. Nem sequer eram cinzentas, e sim coloridas e nítidas, inacreditavelmente nítidas. Eram 3-D! Meu portentoso neto de doze centímetros e cem gramas estava ali, por inteiro, boiando no líquido amniótico, com um jeitão de ET gente fina.

As perninhas já mais compridas que os braços; as articulações já funcionando; os dedinhos já completos, nos pés e nas mãos, com unhas!, o sexo definido... tudo estava ali. O corpo minúsculo se mexia, dando impulsos para cima. Talvez sentisse cócegas com os mega-hertz do aparelho que avaliava os itens essenciais de seu desenvolvimento: órgãos — estômago, pulmões, coração, rins, fígado etc. —, ossos — fêmur, úmero, coluna vertebral etc. —, veias e artérias. Ou talvez estivesse só se divertindo, pulando de alegria e expectativa.

Uma metáfora famosa diz que a vida é súbita e breve como um passarinho que irrompe janela adentro, rodopia e gira sobre nossas cabeças, se debate entre as paredes da existência material, para lá e para cá, até encontrar a saída e disparar janela afora. Um instante maravilhoso, de susto e beleza para quem o vê, de susto e enfrentamento do desconhecido para o passarinho. Ele chega sem avisar, esvoaça por um tempo e logo desaparece. Não existe antes ou depois.

A metáfora pode ser famosa, e bem bonita ela é com certeza. Mas aquele DVD era a prova de que o passarinho, antes mesmo de invadir a sala de jantar, já marcava presença na varanda.

7. O outro lado (Continuação)

Assim que abriu os olhos e viu a gente ali, no quarto do hospital, ela percebeu que meu pai já sabia. Seu primeiro olhar pra mim foi de espanto. Eu tinha quebrado a promessa, mas foi inevitável, e ainda tinha vontade de explodir mais. Minha mãe virou o rosto e deu um suspiro. Então encarou meu pai.

Ele chegou perto, todo choroso, e pegou sua mão. Os dois se olharam em silêncio.

"Sempre achei", disse meu pai, "que você ainda teria uns dois ou três maridos depois de mim."

O fator surpresa fez minha mãe gostar da piada mais do que a piada merecia. Ela sorriu e enxugou os olhos delicadamente. Meu pai continuou:

"Sempre ouvi falar que nenhuma mulher japonesa morre antes dos noventa."

Ela respondeu de um jeito simpático, apesar do verdadeiro sentido das palavras:

"Vim com defeito de fabricação."

Meu pai beijou a mão dela com força:

"Você é perfeita demais para este mundo, isso sim."
Novo silêncio, até ele dizer:
"Que ideia maluca foi essa? Esconder de mim o que os médicos disseram…"
"Não queria estragar ainda mais o seu aniversário. Quarenta anos é uma data importante, e tão bonita."
Os dois se olharam de novo, apaixonados e tristes. Eu assistia àquilo e não acreditava. Minha vontade era gritar.
"Estou com medo…", ela disse.
Meu pai não hesitou:
"Eu também."
Minha mãe dessa vez não riu. Apenas fez uma pausa, antes de completar:
"Estou com medo de sentir dor."
"Eu não vou deixar. Não vou deixar você sofrer nunca."
Devia ser um alívio para ela, apesar da tristeza, não precisar mais poupar meu pai de nada. Eu esperava que fosse, porque sentia esse alívio.
"E pensar que sempre me alimentei direito, sempre cuidei da saúde…"
"Eu sei", ele concordou, com ar de incredulidade, "não faz nenhum sentido."
"Será que a minha cabeça envenenou meu corpo sem eu perceber? Que tudo que eu achava que me fazia bem na verdade me fazia mal?"
"Não diga isso."
"Por que não? Nos últimos meses, nasceram três tumores malignos dentro de mim."
"Nós somos tão felizes! Nossa vida juntos, nossos filhos, tudo isso faz bem à saúde."
Ela gostou de ouvir aquilo, e concordou:
"Pelo menos eu me sentia feliz."

"E é feliz. Nem tudo é psicossomático, meu amor, assim como nem tudo é causado por hábitos não saudáveis."

"Eu sei."

"Você mesma sempre disse que um acidente biológico puro e simples pode fazer a célula se reproduzir de maneira... problemática."

Minha mãe falou como quem agradece uma gentileza:

"Mortal, você quer dizer."

Meu pai ficou quieto, encurralado. Ela continuou:

"Não pode ser só azar. Eu estou provocando minha doença."

"Claro que não!"

"Só pode ser. E até me pergunto o que é pior: me sentir culpada por algum traço autodestrutivo que nem sei qual é, ou achar que fui condenada por um acidente do destino, um azar que atingiu a mim como poderia ter atingido qualquer outra pessoa no mundo. Às vezes acho que prefiro uma lógica de causa e efeito, prefiro ser a responsável pelo que aconteceu, por mais pesado que seja."

Meu pai deu um sorriso e ficou com os olhos cheios de lágrimas:

"É por isso que eu te amo."

Minha mãe sorriu de volta. Ela estava precisando botar tudo pra fora, e foi adiante, como se eu não estivesse por perto, falando pro meu pai:

"Você diz que nós somos felizes, e eu também acho. Mas será que, para você, ser feliz comigo é o suficiente?"

Não havia mágoa na voz dela. Era como se lamentasse mais por ele do que por si própria. Como se — por mais incrível que fosse ela pensar assim — ele é que saísse perdendo no casamento.

"Minha querida, por favor, acredite: eu sou muito, muito feliz com você!"

Ela fez cara de quem estava duvidando e, com a voz mansa, insistiu:

"Não foi bem isso que eu perguntei..."
Meu pai acabou entendendo, e admitiu — coisa rara — umas ressalvas egoístas naquela felicidade comum:
"O que me falta na vida não tem nada a ver com você, com a gente, com a nossa família."
Minha mãe suspirou:
"Uma pena..."
Ele piscou os olhos e inclinou a cabeça pra frente, concordando.
"Grande coisa que o sucesso profissional me trouxe...", ela se lamentou. "Muito trabalho, grandes projetos, dinheiro... e um tumor com duas metástases."
"Você é uma cientista importante para o Brasil, que trabalhou muito e teve reconhecimento."
Minha mãe desviou a conversa, mudando de assunto:
"É difícil parar."
"Parar o quê?", ele estranhou.
"Parar de imaginar o futuro. O meu cérebro quer, precisa, antecipar tudo que vai acontecer. Comigo, com você, com nossos filhos."
"Nossos filhos vão crescer fortes, bonitos e inteligentes. E eu vou te amar para sempre."
Minha mãe, sorrindo, não botou nenhuma fé na última parte:
"Você logo vai se apaixonar de novo."
"Nunca! Jamais!"
Taí, nisso eu acreditava. Mas não por fidelidade a ela ou especial força de caráter, e sim porque minha mãe era a única mulher generosa o bastante pra se encantar por um cara tão banal, tão comum e sem talento, e ainda aturar um marido que só em situações extremas retribuía seu carinho.
"Vou virar monge", disse meu pai. "Vou passar o resto da vida lendo, ouvindo música e meditando."
Ela riu, balançando a cabeça:

"Não vai, não."

"Ou me matriculo num intensivão de francês. Oito horas de aula por dia e, à noite, exercícios de gramática até apagar na cama."

Ela riu de novo:

"Querido, você já fala francês!"

"Leio, entendo, mas não falo nem escrevo. Você me acha melhor do que eu sou."

Outra verdade indiscutível. Bizarro que saísse da boca dele. Só minha mãe não concordou, balançando a cabeça:

"Você é sensível demais. Não sabe ficar sozinho."

"Pois vou aprender."

"Não faz isso, não", ela pediu. "Fica assim mesmo que está muito bom."

Meu pai sorriu. Como alguém podia ter tanto orgulho das próprias fraquezas?

"Depois de você, qualquer outra mulher será ou chata ou feia. Ou os dois."

Minha mãe me olhou, achando a maior graça. Eu sorri amarelo de volta. Ele continuou:

"Todas as outras são umas barangas horripilantes."

Era ridículo ver meu pai falando gíria ou coisa parecida. Eu odiava quando ele tentava ser moderninho. Talvez por isso, depois da piada sem graça, tenha batido um silêncio triste no quarto. Minha mãe se ajeitou na cama, com uma careta de sofrimento, e perguntou:

"Como será que é?"

Nem eu nem meu pai entendemos do que estava falando.

"Será que morrer é como pular num lago muito gelado? Ou como ficar viva no escuro?"

Meu pai, do seu jeito, tentou responder:

"Você sempre viu o mundo de um plano superior, isso não vai mudar."

"Ou é como assistir a uma partida de xadrez, vendo as jogadas mas sem poder interferir? Ou será que interferimos, de algum jeito?"

"Tomara que sim", ele disse, falando sério e olhando ela nos olhos.

Minha mãe sorriu e, encabulada, me procurou para ver se eu estava prestando atenção na conversa. Pensei em disfarçar, mas não tinha como: claro que estava. Ela não parou por minha causa:

"Nossos filhos vão precisar muito de você agora, Pedro. Eu não tenho família para ajudar, você também não."

"Eu sei."

"Sua irmã tem a vida dela."

"Eu sei."

"E como vai ser, então? Você vai cuidar sozinho de um bebê de um ano, uma menina de nove e do Carlos? Não é, Carlos?"

Eu olhei para ela, sem saber o que dizer.

"Eu me viro", disse meu pai.

Conhecendo o marido, minha mãe tinha razões de estar preocupada.

"Eles vão precisar de você, Pedro."

"A gente vai se virar, e amar você para sempre. Todos nós", ele respondeu.

Minha mãe fez uma expressão bem séria, com os olhos lacrimejando:

"O André nem vai lembrar de mim…"

"Vai, sim."

"Claro que vai, mãe", eu me intrometi, lá do sofá onde estava, morrendo de pena dela.

"Todos nós vamos falar de você", continuou meu pai, "mostrar nossas fotos, nossos filmes, a nossa vida toda."

"Será que a Estela vai lembrar de mim?"

"Claro que vai!", nós dois falamos ao mesmo tempo.

"Será que, do lado de lá, vou enfim conhecer o filho que perdemos?"

Meu pai não falou nada, e eu também não soube o que dizer. Uma mulher prática, minha mãe ia pensando em mais de uma coisa ao mesmo tempo:

"A Filomena pode ajudar."

Meu pai nem entendeu:

"Ajudar em quê?"

"A criar nossos filhos."

"A Filomena? Coitadas das crianças!"

"Coitadas por quê?"

"A Filomena nunca trocou uma fralda na vida, Mayumi."

"Quem vai ajudar você, então?"

"Vamos ver. Talvez eu nem precise de ajuda."

A preocupação era evidente na voz da minha mãe:

"É sério. Você vai precisar cuidar dos meninos e se organizar, meu amor."

"Não se preocupe com a gente."

Ela não respondeu. E, de repente, meu pai disse uma coisa que me arrepiou:

"O Carlos já é grande. Ele vai me ajudar."

Dentro da minha cabeça, um primeiro alarme disparou. A enfermeira entrou no quarto bem nessa hora. Olhei pra ela, que trazia mais remédios. Enquanto minha mãe engolia pílulas e mais pílulas, meu pai se afastou e teclou um número no celular:

"Alô, Rodolfo, oi. Estou aqui no hospital com a Mayumi…"

Ele ouviu o que o editor disse do outro lado da linha. Depois respondeu, com uma voz fúnebre:

"Não, infelizmente não."

Então meu pai me olhou, mas logo desviou o rosto:

"Você poderia mandar o original com as suas anotações

para cá? Não, para minha casa não, aqui para o hospital mesmo. É... Isso... Obrigado."

Quando terminou a ligação, minha mãe ainda pediu desculpas:

"Não queria atrapalhar você, meu amor."

"Não está atrapalhando."

Ela sorriu:

"A gente combinou, desde o início da doença, que você não iria parar a sua vida por minha causa."

Um segundo alarme disparou em mim. Segurei o ataque de pânico, mas senti a descarga de adrenalina. "A gente combinou"?! "Ele" não podia parar a vida?! E eu parar a minha, tudo bem? Eu, só com dezoito anos, estava lá no hospital todos os dias, cuidando dela, e em casa também, assistindo sua vida ir embora, enquanto ele viajava de graça, tirando uma de escritor! Eu é que devia estar vivendo, namorando, saindo com os amigos, estudando...

Ela deve ter visto minha cara, ou foi algum sexto sentido de mãe que a fez dizer:

"Carlos, você não quer ir para casa? Seu pai vai ficar aqui agora."

Eu bem que precisava, mas de repente bateu um medo de sair de perto. A situação que estava se armando era totalmente maluca!

"Vou até a lanchonete comer alguma coisa."

Deixei os dois no quarto e fui pensar. Para o meu pai, claro, era muito conveniente me transformar no adulto da família. Tudo que ele jogava para cima da minha mãe já estava mesmo virando responsabilidade minha. E ela não tinha outra opção, precisava deixar alguém encarregado de cuidar dos seus filhos menores. Não era por desamor a mim; apenas, por mais que nunca admitisse isso na minha frente, ela no fundo devia saber que meu pai não era de confiança.

Mas eu precisava reagir, precisava me defender. Como escapar do papel que meu pai estava reservando pra mim? Tinha de achar um jeito. Eu não queria ser o substituto piorado da minha mãe, virando babá de duas crianças, por mais que eu amasse meus irmãos, e muito menos cuidar de um adulto folgado. Taí um destino que eu não aceitaria de jeito nenhum.

Depois de comer um sanduíche com gosto de papel velho, ainda fiquei na lanchonete um monte de tempo. Uma hora quase, talvez até mais. Eu já me sentia debaixo da armadilha, só faltava a jaula cair.

No início, meu coração e minha cabeça ficaram dando voltas e mais voltas, angustiados mas sem chegar a lugar nenhum. Depois fui tentando me acalmar e esfriar a rotação dos pensamentos, pra ver se encontrava um atalho qualquer no meio da floresta neurótica do meu pai. Aos poucos, até consegui. Pensei em mil caminhos, mil hipóteses, mil formas razoáveis de dividir as tarefas domésticas, mil acordos possíveis entre nós. Mas o tempo todo, no fundo, eu sabia que, fosse qual fosse a nossa combinação, ela estava condenada ao fracasso. Meu pai não iria mudar, ele nunca mudava, e logo eu estaria me agarrando a um pacto sem valor nenhum, de tanto ser quebrado por ele.

Pelo menos no nosso caso, era a maior besteira essa história de que "quando um não quer dois não brigam". *Isso*, eu aprendi com meu pai... Tinha que ficar bem esperto, para não me dar mal. Tinha que lidar com a realidade como ela era, não como eu gostaria que fosse. O que significava não subestimar, nunca, a capacidade dele de ser folgado. O que quer que eu decidisse fazer, tinha de ser definitivo, algo que meu pai não pudesse, no dia a dia, ir torcendo a seu favor, ir diluindo, ir desmoralizando, como ele fez com a minha mãe. Não importava mais se ele era como era por preguiça, por covardia ou por falta do mínimo senso de justiça. Ele era daquele jeito, e ponto. Que se dane o motivo! Demorei a me conformar inteiramente com esse fato da minha vida, mas naquela hora ele ficou tão evidente pra mim, e se mostrou tão decisivo... Era "esse" o problema que determinava a maneira como eu me dava não só com meu pai, mas comigo mesmo.

Ou eu sou radical, pensei, ou eu reajo de forma tão evidente e decisiva quanto, arrebentando as estruturas da nossa família, que deixam ele ser como é, ou nunca vou conseguir viver a minha vida, e vou me recriminar pra sempre.

Nesse momento, a única solução — que, aliás, era bem óbvia e eu já tinha pensado nela um milhão de vezes (desde pelo menos os quinze anos) — reapareceu para mim, e com um sentimento novo: fugir de casa, lógico. Sair de perto dele e nunca mais voltar, simples assim. Já dava pra fazer isso, estava de fato ao meu alcance colocar essa ideia em prática. Eu tinha completado dezoito anos um mês antes; legalmente, já podia fazer o que bem quisesse do meu futuro.

E eu precisava encarar os fatos: o destino da minha mãe estava decidido. Era uma tragédia, mas estava. Ela era maravilhosa, mas de qualquer jeito a doença ia roubar ela de mim no final. Se eu quisesse mesmo seguir o meu caminho, não dava nem pra esperar ela morrer. De todas as conclusões que eu tirei naquela lanchonete com cara de UTI, essa foi a mais doída. Doeu demais. E, por um momento, pensei que eu estava doido, que não podia fazer o que estava planejando.

Mas de novo a certeza da folga paterna infinita caiu sobre mim. Se ficasse esperando, quem ia se ferrar era eu; não ia ter segunda chance. Se não encontrasse uma saída antes dela morrer, eu ia perder a coragem, a rotina ia me segurar, como um pântano de areia movediça.

Também pensando nos meus irmãos, fugir depois da morte dela seria pior. Quando eu sumisse no mundo, a minha mãe precisava ainda estar viva pra reorganizar a família; a Estela e o André precisavam ainda estar a salvo, na casa da minha tia, e não sozinhos com ele. Nem sempre a gente pode escolher o momento certo de fazer a coisa certa. Às vezes tem que fazer no momento errado mesmo.

Claro que todos iam me achar precipitado demais, insensível demais, até cruel. Será que eles teriam razão? Será que eu estava maluco? Será que eu estava vendo tudo distorcido? Será isso, será aquilo? Ah, quer saber, tô nem aí. Foi pensando no que os outros iam pensar que eu cheguei naquela situação. Se é pra fazer...

E depois, exatamente porque eu era um bom filho, um ótimo filho, que todos iam se assustar com a minha atitude. Mas só eu sabia o custo que aquilo tinha pra mim. A sacanagem que era!

Aliás, justamente dessa montanha de raiva e desprezo surgiu a outra ideia, o complemento perfeito pro meu plano de fuga: dar um bom castigo no meu pai. Isso mesmo, castigar o meu pai — por me obrigar a escolher entre o meu futuro e o direito de me despedir da minha mãe, por me obrigar a escolher entre a minha juventude e a convivência com os meus irmãos, e mais ainda, por tudo que ele tinha feito com a minha mãe ao longo dos anos.

Fiquei impactado com a ideia. Ali, naquele espaço de tempo morto, na lanchonete fria do hospital, com o gosto do sanduíche velho na boca, a maneira de aplicar o tal castigo veio inteira na minha cabeça, de uma vez só. De estalo, vi tudo que eu precisava dizer, e fazer, pra que ele aprendesse a lição.

Depois levei um tempo tomando coragem, perguntando para mim mesmo se eu seria capaz de fazer aquelas coisas. As minhas entranhas me disseram que sim. Então repensei cada detalhe. Tocando direitinho, podia dar certo. Seria bem merecido, e com um lance de gênio: a dor que eu provocaria no meu pai seria apenas proporcional ao tamanho da sua fantasia de glória. Então, se doesse muito, a culpa era mais dele do que minha.

Uma bela hora, respirei fundo e, decidido, voltei pro quarto. Meu pai não iria me perdoar nunca — que bom!

Quando entrei, minha mãe estava em silêncio, prestando atenção nele, que lia trechos do seu novo romance. Certamente o mensageiro do editor tinha passado ali na minha ausência, trazendo a nova obra-prima da literatura devidamente lida e canetada. Haja tinta vermelha!

Enquanto ouvia as frases idiotas que se passavam por poéticas, mal acreditava que meu pai não percebesse o fiasco. Coitado, e ainda achava que a crítica implicava com ele...

Quando acabou, minha mãe elogiou:

"Está lindo."

"Essa passagem é nova", ele disse.

"Você não achou, Carlos?"

Minha mãe, coitada, não desistia de nos reaproximar. Por ela, fiz de tudo para soar o mais bonzinho possível:

"Muito legal."

Aproveitando o instante de silêncio entre os dois, eu disse que precisava passar no nosso apartamento, pegar umas roupas, e depois ir para a casa da minha tia, ver o André e a Estela.

"Vai, meu filho, vai descansar", respondeu minha mãe. "Você está com a chave?"

Bati no bolso da calça:

"Aqui."

E me dirigindo ao meu pai, como quem não quer nada, perguntei:

"Quer que eu leve o romance e deixe no escritório pra você?"

Minha mãe achou isso muito legal da minha parte. Já ele, como eu esperava, recusou:

"Obrigado, Carlos, mas vou trabalhar nele mais tarde."

Eu sabia que a resposta seria essa. O cara nunca desgrudava

dos originais enquanto estava no "processo de criação". Só tinha deixado a cópia dele em casa porque planejava passar na editora e pegar outra. Faria companhia pra minha mãe enquanto trabalhava, em silêncio por horas e horas, como sempre. Eu precisava fazer aquilo com jeito.

"Na boa", insisti, "você não vai conseguir trabalhar aqui. Não é, mãe? As enfermeiras por acaso deixam a gente em paz durante a noite?"

Minha mãe confirmou:

"Nem um minuto."

Meu pai deu uma hesitada, percebendo o que se esperava dele na situação.

"Você vai direto para casa?", perguntou. "Não vai esquecer no ônibus?"

Fingi que não fiquei irritado com a falta de confiança:

"Fica tranquilo. Deixo na mesa do seu escritório."

Ele ainda teimou:

"Mas e se amanhã de manhã, antes da sua mãe acordar...?"

Eu me apressei a resolver o problema:

"Venho cedo pra cá. Eu chegando, você pode ir trabalhar em casa. Muito melhor."

Ele resistia, procurando uma maneira de ficar com o livro dele por perto. Eu apelei:

"Fica com a mamãe um pouco, pai. Ela está com saudades de você."

Minha mãe ficou orgulhosa de mim, e agradecida. Eu, pela primeira vez, me senti mal por deixar ela contente. Meu pai, depois dessa, não tinha mais como recusar:

"Você tem razão. Deixe junto da minha pasta, que também está no escritório."

Yes! Um problema resolvido. Agora tinha o segundo, o mais difícil: me despedir da minha mãe. Não ia ser fácil, e dizer isso é muito pouco, muito pouco mesmo. Ia ser terrível, e foi — absolutamente terrível.

Eu cheguei perto da cama dela, me segurando. Mas bastou minha mãe me abraçar que logo percebeu alguma coisa:

"Carlos..."

Não terminou de falar, só me olhou, farejando intenções secretas dentro de mim. Se tivesse falado o que pensou, o que viu, talvez eu tivesse desmontado, desistido, mas ela não acreditou nos próprios instintos. Deve ter imaginado que era brutal demais, que eu não teria coragem de ir tão longe. Então segurei suas mãos e disse:

"Eu te amo, mãe."

Ela sorriu, ainda preocupada. Depois, escolhendo as palavras, recomendou:

"Meu filho, vai com cuidado..."

Respirei fundo:

"Vou, sim, prometo. Te amo."

"Você é um filho maravilhoso."

Ela me desestabilizava falando essas coisas. Fiquei com vontade de chorar. Achei que ia explodir. Achei que ia ser esmagado de dentro para fora. Mas prendi a respiração e fui em frente, pra salvar o meu destino. Olhei pra ela bem sério e repeti (só conseguia dizer isso):

"Eu te amo muito."

Trocamos um último abraço, muito forte, e ela me deu um último beijo. Saí do quarto transtornado e já no elevador comecei a chorar. Fui chorando até o ponto de ônibus, rodei chorando pela cidade. Eu precisava, uma vez na vida, não pensar nela. Por mais que me amasse, minha mãe veria a realidade sempre do ponto de vista dela, dele, deles e dos filhos menores, e eu precisava ver do meu.

Chegando em casa, antes de qualquer outra coisa, fui ao

escritório do meu pai. Encontrei sua pasta e tirei o original do livro em que ele havia trabalhado durante a viagem. Tirei da mochila a cópia que tinha as marcações do editor, empilhando uma na outra, e desandei a procurar todas as versões desse último romance que pudesse encontrar.

Afora aquelas duas cópias mais recentes, eu sabia que meu pai guardava numa parte da estante impressões antigas de tudo que escrevia. Devia ter a ilusão de que um dia, quando fosse reconhecido como grande gênio da literatura brasileira, aqueles rascunhos fedorentos seriam disputados por bibliotecas importantes, universidades e fundações culturais. Pfff! Coitadinho...

Achei de cara mais três cópias do livro. Botei junto das outras. Quanto papel! Vasculhei as prateleiras ao lado, porém não encontrei nada do novo romance. Liguei o computador e comecei a dar uma geral nas pastas. Logo achei a que tinha o arquivo final e versões antigas do livro. Deletei tudo. Fui no lixo e deletei tudo de novo. Fui na caixa de e-mails, dei uma busca, apaguei todos em que ele havia anexado algum arquivo do romance novo. Tchau! O computador fez aquele barulhinho de cartas embaralhando.

Apaguei o backup no HD externo e, como eu sabia a senha do meu pai de cor, entrei no Google Drive e deletei também o que encontrei por lá, embora tenha achado apenas uma versão muito antiga, porque o meu pai não sabia usar a ferramenta direito e só guardava alguma coisa ali se alguém fizesse pra ele. Fui no iCloud e deletei o arquivo que estava lá.

Feito isso, procurei o laptop que meu pai carregava nas viagens. Não estava no escritório, mas achei ele no quarto. Busquei os arquivos do novo livro e apaguei todos. No estojo de trabalho, em meio aos lápis, lapiseiras, tubinhos de grafite, borrachas, canetas, canetinhas e Pilots, encontrei dois pendrives. Conectando um deles no laptop, não achei nada importante, mas conectando o segundo, beleza!, mais uma pasta com os arquivos do livro. Apaguei todos de novo, imediatamente, e esvaziei o lixo outra vez, inviabilizando qualquer tentativa de consertar o estrago.

Fui até a cozinha, peguei um saco qualquer e, voltando no escritório, joguei as pilhas de papel lá dentro. Fui na gavetinha do dinheiro de casa e raspei cada centavo. Eu já tinha conta e cartão de banco, então podia usar minhas economias de mesadas anteriores sem problema. No armário do corredor, peguei uma mala e meti nela as roupas e os tênis que ainda não tinha levado para a casa da minha tia. Fui no banheiro e assaltei o armarinho sob a pia, levando desodorantes, escovas de dente, dois tubos de pasta, dois sabonetes, um xampu e um condicionador. Peguei a mala, agarrei o saco de lixo e saí fora, pra sempre. Num terreno baldio da vizinhança, taquei fogo na papelada. Graças a mim, o mundo ia ser poupado de mais aquele ataque de vaidade sem noção.

Meu destino era meu outra vez.

8. Temporada no inferno

Se eu penso
Que seu corpo é um campo,
Exaurido pelo inverno,
Posso ainda crer, mesmo queimado,
Que nele a primavera irá voltar?

Minha filha, quando era pequena e teve a pior gripe da sua vida, descreveu os calafrios da febre como "coelhinhos correndo dentro de mim". A esposa do professor Nabuco, que morreu de enfisema, descrevia suas crises respiratórias como estilhaços de vidro furando seus pulmões. Meu pai, que havia morrido em meus braços, descreveu o infarto como "um grampeador gigante me atacando no peito".

O contato de uma pluma no pé quebrado pode fazer o sujeito urrar de dor; um dente inflamado pode levar alguém a bater com a cabeça na parede; um nervo ciático espremido pode fazer a pessoa se jogar pela janela. Mas, olhando de fora, ninguém diria.

Enquanto eu e a Mayumi tentávamos nos agarrar um ao outro, a dor, mais que a doença, o sintoma, mais que a causa, ia criando um abismo entre nossos corpos, distanciando nossas percepções de tudo...

Tamanha quietude —
O grito das cigarras
Penetra nas rochas.

Da infância até a Mayumi aparecer em minha vida, fui desajustado de todas as formas imagináveis. Pirralho na turma dos mais velhos, mais velho na turma dos pirralhos; craque entre os perebas, pereba entre os craques; descolado entre os certinhos, certinho entre os descolados; grosseiro entre os pudicos, pudico entre os grosseiros; maluquinho entre os caretas, careta entre os maluquinhos; esportista entre os intelectuais, intelectual entre os esportistas; realista entre os expressionistas, expressionista entre os realistas; de esquerda entre os de direita, de direita entre os de esquerda; contemporâneo entre os antigos, antigo entre os contemporâneos... Uma vocação, mal compreendida, para ser do contra.

Ao conhecer a Mayumi, finalmente, cada um dos meus desajustes fez sentido — eu fiz sentido.

Na montanha, durante o outono,
As folhas, amarelas, endurecem.
Ai de mim, como seguir o meu amor
Que saiu vagando por aí?
Não conheço as trilhas da montanha.

Pena que tenha durado pouco. Vinte anos foi muito pouco. Sozinho, no escuro, todas as noites, e os dias inteiros também, com todo o meu ser focado no seu bem-estar, sem que isso lhe trouxesse uma gota de alívio. A Mayumi não melhorava nem um pouco por causa do meu amor. Ela não estava morrendo como dizem que as flores de cerejeira devem morrer, ainda perfeitas, antes de murchar. A doença não a deixava ter seu fim natural.

Enquanto dormia, seu coração trabalhava num ritmo mais lento, sua pressão arterial atingia o ponto mais baixo, o nível de açúcar no sangue despencava, seus órgãos vitais funcionavam com sutileza oriental. Mas a reprodução das células malignas continuava, rápida e forte, carreando a favor da doença, e não da cura, toda a energia que lhe restava.

A hora da morte não espera um comando.
A morte nem mesmo chega pela frente.
Ela está sempre empurrando pelas costas.

"Você sente dor aqui?", perguntou o médico certa vez.
"Não."
"E aqui?"
"Não."
"E agora, está doendo?"
"Um pouquinho."
O doutor se admirou:
"Você tem uma tolerância bastante alta para a dor."
Eu já sabia que era mentira. A Mayumi fazia, isso sim, um esforço sobre-humano para não assustar os filhos e para me poupar. Quando muito, procurando posição na cama, dizia:
"Não está bom... Não, assim também não..."
Enquanto a vi definhando, não conseguia deixar de pensar: eu morreria com a mesma dignidade?

Com que constância eu amo você
Que me impressiona
Como as ondas poderosas
Arrebentando no litoral!

Quando a Mayumi dormia, todo o seu corpo ficava blindado, apagado, inatingível. Ela não me olhava ou abraçava, não perguntava dos nossos filhos, nada. Era como se já tivesse morrido.

E o Carlos solto por aí, longe de nós, com ódio de mim... Nunca mais eu seria completo — eu havia sido, mas só percebi isso quando não era mais.

Apenas a respiração dela constituía um vago rastro de algo ainda vivo, muito mais fundo e delicado. Algo que, quando o dia clareasse, por mais combalido, reapareceria. Se eu soubesse extrair e conservar esse elemento, definidor de sua personalidade, de seu jeito de pensar e experimentar as coisas, espécie de essência metafísica, separando-o do corpo que se destruía, eu a teria comigo para sempre.

Meu amor
Não tem destino
Nem objetivo;
Penso apenas
No encontro como limite.

Dos meus três filhos, André era um bebê, não entendia nada do que estava acontecendo; Estela, menina, entendia pouquíssimo; e só o mais velho entendia tudo (até mais do que eu), longe de mim, com ódio de mim. Eu estava tão perdido quanto o menor deles. Não saía do hospital e não queria saber de mais ninguém a não ser da Mayumi.

Como apreender algo que eu nem conseguia definir? O que é a consciência de cada um? Estar consciente é a mesma coisa que estar acordado? Ou que estar alerta? Não é. Esses estados são iguais para todo mundo, não expressam quem somos.

Voar é desafiar a gravidade, nadar é se locomover no meio líquido, e estar consciente é fazer exatamente o quê? Você pode inclusive não fazer nada, ficar deitado de olhos fechados, e mesmo assim estar consciente. Até no sono há algum tipo de consciência. A consciência também não é sinônimo de pensar nas coisas que nos cercam. O que dizer da pessoa que medita, cuja consciência se eleva justamente quando ela esvazia a cabeça?

As flores caíram.
Sem emoção encaro o mundo,
Destituído de cor.

Acabou o nosso tempo. Aconteceu o pior.

Pode este mundo,
Desde sempre,
Ter sido tão triste?
Ou ele ficou desse jeito
Só para mim?

Ainda persiste — o que significa?
O vazio que sinto quando penso nela.
Nada remotamente sugere
Os encantos de sua figura.

Não fui eu quem vestiu meus dois filhos pequenos para o velório e o enterro da mãe. Uma das maiores vergonhas que carrego. Eu, embora de corpo presente, não estava com meus filhos no dia em que nos despedimos da Mayumi. E demorei demais a ir atrás do Carlos. Filomena ajudou também nisso; pagou um detetive particular e tudo, mas nunca encontramos o seu rastro. Carlos fizera uma escolha e se manteve aferrado a ela. Nós estávamos no mesmo lugar. Ao longo dos anos, ganhei e perdi várias vezes a esperança de que ele voltaria. Nunca voltou. Nem ele nem a Mayumi.

> *Apesar do meu pranto, não há remédio;*
> *Em vão aspiro por revê-la.*
> *Dizem que está*
> *Nas montanhas de Hagai...*
> *Para lá eu sigo,*
> *Por esse árduo caminho de pedras;*
> *Mas nunca chego ao fim,*
> *Pois de minha mulher, como era neste mundo,*
> *Não vejo a mais pálida sombra.*

> *A origem da solidão*
> *Não se encontra em*
> *Nada particular:*
> *Entardecer de outono sobre*
> *A montanha alta e escura.*

Minha irmã e Filomena cuidaram das crianças durante todo o primeiro ano (incrível que meus filhos mal se lembrem disso). Não me arruinei financeiramente, não me meti em brigas de rua, não afoguei as mágoas em álcool, não fiz nada. Quase não tinha forças para levantar da cama, que dirá para sair de casa. Eu estava impossibilitado de cuidar até de mim. Minha irmã gerenciou a casa no meu lugar, Filomena me fez companhia e pagou minhas contas, Rodolfinho me incentivou a manter alguma atividade profissional, e acabou atrasando vários projetos. Toda felicidade estava proibida.

Fazer a Mayumi feliz era a única coisa que supostamente eu fazia bem, muito embora Carlos não entendesse como (eu mesmo, confesso, sempre agradeci a sorte). Depois seu corpo mostrou que nem isso eu fazia direito. Ela estava certa ao suspeitar, só podia estar. O Carlos estava certo...

Nada, absolutamente,
Resta de você neste gramado,
Onde costumávamos passear;
Há quanto tempo viemos aqui...
O jardim, hoje, é uma floresta.

Agora à noite brilha a lua do outono...
A lua que brilhou um ano atrás.
Mas minha mulher e eu, que juntos a admiramos,
Agora cada vez mais apartados pelo tempo.

Com meu pai já falecido e minha mãe cada vez mais longe da vida, com a morte da Mayumi e a fuga do meu filho mais velho, aniquilando minha única fonte de relativa autoestima, ficou evidente que eu não era tão bom quanto imaginava. Como filho, como marido, como pai, como escritor, como pessoa. Essa constatação me puxou, torceu, espremeu, rodou, ralou, prensou, infectou e cuspiu num depósito de lixo radioativo.

Eu havia subestimado o desprezo que o Carlos demonstrava por mim, encarando aquilo como a revolta natural de todo adolescente, que "uma hora vai crescer". E cresceu mesmo, só que para isso precisou, antes, me matar dentro dele. Talvez tenha sido injusto comigo, em parte, mas de que adiantava me desculpar?

Embora eu sobreviva
Devo morrer sem sentido.
Como a primeira geada,
Que não encontra repouso,
Passo meus dias neste mundo.

No verão, em volta dos lagos, os mestres da poesia japonesa caminhavam em paisagens luminosas e cheias de vida. No outono, sofriam com os poentes melancólicos, as nuvens baixas e o grasnar dos corvos na montanha. No inverno, quando a neve cobria tudo de branco, resistiam ao frio admirando a elegância dos grous e abrigando o espírito na flor de lótus e nos crisântemos. Até chegar a primavera, quando as cores, as cerejeiras e as luzes tornavam a dominar.

A Mayumi nunca apreciara devidamente os autores clássicos, é verdade. Achava-os "cafoninhas", e sempre teve maior afinidade com os contemporâneos. Mas os mestres japoneses, eu tinha certeza, saberiam perdoar essa pequena falha em sua reencarnação.

O que teria sido de mim sem suas vozes, suas paisagens, suas flores, seus pássaros, seus símbolos da natureza? Obrigado, Princesa Shukushi, obrigado, Padre Jakuren, obrigado, Yoshida Kenko. Vocês me deram mais do que palavras para aceitar, vocês me devolviam os sentimentos onde só restava o vazio. Obrigado, Fujiwara no Shunzei, Kamo no Chomei, Matsuo Basho, Padre Mansei, Fujiwara no Teika, Sarashina Nikki. Obrigado pelo caminho das pedras. Obrigado, Kakinomoto Hitomaro, Sakai no Hitozane, Madame Kasa. Obrigado, Fujiwara no Yasusue e Oshihachi no Mitsune. Obrigado a todos os outros cujo nome esqueço agora.

Eu ainda tinha dois filhos para criar.

No céu, uma barreira de nuvens
Se afastava da montanha.

Filtradas pela névoa,
Caem as chuvas da primavera.

E chorar para dentro também é chorar.

Da amplitude vazia do céu,
Filtradas pela névoa,
Caem as chuvas da primavera.

9. O Grande Inquisidor

Ler duzentos e cinquenta romances em dois meses equivale a ler um pouco mais de quatro por dia. Claro que não dá. Então um jurado de prêmios literários tem de trabalhar com estratégia, faro apurado e ética superior. Numa leitura rápida, precisa eleger aqueles que merecem mais tempo e atenção, descartando os que, por critérios objetivos e subjetivos, desagradam de cara. Para ficar em paz com sua consciência, deve promover ainda uma repescagem regulamentar, a segunda chance para os eliminados.

Após uma troca de e-mails supervisionada pelo Rodolfinho Puccini, eu e os outros dois jurados havíamos chegado a três finalistas. O candidato de Janaína, a tal jornalista recomendada pelo Rodolfo, era sobre uma mulher que perdia o marido e ia passear em Nova York. O do Ivan tratava de um contador entediado com a vida. Já o meu favorito era o romance-depoimento do filho de um homem assassinado. Em particular, Rodolfinho concordou comigo, mas avisou de saída que, na condição de presidente do júri, só abandonaria a imparcialidade prometida no edital caso o impasse entre os jurados fosse mesmo irredutível.

No dia da reunião decisiva, cheguei cedo, como de hábito, à sede da Mundo Livre. Ao ver a cara de Rodolfo, percebi algum problema.

"Tenho uma notícia chata, Pedro", ele começou. "Não tive culpa."

"O que foi?"

"O Ivan ficou doente e não poderá vir à reunião."

"Então cancelamos?"

"Não, não cancelamos. É justamente esse o problema. Está para chegar o substituto que ele indicou."

Rodolfinho me olhou. A comunicação se deu sem palavras, até ele verbalizar:

"É esse mesmo que você está pensando: Marco Aurélio Savonarola."

Quem já leu Dostoiévski, mais especificamente seu romance *Os irmãos Karamázov*, conhece a parábola do Grande Inquisidor. Nela, Jesus volta ao mundo durante a Inquisição espanhola e é reconhecido pelo tal inquisidor. Esse cardeal implacável acha o retorno do Messias algo muito inconveniente, pois acredita que a rigidez doutrinária e a repressão violenta seriam melhores difusoras da fé do que o próprio filho de Deus. O Marco Aurélio Savonarola era bem esse tipo de gente.

Nome é destino, dizem alguns, e ninguém recebe o nome de um fanático religioso do século xv à toa. O Savonarola original, um falso profeta italiano, promovia fogueiras com os livros que julgava ruins e, para atiçar o fogo, jogava nelas também os autores. Já o atual saciava sua crueldade aniquilando os livros e a carreira dos escritores pelos jornais e na universidade. Se Shakespeare revivesse, o Savonarola questionaria seu talento. Se Homero ousasse escrever mais alguma coisa, ele certamente destruiria sua reputação.

Olhei bem sério para o Rodolfinho e disse:

"Estou indo embora."
"Você não pode fazer isso."
"Quer ver?"
"Você não pode ficar acuado pela simples presença dele."
"Ninguém, nem você, pode me obrigar a ficar."
"Você não pode sair do júri. Isso é exatamente o que ele e o Ivan querem."
"É quase um consenso, portanto."
Ele fingiu não me ouvir:
"Se você for, o melhor livro vai perder. Aposto que o Ivan não está doente coisa nenhuma. Para mim, ele e o Savonarola se uniram para dar o prêmio ao candidato que escolheram."
"Pois é um ótimo plano."
"Pedro, você sabe a importância de um prêmio para um autor desconhecido. Antes de abandonar o seu candidato por uma frescura, pense no que isso significa para a vida de alguém que não tem nada a ver com a pinimba entre vocês."
"Isso é chantagem."
"Pense também no seguinte: se você próprio renega sua carreira literária, essa rixa com o Savonarola não deveria mais ser tão importante. Concorda?"
"Não é uma rixa, e não tem nada a ver com ser escritor ou não. É uma questão de desprezo pessoal mútuo."
"Mas vocês já foram tão amigos…"
Considerei esta última frase um golpe excessivamente baixo, mas ela serviu para que eu entendesse o verdadeiro problema:
"Rodolfo, admita, não é com um autor desconhecido nem comigo que você está preocupado. Você quer que eu fique no júri para não arranhar a reputação do prêmio, para não atrapalhar o cronograma de anúncio dos vencedores, não comprometer o marketing institucional da sua editora, é ou não é?"
"Não é."

"Nem um pouquinho?"

"Um pouquinho, sim, mas não só", ele disse, e emendou, com ar de coitado: "Engole esse sapo, Pedrinho, por favor".

"Poxa, Rodolfo, chamasse outra pessoa!"

"O Ivan avisou há uma hora, não dava tempo de nada. Ele se valeu do regulamento e indicou o substituto. Disse que o Savonarola já tinha aceitado e lido os três livros. Como eu podia recusar? Você mesmo diz que o Savonarola é a sumidade máxima no mundo das letras brasileiras. Por isso que estou falando: foi de propósito. Eles querem ganhar no tapetão. Eu sou presidente do júri, não posso votar. A Janaína é muito jovem, não tem chance contra o Savonarola. Se você sair…"

"Eu também não tenho chance contra o Savonarola. E a doença de um jurado não é motivo mais que legítimo para cancelar a reunião? E se eu ficar subitamente doente a partir de agora, não posso também indicar um substituto?"

"Você conhece o espírito competitivo dos escritores. Se eu adio a reunião, vão falar mal; se eu troco mais um jurado, vão falar mal também; se eu me suicido e deixo um bilhete pedindo perdão, vão dizer que eu era covarde."

Nisso ele tinha razão. Se não obedecesse a cada vírgula do regulamento, meu amigo, sua editora e seu prêmio ficariam vulneráveis à maledicência literária mais infame e ao fogo cruzado das odiosas redes sociais.

"Nunca aconteceu isso antes", ele gemeu.

Olhei para o alto e me lamentei:

"Ai, Rodolfo, por que você foi me meter nessa história? Eu estava quieto em casa, editando livros, colecionando manuscritos com o dinheiro dos outros, ouvindo música."

"Ah, é a vida! Eu também estou louco para fazer um curso de pintura de porcelana!"

Já na sala de reunião, enquanto Rodolfo instruía a recepcionista pelo telefone de ramal, encarei em silêncio os canapés de padaria, a jarra de água e as garrafas térmicas de café e chá. Tive a impressão de que riam da minha cara. Após uns quinze minutos de espera, os outros jurados chegaram.

Primeiro apareceu Janaína, tão sorridente e simpática que me desarmou. Devia ter trinta e poucos anos. Seus olhos, expressivos e ágeis, prenúncios de uma cabeça igualmente ágil e interessante, seu penteado afro, o jeito como seu corpo se mexia, tudo nela chamava atenção. Um sopro de ar puro antes da presença intoxicante do Savonarola.

Quando o torturador literário entrou, todos enrijecemos um pouco. Era o que rendia ao Savonarola a aura de cabeçudo coroado, o efeito que ele provocava com seu modo pedante de envelopar citações eruditas, raciocínios impenetráveis e julgamentos definitivos sobre o trabalho dos outros.

"É uma honra conhecer o senhor", disse Janaína.

Rodolfo exagerara ao dizer que eu e o Savonarola tínhamos sido "tão amigos", mas é verdade que convivemos de perto durante um tempo, anos e anos antes. Não por causa da literatura. Quando estreei, ele já era um professor e um crítico de certo nome, alguns degraus acima de mim. Mas a mulher dele, Fátima, também neurocientista, participou de um projeto de pesquisa que a Mayumi dirigia. As duas ficaram amigas e nós, reles maridos, fomos postos na mesma jaula.

Ele não escrevera uma linha sobre meus dois primeiros romances, e nunca fez sequer um comentário informal. Entendi que não havia gostado e acatei, lamentando por dentro mas sem ressentimentos. Ninguém era obrigado a gostar. Então lancei meu terceiro romance. Àquela altura, o Savonarola já assumira a liderança de um grupo de bem-pensantes, caracterizado por uma atitude muito combativa e severa, com influência indiscutível no meio literário.

Sua resenha sobre o livro, publicada numa fatídica manhã de sábado, foi destruidora. Recebi telefonemas de pêsames o dia inteiro. Dali em diante, nenhum outro resenhista teve coragem de defender meu pobre romance. Muitos deles, e muitos leitores também, sugestionados, o rejeitaram sem ler. Eu me senti cercado por hostilidade e desprezo, apesar dos elogios consoladores da Mayumi, da Filomena e do Rodolfo. Meu romance ainda foi valente, encontrando aos poucos alguns admiradores desgarrados, ganhando um prêmio de relativa importância e ficando com o segundo lugar em outro. Mas nada disso apagou o estrago feito por sua resenha.

Nossas relações esfriaram um pouco, claro. Nossa "amizade" fora nitidamente colocada em segundo plano. Ele podia ter apontado problemas no livro sem ser tão cruel. Engoli a agressividade desnecessária, para não dizer injusta, em nome da relação entre nossas mulheres e do direito dele de achar o que quisesse, e de dizer o que achava. Mas, para me proteger, botei certa distância.

Ao longo dos anos seguintes, o Savonarola se tornou uma autoridade quase indisputável no meio literário, transcendendo a força de seu pequeno exército de repetidores. Quando lancei meu quarto e último romance, ele estava ainda mais poderoso. E a virulência de sua resenha ultrapassou todos os limites. Humilhado publicamente pela segunda vez, eu me senti um escravo no pelourinho, caçado pelo feitor do engenho e chicoteado pelo meu dono, possuidor de toda a autoridade para fazer de mim o que bem entendesse. Não apenas nenhum resenhista ousou contradizer o Grande Inquisidor, como também os jurados dos prêmios foram contaminados.

Eu já não tinha outra face para oferecer, e cortei relações. Até a Mayumi e a Fátima, sua mulher, que sempre haviam posto panos quentes, concordaram que era hora. Seguiram trabalhando no projeto comum, mas depois, exceto em congressos e eventos especializados, perderam contato também. Eu continuei assistindo, à distância, ao crescimento do prestígio do Savonarola. Como abandonei a literatura, ele nunca mais devia ter ouvido falar de mim.

Após os cumprimentos protocolares, todos sentamos em volta da mesa de reunião. Rodolfinho puxou uma primeira rodada de comentários sobre os três finalistas. Cada um defendeu seu candidato, desenvolvendo os argumentos já utilizados nos e-mails. Isso durou uns quarenta minutos. O impasse persistiu. Foi então que o Savonarola, com sua típica beligerância, começou a distribuir caneladas estéticas:

"Penso que os três candidatos, na verdade, são fracos. Mas o melhor entre eles, disparado, é o *Exílios metafísicos de um contador*. Só uma demência coletiva nos levaria a premiar qualquer outro senão ele."

Um jurado que usa de tanta agressividade está querendo encurralar a opinião alheia; é um velho truque. Eu e Janaína trocamos um olhar. Ela, que só conhecia Savonarola de nome, se assustou um pouco. Ficamos ouvindo-o falar, do alto do monte Olimpo, por longos vinte minutos.

Quando ele terminou, Janaína, respeitosamente, defendeu a autora do seu romance preferido:

"Se o senhor me permite, professor, eu estou inclinada a discordar. A Lenira Zagba vem fazendo um ótimo trabalho há anos, nunca recebeu nenhum prêmio importante e este novo livro é um dos seus pontos mais altos. E a questão da mulher é um assunto do momento."

O Savonarola não fez menção de querer a tréplica. Isso gerou certo constrangimento, pois ficou parecendo que ele não julgava os argumentos de Janaína dignos de resposta.

Naturalmente, todos esperaram que eu entrasse na conversa. Comecei me dirigindo a Janaína. Eu também não gostava nada do livro que ela defendia. Achei a narradora muito convencida, se considerando mais inteligente do que realmente era. Azeda até a alma, ela passava o livro falando mal de todos os outros personagens, inclusive do marido defunto. Pior: era um autorretrato da autora, conforme pude constatar pelas entrevistas desta na internet. Fui cuidadoso para não melindrar minha colega de júri, mas disse o que realmente sentia:

"O livro da Lenira tem méritos na forma, mas me incomoda a essência desse tipo de narrador implacável. É uma voz que não se enxerga, se acha melhor que o mundo."

"Mas tem força, provoca...", rebateu Janaína.

"Sim, mas é uma força sempre corrosiva. Ser forte é ser corrosivo? Isso é uma virtude sempre? Porque essa é a persona que a Lenira constrói nos livros..."

"Ora, tantos escritores homens fazem isso", retrucou Janaína. "Qual o problema?"

"Ser escritor, a meu ver, tanto faz se homem ou mulher, é o oposto de ser autoritário, mesquinho e grosseiro. Os autores que admiro não escrevem assim, não sentem assim."

"Mas isso é um gosto pessoal."

"E o que não é?"

"Ora, há virtudes objetivas, estilísticas, no texto dela."

"Como eu disse, concordo que o livro tem méritos formais. Mas, mesmo desse ponto de vista, tenho objeções. Em todos os romances da Lenira, a linguagem das narradoras é sempre a mesma. A Lenira não domina seu estilo, é o estilo que a domina."

Janaína ficou firme:

"Já eu diria que a Lenira é, dos três, a autora com o projeto literário mais nítido, mais consistente."

"É outra maneira de dizer a mesma coisa, no fundo", rebati. "Mas não elimina o fato de que ela criou um único personagem até hoje, o da narradora implacável, que no fundo é ela própria."

"Não é bem assim..."

"Os outros personagens são meros sacos de pancada literários. Se você me permite, eu acho isso um problema."

Janaína assentiu, com elegância.

"Desculpe, mas estou sendo sincero", eu disse.

Savonarola esperou que eu prosseguisse. Tendo me posicionado a respeito do candidato de Janaína, agora era a vez de falar sobre o dele. Eu gostaria de ter sido igualmente elegante e controlado, mas sua agressividade inicial ainda estava sem resposta. Então o que saiu foi:

"Quanto ao livro que você escolheu, Marco Aurélio, confesso que o acho ingênuo e pretensioso ao mesmo tempo. O pior dos dois mundos."

Janaína arregalou os olhos para o Rodolfinho — eu vi. O presidente do júri, calado até aquele momento, calado ficou. Savonarola permaneceu impassível.

"Vi ali", continuei, "uma sucessão de pernostiquices pseudofilosóficas e sem vida nenhuma, sem emoção nenhuma. O narrador admite, inclusive, ser uma pessoa destituída de qualquer brilho."

Savonarola me olhava com um ar beatífico, de santificada superioridade. Fui o mais irônico que consegui:

"Pois esse narrador desinteressante está tão bem construído, é tão verossímil, que de fato impede qualquer interesse de se formar no leitor. Nesse sentido, trata-se de um feito literário. Não há no livro nem uma história digna do nome."

Rodolfinho, espantado com minha virulência, se dobrou na cadeira como se fosse mergulhar no próprio umbigo. Janaína, séria por fora, pareceu no fundo estar gostando de assistir ao duelo dos coroas.

Renovado o impasse, o presidente do júri foi obrigado a se pronunciar:

"Sou apenas o mediador aqui. Temos de discutir, civilizadamente, até um de vocês mudar de posição, desempatando o resultado."

"E se o impasse não acabar nunca?", perguntei.

"O edital do concurso até prevê o voto de minerva da presidência", ele explicou, "mas num caso extremo, e nós acabamos de começar. Um dos três concorrentes ainda pode acabar prevalecendo. Sugiro uma nova rodada de discussão, aprofundando e rebatendo os argumentos apresentados."

O Savonarola, mais uma vez, não abriu mão de ser o primeiro.

"Obrigado, Rodolfo", disse, e fez uma pausa dramática antes de retomar, falando diretamente para mim. "Pedro, como sempre, discordamos em tudo no que se refere à literatura."

"Como sempre", concordei.

Ele prosseguiu:

"O seu candidato também pode ser criticado?"

"Todo mundo pode, Marco Aurélio. Todo mundo mesmo."

"Pois bem, acho que se você quer vida e emoção à flor da pele, deveria ler romances de banca de jornal. Se quer enredo, ação, amores impossíveis que triunfam, tipos idealizados e artificiais, deveria ler romances de capa e espada, de piratas, mosqueteiros, e não literatura contemporânea. Hoje em dia, costuma-se privilegiar obras ambiciosas, na estética e na filosofia, que primam pela contenção e pelo subentendido, capazes de nos tocar sem manipulações óbvias dos nossos sentimentos. O livro que você escolheu, desculpe dizer, é simplório, um mero relato, um depoimento puro e simples, sem nada propriamente literário. Há cenas emocionantes? Há, mas a história da literatura já cansou de fazer isso, e melhor. O que não existe ali é alguma invenção de linguagem, uma estrutura surpreendente, uma contribuição nova."

Janaína concordou, embora com mais delicadeza:

"Tenho de admitir, Pedro, que nesse ponto concordo com o professor Savonarola. Parece mesmo um romance-depoimento, e ainda senti falta de alguma questão mais pertinente ao nosso momento histórico."

O Savonarola piscou, tentando esconder sua satisfação. Eu lamentei que Janaína, não por estar intimidada pelo grande inquisidor, mas por convicção própria, pendesse para o chatíssimo *Exílios metafísicos de um contador*. Se ela mudasse o voto, pensei, provavelmente não seria a favor do meu candidato.

Fechei os olhos por um tempo. Savonarola deve ter entendido o que eu estava pensando. Rodolfinho deve ter achado que eu estava saindo do meu corpo. Mas eu estava apenas arrumando as ideias na cabeça, tentando racionalizar nossas diferenças:

"Creio que chegamos a um beco sem saída bastante previsível, tendo em vista nossas respectivas formações. O professor de letras, a jornalista cultural e o escritor, ou ex-escritor, no meu caso; todos amam a literatura, mas isso não significa que a amem da mesma maneira, que procurem nela as mesmas coisas."

"O que tem isso a ver, Pedro?", perguntou Janaína.

"O professor valoriza sobretudo as invenções de linguagem, as estruturas originais, as revoluções da forma. Uma jornalista cultural como você, Janaína, naturalmente se preocupa mais com o que há de novidade cotidiana no livro, no fator que faz dele algo interessante naquele momento específico da história e da sociedade. Nem o jornalismo mais literário abre mão de alguma pertinência circunstancial. A atualidade dos temas que os livros discutem, ou a ascensão de escritoras mulheres, por exemplo. É natural que vocês, jornalistas, pensem assim. Mas o escritor, como o leitor em geral, não prioriza essas coisas."

O Savonarola riu ostensivamente, fazendo pouco-caso. Janaína, sem graça, deu um sorriso amarelo. Rodolfinho ficou imóvel, pareceu até prender a respiração. O Savonarola disse o que estava pensando:

"Ah, então o escritor não está preocupado nem com a linguagem, nem com a estrutura, nem com a originalidade e um olhar novo sobre a nossa vida social? Então com o que ele está preocupado? Com a morte da bezerra?"

"Eu disse que o escritor não *prioriza* essas coisas. Ele valoriza tudo isso, claro, porém o mais importante para ele é a história. Não o enredo, a história. E o meu candidato tem a melhor história, disparado. Pouco importa em que gênero ela está embalada, se é romance-depoimento ou qualquer outro. Na hora do desempate, entre livros bem escritos, cada um a seu modo, a experiência humana, que é a alma da obra, e a relação que ela estabelece com o leitor devem ser os critérios decisivos."

"Com licença, Pedro, mas qual a diferença entre enredo e história?", perguntou Janaína. "Eu não entendi."

"Boa pergunta", endossou o Savonarola, que completou sua fala com outra alfinetada: "Ilumine-nos, meu caro".

"Iluminar-vos-ei", eu disse, devolvendo a provocação. "O que eu chamo de enredo é externo aos personagens. São as coisas que acontecem ao longo do livro. A chuva na tarde de domingo, a invasão do Pentágono por alienígenas, o acidente com o ônibus da escola municipal. Mas a história propriamente dita, a que realmente importa, essa é interna. É como os personagens reagem aos fatos que compõem o enredo. Um livro como o *Exílios blá-blá-blá* ou mesmo o da Lenira têm enredo — pouco, aliás —, mas não têm história, os narradores não mudam, são as mesmas pessoas do começo ao fim. Nada tem o poder de transformá-los. Falam de seus sentimentos, mas não evoluem; falam de outros personagens, mas estes no fundo não se constituem. São livros que atendem às demandas da sala de aula sobre estrutura narrativa, ou a interesses jornalísticos de circunstância, mas ficam devendo em humanidade, oferecem ao leitor um repertório emocional muito pobre."

"Então os grandes autores modernos, que revolucionaram a arte da ficção — Faulkner, Virginia Woolf, James Joyce etc. —, não evoluíram nas técnicas de composição dos personagens?", retrucou Savonarola. "Você realmente acredita nisso, Pedro?"

"Esses que você citou, sem dúvida, inventaram novas formas de narrar, de escrever, mas a história também está lá, os personagens estão vivos. Quando você tem as duas coisas, sempre é melhor, claro."

"Personagens vivos... Você acredita mesmo no que está dizendo?", ele rebateu.

"Acredito muito. É importante que estejam vivos. Só assim estabelecemos uma sintonia com suas histórias, e as vivemos junto com eles."

Ao ouvir isso, o Savonarola gargalhou:

"Ha, ha, ha! Essa é demais! O leitor vive a história, que ótimo critério para julgar a arte. Pena que é totalmente abstrato!"

"Nem tanto. Nossas esposas, Savonarola, ambas neurocientistas, certamente ficariam do meu lado. Já está comprovado que a dinâmica cerebral de alguém que segue uma história é quase a mesma de quando esse alguém vive uma experiência semelhante."

Os três me olharam estupefatos.

"Se assistimos a um filme de terror", continuei, "nos encolhemos quando o psicopata com a serra elétrica pula de dentro do armário. Por quê?"

Minha argumentação não pareceu fazer muito sentido, então eu mesmo respondi a pergunta:

"Nos encolhemos para proteger nossos órgãos vitais. É o mecanismo instintivo de quem está vivendo uma ameaça real, não apenas imaginária."

Pasmo geral na sala de reunião.

"E por que temos o sentimento da tragédia quando Constance Bonacieux é assassinada? Sentimos uma tragédia maior do que nossa ligação com o personagem, por quê?"

Ninguém respondeu.

"Porque sabemos que a felicidade do D'Artagnan, sem ela, está comprometida para sempre, e é com ele a nossa ligação emocional profunda."

Savonarola partiu para cima de mim:

"*Os três mosqueteiros*, Pedro, jura? Você baseia suas teorias literárias em folhetins do século XIX?"

Ele queria me intimidar, então dobrei a aposta:

"Vou até mais para trás. Desde a Idade da Pedra, quando nos reuníamos em cavernas e contávamos histórias de caçadas uns para os outros, estávamos nos ajudando a prever os riscos envolvidos, a antecipar nossas reações. É para isso que serviam as narrativas, as pinturas rupestres, tudo que envolvia a criação. E até hoje é assim. A ficção é uma forma do cérebro nos preparar para o que virá, o destino desconhecido."

O Savonarola ironizou:

"Que tal, então, fazermos uma tomografia computadorizada dos nossos cérebros para ver qual dos livros ativa com mais intensidade nosso lobo frontal? Podemos definir assim o vencedor do concurso."

Respirei fundo. Eu devia mesmo estar exagerando. Na verdade, também questionava a todo instante o que eu próprio dizia. Talvez a diferença fundamental entre nossos pontos de vista estivesse justamente nisso. O meu era frágil e livre, já o do Savonarola era um dogma, um cânone, reto e frio como uma pilastra de mármore.

Mais controlado, eu disse:

"Estou apenas chamando a atenção de vocês para uma sintonia um pouco menos racional, mais instintiva, com a literatura. A que você propõe, Savonarola, é mais científica que uma tomografia computadorizada, por incrível que pareça."

Janaína, pensando comigo, perguntou:

"Você não acha que instintivo deve ser o leitor não especializado? Nós, ainda mais sendo jurados de um prêmio, não devemos ir além do instinto? Me parece que nosso papel é analisar os livros o mais tecnicamente possível."

"Será, Janaína? Não sei. A vontade de chegar no fim do livro, de realmente querer saber o que vai acontecer com esse ou aquele personagem, não deveria ser um critério mais valorizado entre nós? Creio que é muito mais difícil, para o leitor especializado, se despojar de seus valores preconcebidos e reagir ao livro como um leitor comum. Às vezes acho que é exatamente esse o nosso maior desafio. Ler os livros com o olhar puro do leitor comum."

Ninguém disse nada por um instante. Tentei reforçar a impressão que havia criado:

"O que explica o sucesso de um *Harry Potter*, de um Jules Verne, com sua *Volta ao mundo em oitenta dias*, ou de um Dumas e seus *Três mosqueteiros*? Ou do *Poderoso Chefão*? Ou de *E o vento levou*? Eles são grande literatura no sentido que vocês dão ao termo? Claro que não. Folhetins, subliteratura, como disse o Savonarola. Não têm invenções de linguagem, inovações estruturais, nada disso. São libelos militantes de alguma causa social e política? Não também. E, no entanto, suas histórias, seus personagens, entraram para o inconsciente coletivo da humanidade. Quando a conexão emocional acontece nesse nível, não é um mérito literário a ser considerado?"

"Pode ser", admitiu Janaína, para logo discordar: "Mas não pode ser também apenas o resultado de um bom marketing, a indústria cultural empurrando mercadoria de fácil consumo para o grande público que não conhece a história da literatura?".

"E quem disse que nós temos o monopólio da história da

literatura? Tanto não temos que livros como esses continuam fazendo muito sucesso. Além do mais, já vi tantas campanhas milionárias de marketing darem errado! Não, a explicação, para mim, é que a história, o processo interno dos personagens, é tão eficaz em certos livros que, mesmo sabendo se tratar de 'baixa literatura', segundo critérios técnicos, eles ganham a força dos instintos humanos, ligam-se mais diretamente a nossos neurônios e, portanto, aos nossos sentimentos."

Eu estava indo longe demais. Até o Rodolfinho teve dificuldade de engolir:

"Pedro, vai com calma."

"Bem que eu gostaria, Rodolfo. Mas o que posso fazer se penso assim, ou melhor, sinto assim?"

Savonarola esboçou seu clássico sorriso de desdém, e disparou:

"Então a literatura cumpre a mesma função 'instintiva' desde a Idade da Pedra. Nada mudou, nunca?"

"Eu vou dizer o que mudou. A tarefa de nos preparar para os perigos do mundo físico — o tigre-dentes-de-sabre, os pterodáctilos, os tiranossauros — foi ampliada. A literatura passou a nos precaver também contra as armadilhas da convivência em sociedade. As histórias passaram a nos preparar para perigos de outra natureza mas que também são reais e precisamos enfrentar."

Savonarola me interrompeu, com a testa avermelhada, o que me deu esperança de estar conseguindo tirá-lo do sério:

"Quer dizer, Pedro, que por você toda literatura é uma forma de autoajuda? Não é arte? Não devemos julgá-la pelos recursos técnicos do artista? Tudo que já se disse sobre o assunto é besteira e só essa teoriazinha mal costurada, que confunde neurociência, projeções infantis e crítica literária, é que está certa?"

"Mais ou menos isso."

"Que absurdo."

Tentei não perder a razão:

"Não acho que devemos jogar as ciências literárias fora. O que precisamos fazer é incorporar mais esse critério de excelência ao nosso repertório. De outra natureza mas que existe também. Além da valorização do estilo e da estrutura, enfim, do formalismo, e das questões de circunstância; menos dogmas e mais humanidade. Só isso."

"Pedro", interrompeu Rodolfinho Puccini, "acho sua teoria muito interessante, mas não vamos fugir da pauta. Como tudo isso se aplica ao romance-depoimento ao qual você gostaria de dar o prêmio? Que argumentos mais palpáveis, digamos, você teria para defendê-lo?"

"No livro que eu defendo tudo é mais simples e despretensioso que nos candidatos de vocês: a linguagem é quase coloquial, a narrativa é linear, enfim... E, no entanto, por trás da simplicidade, há uma pessoa real falando, ela e os outros personagens evoluem de acordo com o que acontece e com o passar do tempo. Tem vida ali, vida pulsante, com heroísmos e covardias, questionando a realidade, suas próprias crenças e seus medos. Há nele um espírito que evoluiu no processo de escrita. É com livros assim que a comunicação emocional se realiza. Premiar qualquer um dos outros dois é premiar fatores externos ao que realmente importa: a experiência humana que está sendo narrada."

A reunião do júri demorou, ao todo, cerca de duas horas. E — não preciso dizer, preciso? — claro que perdi. Nem eu nem o Savonarola mudamos nosso voto, e Janaína, ao mudar o dela, premiou o livro protagonizado pelo chatíssimo contador metido a filósofo. Nenhuma novidade. No que se refere a literatura, eu estava acostumado a me dar mal. Antes, eu tinha cogitado mudar meu voto e dar a vitória ao candidato de Janaína, só para ver o Savonarola perder, uma vez na vida que fosse, porém achei mais importante marcar posição.

Ao nos despedirmos, troquei com meu ex-amigo um aperto de mão gélido mas civilizado, até para demonstrar, com uma pontinha de vaidade, o quanto eu separava boa educação e diferenças intelectuais. Cheguei a um requinte de gentileza:

"Dê um abraço na Fátima por mim."

O Rodolfinho imediatamente baixou a cabeça. Janaína também disfarçou. Savonarola cravou os olhos em mim, muito sério:

"A Fátima faleceu ano passado, Pedro."

Desconcertado, gaguejei:

"Perdão, eu não sabia…"

Ele continuou me olhando, mas sua firmeza fraquejou de repente. Eu fiquei mais desconcertado ainda:

"Meus sentimentos."

Quando vi, sem querer, estava com uma pontinha de pena dele. Pena do Savonarola?! Coisa mais estranha… Bem, eu conhecia aquela dor, talvez fosse por isso.

Ele respondeu apenas:

"Obrigado."

Senti em mim, e pressenti de seu lado — será que por engano? —, uma onda de melancolia, de nostalgia pela amizade rompida, ou ao menos a saudade dos tempos em que éramos felizes com nossas mulheres.

Quebrando o silêncio, Janaína foi simpática ao se despedir de mim:

"Decepcionei você hoje, não foi? Me desculpe."

"De jeito nenhum. Sei que minhas ideias são exóticas. Você fez o que achou certo."

Eles entraram no elevador. Rodolfinho me segurou mais um pouco. Quando a porta se fechou e ficamos sozinhos no hall, ele disse, animado:

"Perdemos, Pedrinho, é verdade. Mas valeu a briga!"

"Valeu para você."

"Vai dizer que não gostou de dar umas pauladas no Savonarola? Confessa!"

"Fui, Rodolfinho, adeus! E só uma última coisa: não esqueça de mandar retirar os caixotes de livros lá em casa."

10. Sinfonia

Anunciaram a *Nona sinfonia* de Bruckner no Theatro Municipal. Filomena, mesmo não sendo grande ouvinte de música clássica, comprou um camarote e convidou a mim e aos meus filhos. Transmiti o convite em tom de convocação. Aquela sinfonia era uma experiência musical incrível demais para eu deixá-los de fora. Os dois, num primeiro momento, bombardearam a rara oportunidade (tão rara que seria minha primeira vez, embora eu fosse fã da *Nona* de Bruckner havia décadas). Eles reagiram, mais ou menos, como eu e minha irmã fazíamos quando nossa mãe nos submetia a sessões de leitura de poesia:

"Para, mãe! Pelo amor de Deus, para!"

Estela, invocando seus sete meses de gravidez, tentou escapar. Insisti, dando dois exemplos da ótima influência da música clássica no período pré-natal:

"A mãe do Glenn Gould, o maior pianista canadense, era violoncelista e passou os nove meses de gravidez tocando com o instrumento colado na barriga, ou seja, o feto, na concha acústica uterina, recebia cada nota com altíssima fidelidade. O resultado foi que o Glenn Gould, ainda de chupeta, desenvolveu um ouvido aguçadíssimo e uma memória musical prodigiosa."

"Sei..."

"E o Chopin, então? Não passava de um projeto de polonês quando a mãe pianista, com a barriga junto às teclas, embalava suas marolas amnióticas. Deu no que deu: mestre da música universal."

"Até parece que foi assim."

Minha filha pode não ter acreditado muito, mas acabou cedendo. Era o que importava. Já o meu caçula foi convencido por outra linha de argumentação:

"Você vai ver que o segundo movimento dessa sinfonia é mais heavy metal que qualquer coisa que você já ouviu. Ritchie Blackmore nem chegou perto."

"Ritchie quem?"

Ooops, falha geracional. Pensei num novo ídolo metaleiro, avançando no tempo:

"Mais heavy metal do que qualquer coisa que o Daron Malakian fez na vida."

Foi suficiente, o André se impressionou:

"Como você sabe quem é o gênio do System of a Down?"

"Eu só tenho mais idade que você, isso não significa que eu seja totalmente ultrapassado."

"Se você está dizendo..."

Não contente com meu êxito em convencê-los a assistir ao espetáculo, ainda pedi que caprichassem nos modelitos. A proposta, novamente, não foi muito bem recebida.

"Esporte fino?", estranhou André. "Que porcaria é essa?"

"Uma camisa social e um mocassim; e para você, Estela, um vestidinho e um batom. É uma noite especial. Nós três, num concerto, há quanto tempo isso não acontece?"

Dias depois, já a caminho do teatro, procurei contagiá-los

com meu entusiasmo, explicando um pouco quem foi Anton Bruckner:

"1) Nasceu e viveu na Áustria do século XIX; 2) era um caipira na sociedade aristocrática de Viena, a capital; 3) era mais religioso que os outros artistas da época, por isso tachado de careta; 4) era um solteirão tímido e desenturmado, enquanto os compositores da época faziam sucesso com mulheres inteligentes, talentosas e lindas; 5) era famoso como o maior tocador de órgão do mundo, mas apegado a técnicas de composição consideradas retrógradas; 6) humilde, indeciso e muito vulnerável às críticas, sofria num meio dominado por egocêntricos sedentos de glória; e 7) tinha transtorno obsessivo-compulsivo e 'numeromania', daí ser frequentemente visto contando as folhas de uma árvore, os tijolos de um prédio, e até estruturando suas obras musicais segundo intervalos matemáticos."

Estela me interrompeu:

"E por que que a gente tá indo assistir ele, mesmo?"

"Ele, não. O Bruckner já morreu. A *Nona sinfonia* que ele compôs."

"Você entendeu."

"Porque apesar disso tudo, ou por causa disso tudo, ele foi um gênio das grandes estruturas musicais, e sua música é emocionante como poucas. Até o líder dos gostosões, Gustav Mahler, dizia que Bruckner era só metade debiloide. Na outra metade era Deus."

"Caraca!"

A exclamação veio de André. Como discordar de comentário tão impregnado de sentidos?

"Só para vocês terem uma ideia", me limitei a dizer.

Meus filhos, pacientemente, ouviram a aulinha até o fim. Quando chegamos ao Theatro Municipal, tratei de levá-los direto ao restaurante do subsolo, o Salão Assyrio. Sabia que iriam gostar daquela formidável imitação de palácio mesopotâmico, provavelmente nascida da cabeça de algum cenógrafo de ópera metido a decorador. De suas paredes de cerâmica, feitas com blocos esmaltados de azul, brotavam imensos altos-relevos coloridos, representando deuses e reis, touros e poderosos leões alados com cara de gente e longas barbas hipsters. Tudo muito fake e divertido.

"Maneiríssimo", exclamou André.

"É meio brega, mas é legal", admitiu Estela.

"Um dia", eu disse, "quando eu ganhar na Mega-Sena, vamos todos ao Museu Britânico, em Londres, e vocês verão palácios de verdade, todinhos reconstruídos."

Os dois se animaram:

"Partiu Londres!"

Já munidos de uma água (para Estela) e duas Cocas (a minha Zero), encontramos a figurinha obrigatória nas grandes noites musicais da cidade. Sim, Rodolfo Puccini. Meu amigo fez a maior festa para Estela, a quem ainda não tinha visto grávida, e depois, como de praxe, reclamou de mim:

"Você anda sumido, Pedrinho. Nas últimas semanas, nem apareceu na editora."

"Estava me recuperando daquela arapuca do prêmio. E, depois do Tolstói, ainda espero você me convidar para um novo projeto editorial incrível e regiamente pago."

"Ih, meu querido, esse tipo não existe mais."

Rimos da nossa própria desgraça profissional. Aproveitei para lançar uma isca:

"Andei ocupado também. Aumentando a coleção de manuscritos que você desprezou."

"Eu não desprezei. Você sabe muito bem." Então, virando-se para os meus filhos: "O pai de vocês é maluco, sabiam?".

Os dois fizeram que sim com a cabeça, sem hesitar. Rodolfinho voltou-se novamente na minha direção:

"E, depois, no dia do concurso eu estava tenso. Confesso que esqueci de mencionar meu interesse na bendita coleção de que você tanto fala. Passe no escritório uma hora dessas, prometo examinar com carinho."

"Combinado."

Em seguida, perguntei:

"E você? É como eu, aficionado pela *Nona* de Bruckner?"

"Obra-prima! Obra-prima!"

Olhei para André e Estela, desejando que o entusiasmo de Rodolfo os contagiasse. Não vi maiores progressos nesse sentido.

"Encontrou a Filomena por aí?", perguntei. "Ela disse que iria chegar cedo."

"Ainda não", disse Rodolfinho.

Meu grande amigo e minha comadre se conheciam, claro, tinham se visto um milhão de vezes ao longo dos anos. Estranhamente, nunca havia se criado entre eles uma ligação mais direta. Não por antipatia recíproca ou coisa parecida, mas, suponho, por uma insólita forma de respeito a mim, sobretudo após a morte da Mayumi. Ficamos os dois tentando localizá-la no salão, e foi Rodolfo quem a viu primeiro:

"Olha ela lá."

Acenei, e Filomena veio até nós com sua indefectível tacinha de champanhe na mão. Muito alegre, foi logo avisando aos meus filhos:

"Pronto, queridos, chegou a única adulta neste teatro para quem vocês podem falar francamente o que acham de música clássica."

"Filomena, por favor, sem desvirtuar o ambiente", reclamei.

Ela me respondeu com uma careta.

"Por que você não esperou?", eu disse. "Podíamos ter vindo juntos."

"Ah, porque estou com este lindo vestido novo, que eu queria desfilar bastante antes de sentar no escuro e ser obrigada a ficar olhando, por horas seguidas, para um pinguim de costas agitando os braços e o topete em pleno ataque epilético."

Estela e André acharam a maior graça naquela bobagem.

"Ainda bem que o sinal vai tocar logo", eu disse.

Ela me olhou e ameaçou retrucar. Eu a preveni:

"Olha lá o que você vai falar na frente das crianças."

"Eu só pergunto o seguinte: que estranha forma de entretenimento é essa, que começa com um sinal idêntico ao do fim do recreio no colégio? Isso não é um chamado ao lazer, é uma convocação para a prova de matemática!"

Estela e André bateram palmas:

"Apoiado!"

Esnobei com altivez o discurso em prol da ignorância. Filomena, dirigindo-se à minha filha, perguntou:

"E então, meu bem, sexta de manhã é dia de ultrassom, não é? Quer que eu pegue você em casa?"

Estela hesitou um pouco.

"Obrigada, tia, não precisa."

Estranhei a negativa. As duas andavam grudadas nos últimos meses, e Estela parecia adorar a presença da madrinha em todas as consultas e exames.

"Mas você vai sozinha?", perguntou Filomena.

E minha filha, titubeando, respondeu: "Talvez não...". E me olhou antes de terminar: "Você não foi nenhuma vez ainda".

Fui inundado de carinho por Estela e pelo meu neto. Senti muito orgulho também. Alguns meses antes, acompanhá-la a um ultrassom teria sido difícil para mim; mas àquela altura eu já estava totalmente convertido à ideia de ser avô.

Filomena, sempre mais rápida, interferiu bem ao seu estilo:

"E então, cachorro insensível, não vai dizer nada para a menina?"

"Sim!", eu comemorei, abraçando minha filha e beijando seus cabelos.

Rodolfinho, alegremente, pediu licença. Vira um amigo do outro lado do salão. Ao partir, lançou um elogio:

"Eu adoro essa família!"

Em seguida, falamos de amenidades variadas:

"Olhem só aquela perua. Aposto que já fez umas dez plásticas", arrisquei.

"Quanto tempo falta para começar?", perguntou Estela.

"Tomara que não sente ninguém muito alto na minha frente", emendou André.

"E para acabar?", quis saber Filomena.

Ela própria, sem esperar resposta, introduziu um novo assunto:

"Chuchu, aproveitando que você é um mestre dos leilões, eu precisava de um favorzinho."

"É só pedir."

"Preciso avaliar um quadro que decidi vender."

"Vender? Para quê?"

"Ora, para que as pessoas vendem as coisas?"

"Você está precisando de dinheiro? Como isso é possível?"

"Não, meu amor. Sofistica! É que o meu contador é chatésimo. Me vigia, me controla, me sufoca! Uma criatura totalmente desagradável."

"Aposto que está apenas cuidando dos seus interesses."

"Dos meus ou dos dele? Não vamos esquecer que, se eu fico pobre, ele também fica."

"Filomena..."

"Eu pago mais se for sem sermão, Pedrinho. Você pode ou não pode fazer essa avaliação para mim?"

"Posso, claro, e não precisa pagar."

"Quando?"

"Até sábado estou enrolado, mas no fim de semana vejo isso para você."

"Eu estava com alguma pressa, meu anjo. Tenho até um comprador engatilhado. O homem está babando pelo quadro."

"Bem, amanhã estou ocupado e ainda preciso visitar minha mãe. Na sexta, você já sabe qual é meu compromisso sagrado", eu disse, sorrindo para Estela. "Mas podia ser à tarde, ou no comecinho da noite, o.k.? Ligo e combinamos."

"Faz um esforço, *darling, please*. Preciso saber logo qual seria o preço justo, para aí multiplicar por dez. Quero dar um desfalque no coitadinho."

Enquanto conversávamos, o Assyrius havia lotado, todo mundo molhando a garganta antes do espetáculo. E então, do meio do bolo de gente, brotou Janaína. Estava muito alegre e bonita, acompanhada de uma amiga. Eu a cumprimentei à distância, mas ela tirou uma reta e veio falar comigo, trazendo a amiga a reboque:

"Pedro, que bom encontrar você!"

"Bom rever você também. Deixe eu apresentar... Esses são meus filhos, Estela e André, e minha amiga Filomena. Essa é Janaína."

"Muito prazer", ela respondeu, para depois completar as apresentações: "Essa é Marília, uma grande admiradora sua".

"Minha?"

"Sim", respondeu a amiga.

"Ah, então é você a minha única leitora misteriosa?", brinquei.

Meu autossarcasmo provocou um constrangimento geral. A amiga de Janaína ficou vermelha. Estela me repreendeu no ato:

"Pai, não fala besteira."

"É isso mesmo, Pedro, que besteira", ecoou Janaína. "A Marília elogiou muito seu trabalho. Eu preciso ler."

"Desculpe meu senso de humor", eu disse, dirigindo-me a Marília. "Fico nervoso quando sou elogiado. E de que livro meu você gostou?"

Marília ficou mais vermelha:

"De todos!"

Foi a minha vez de ficar completamente sem graça. Janaína deu um lindo sorriso e, com simpatia, falou:

"Desde o dia do prêmio, Pedro, venho pensando muito em tudo que você disse. Queria ter procurado você antes, mas fiquei sem graça. Foi difícil me acostumar com as suas ideias sobre literatura, mas estou começando a achar que talvez você tenha razão. Ou, no mínimo, que a sua maneira de encarar a literatura é muito bonita também."

"Cuidado", eu disse. "Já se passaram uns três meses desde aquela conversa. Posso ter mudado de opinião."

Janaína, rindo, não deixou o assunto morrer:

"Mais um motivo para a gente se encontrar e conversar melhor. Você topa? Podemos jantar uma noite dessas."

"Você não vai querer perder seu tempo…"

Senti alguém me cutucando nas costas. Procurando quem era, olhei para Filomena, que estava muito séria, com um olhar duro para o fundo do salão. Depois olhei para minha filha, que me encarou arregalando os olhos. De Estela, sem dúvida, partira a dedada significativa.

"Topa?", insistiu Janaína.

"Sim… claro…", eu disse, encabulado.

"Que bom! Tenho seu e-mail. Escrevo e combinamos", ela prometeu, sorrindo, com os olhos fixos nos meus.

Soou o primeiro sinal. Todos começaram a largar seus copos, restos de sanduíche, guardanapinhos amassados, e a subir as escadas rumo à plateia e aos demais andares do teatro.

"Vamos lá, turma?", perguntei.

Seguimos a manada, despedindo-nos de Janaína e sua amiga. Estela, excitada, comentou:
"Nossa, pai, que mulher linda! E ela está a fim de você."
"Que bobagem!"
"Você não achou, tia?"
Filomena desconversou:
"Meu amor, é melhor você não saber minha opinião. Sua tia às vezes pode ser muito maledicente."
"Ela foi simpática, só isso", eu disse.
"Não, não", discordou Estela. "Aposto que ela vai mesmo chamar você pra sair."
Fiquei quieto e me concentrei na numeração dos camarotes. Uma vez instalados, ouvimos o delicioso barulho da afinação dos instrumentos. E quantos instrumentos havia para afinar! A *Nona* de Bruckner exige uma orquestra imensa: três flautas, dois flautins, três oboés, três clarinetas, três fagotes, oito trompas, três trompetes, três trombones, duas tubas, dois tímpanos, mil apetrechos de percussão, mais um exército de violinos, violas, violoncelos e contrabaixos.

Soou o segundo sinal. As últimas pessoas se acomodaram e as luzes foram reduzidas. A orquestra, aos poucos, silenciou. Após alguns instantes, entrou o maestro e ouviram-se as palmas. Feitos os agradecimentos, e já postado de frente para os músicos, ele se concentrou, impondo o silêncio geral.

Uma coisa ninguém tira do Bruckner: ele nunca está para brincadeiras. Muito menos na *Nona sinfonia*. Sem introdução, entra de cara no primeiro tema. Uma nota grave e sustentada, nascida nas profundezas da orquestra, faz um pano de fundo solene e misterioso. Enquanto isso, no primeiro plano, os trombones e as tubas, no mesmo tom grave, partem dessa nota e voltam para ela. Os tímpanos, dois imensos tambores, e os trompetes se alternam com esse grupo inicial de instrumentos. Tudo se move muito lentamente, como no fundo do mar. A harmonia de um mundo estranho e poderoso, onde os sons são outros, a luz é ambígua e as cores parecem ora turvas, ora muito nítidas quando um raio de sol atravessa as ondas. Você não está no seu elemento, não se move como deveria, e fica alerta. A vida ali é arredia, só costuma aparecer na hora do ataque.

Uma nova corrente de sons anuncia a chegada de alguma coisa. São os violinos. Os trompetes e trombones esquentam, e o que está para surgir parece que vem. Imagina-se uma forma de vida pré-histórica saindo de trás da próxima pedra. Mas, antes, há um refluxo geral. Ainda não foi dessa vez.

A música de Bruckner sempre busca se erguer, se elevar, revelando uma força superior. Então, agora que caiu, precisa subir novamente. Quem toma a iniciativa é o naipe inteiro dos violinos, umas vinte pessoas tocando juntas, acompanhadas por flautas e oboés. As notas sobem e descem, sobem e descem, ganhando velocidade e atingindo um patamar cada vez mais alto de energia, até que finalmente o conjunto dos instrumentos — metais, cordas, percussão, tudo enfim — dispara num frenesi. A orquestra dá tudo que pode e, de repente, ouve-se uma explosão.

Para Bruckner, certamente, era a potência de Deus revelando-se ao mundo. Uma força esmagadora. O mar e o céu se fundindo, todos os átomos do planeta se juntando numa única matéria. Você oscila entre o medo e o deslumbramento.

O segundo movimento começa com os dedos dos violinistas pinçando as cordas, e logo se ouvem flautas e flautins. Tudo sugere formas ágeis e delicadas de vida, ocupadas em suas tarefas minúsculas, como ratinhos brancos correndo pelo rodapé e levando migalhas de pão para a toca, ou peixes na barreira de corais, bicando comida nas anêmonas de cores intensas.

Até que a orquestra faz uma pausa. Então, como se de repente o demônio a possuísse, ouvimos estrondos apavorantes na escuridão. Contrabaixos, trombones, tubas, a percussão, tudo é horror. A orquestra avança contra você e faz o chão tremer. O pânico entra pelos ouvidos. São instantes de adrenalina total, que atravessamos com a respiração presa e os olhos arregalados.

Olhei para o André nessa hora e vi que eu estava certo sobre as semelhanças entre Bruckner e heavy metal. O espírito 666 não existe somente nas letras do Iron Maiden, ou no visual do Slipknot. Bruckner tinha verdadeira obsessão pela morte. O único retrato em sua mesa de trabalho, onde passava a maior parte de todos os dias, era o de sua mãe morta. Contratara um fotógrafo profissional para a ocasião. Também fez questão de assistir à exumação dos corpos de seus dois maiores ídolos musicais, Beethoven e Schubert, ansiando pelo mórbido privilégio de segurar e beijar suas caveiras, o que, dizem, chegou mesmo a fazer.

Os estrondos da orquestra ressoam outras vezes ao longo do segundo movimento, e instintivamente aprendemos a saber quando estão para chegar. Você termina essa parte da sinfonia com os ouvidos e a alma em estado de choque.

O terceiro movimento... Que terceiro movimento! Ao longo de trinta minutos de música, Bruckner recapitula a própria vida. Cita suas obras anteriores e revisita, através delas, o tempo que passou, os marcos da carreira. Como um planador de grande altitude, a música sobrevoa a crosta terrestre e, lá do alto, avista mares infinitos e vulcões ainda em plena atividade, cadeias montanhosas e florestas que se espalham por continentes inteiros. Os sons variam de forma, cor e textura, numa perspectiva tão ampla que mesmo alguém com zero ouvido musical percebe nitidamente sua multiplicidade. Em certos momentos, a harmonia é tão rica que deixa você à beira do colapso. Há novos picos de energia no terceiro movimento, mas eles se diferenciam dos anteriores pelas fanfarras dos metais. Mais uma vez nos sentimos pequenos, porém já não há espanto nem medo. A música de Bruckner alterna o sentimento profundo da existência, e o temor de perdê-la, com uma aspiração épica pelo que está além do humano.

Perto do fim, os instrumentos, todos juntos, expressam o respeito de quem se depara com a outra dimensão. É muito mais que o grito individual de Bruckner, ao encarar a morte, é o próprio universo gritando. Passado esse instante, as energias da música se acabam. A paz do esgotamento recai sobre a orquestra. Os sons vão sumindo, vão se esgarçando, se esvaindo, até uma última nota — solitária, suave e cristalina — desaparecer em pleno ar.

11. Na doença e na saúde

"Quem é esse homem feio? E por que está com o meu menino?"

Esse não é o tipo de tratamento que um filho espera receber da própria mãe, ou um neto, da avó, mas eu e o André já sabíamos como funcionava. Para minha mãe, eu era um desconhecido, e feio ainda por cima, enquanto meu filho caçula era eu criança. A decadência neurológica tornara-a imune ao passar do tempo.

Meu filho sabia levar na brincadeira as birutices da avó, equilibrando-se entre quem era de fato e quem ela achava que ele era. Fazia o contato possível. Quando eu ia visitá-la sozinho, minha mãe se recusava a conversar comigo e ficava ao meu lado praticamente obrigada pelos enfermeiros. O Alzheimer, ao apagar dentro dela minha existência atual, anulava qualquer carinho que pudesse ter por mim. Eu monologava por alguns minutos, contando as novidades da família, e depois ia embora, arrasado. Nenhum dos nomes que eu mencionava era reconhecido, mais nada sobre aquelas pessoas lhe dizia respeito. Minha dificuldade em lidar com aquilo, e com todas as outras situações que a doença criava, era enorme.

Interná-la numa clínica para idosos, por exemplo, tinha provocado em mim e em minha irmã um forte sentimento de culpa. Tanto que adiamos ao máximo a decisão. Mesmo trabalhando e com filhos pequenos, nos revezamos enquanto deu, com a ajuda de cuidadoras. Foi uma luta, a doença avançava mais rápido que o normal, conforme a própria neurologista reconheceu. Minha mãe estava perdendo todo contato com a realidade.

Certo dia enganou a cuidadora, deu uma resposta mal-educada ao porteiro que tentou impedi-la de sair e se mandou para a rua. A cuidadora surtou quando percebeu a fuga, ninguém da família estava por perto. Segundo os relatos que recebemos, minha mãe perambulou pela rua durante uns vinte minutos, perguntando a esmo:

"Alguém viu meu bebê?"

As pessoas não entendiam nada. E a perplexidade geral se agravava quando ela prometia, para ninguém:

"A mamãe está chegando!"

Nem nós entendemos aquilo. Com quem estaria falando? Comigo? Com minha irmã? Ou com o bebê que perdera depois que nascemos (sua lembrança mais dolorida, na época em que ela lembrava das coisas)? Impossível saber. Por sorte a fuga não teve maiores consequências, graças a um porteiro de outro prédio da rua, que a reconheceu e, exibindo raros poderes de persuasão diplomática, convenceu-a a voltar para casa.

Após esse episódio, ficou evidente que ela precisava de infraestrutura e atenção vinte e quatro horas por dia, sete dias por semana. Começamos a visitar clínicas, analisar preços e condições, amadurecendo a decisão. Então minha irmã resolveu imigrar para o Canadá. Ali pertinho... Óbvio que isso precipitou tudo.

Eu visitava minha mãe na clínica uma ou duas vezes por

mês, de preferência acompanhado pelo André. Ao menos o lugar era excelente. Boa equipe médica e de enfermagem, instalações modernas, belos jardins, atividades variadas; minha mãe estava muito confortável e bem atendida. Para quem vive apenas o instante presente, sem recordações ou expectativas, a satisfação dos sentidos imediatos é o que faz a vida valer a pena.

Naquela manhã, no dia seguinte ao concerto, quando eu e André chegamos, minha mãe tomava sol no jardim. Após a recepção delirante que nos fez, ela puxou "seu menino":

"Vem cá, sai de perto desse homem feio aí."

"Até que ele não é tão feio", disse meu filho, piscando para mim. "Ele é mais chato que feio, eu acho."

Ela me examinou de alto a baixo e decretou:

"Mas é feio também."

André deu uma pequena gargalhada, eu sorri amarelo. Minha mãe o abraçou, carinhosa. Fiz um esforço para alcançar o grau de maturidade do meu caçula e brinquei:

"Muito gentil da parte de vocês dois, ficarem falando mal de mim na minha cara."

"Dessa cara feia", rebateu minha mãe.

Fiz uma careta meio falsa de desagrado:

"Mesmo você me achando feio, tenho novidades muito boas. Quer ouvir?"

Ela me examinou de novo, depois disse:

"Só se forem ótimas."

"São ótimas. A Estela, sua neta, está tendo uma gravidez absolutamente tranquila. Já completou sete meses. Seu bisneto vai nascer daqui a pouco."

Ao longo dos últimos quatro meses, desde que a Estela contara de sua gravidez, eu dava a minha mãe boletins regulares a cada visita, mesmo sabendo que pouco adiantava. Então seu esquecimento não teria sido uma surpresa, e tampouco seria surpresa se ela respondesse como sempre respondia, uma vez lembrada do assunto:

"Esse homem é louco por ela."

Seu comentário sobre o Marmita saía do nada, uma vez que ela nem o conhecia, mas me irritava profundamente. Minha mãe parecia adivinhar meu ponto sensível e cutucá-lo com gosto.

Naquele dia, porém, foi pior. Ela me olhou torto, ofendida.

"E eu lá tenho idade para ter bisneto?" Então, apontando para o André, completou: "Olha o meu filho! Eu sou jovem ainda, não está vendo? Eu sou muito bonita".

Após uma pausa, ela acrescentou:

"Bicho feio, me chamando de velha."

Eu não esperava aquilo:

"Desculpe... não quis ofender."

Sua indignação foi sincera. Antes fosse apenas rebeldia senil. Ela me confundir com meu caçula, embaralhando nossas idades e identidades, era ilusão, claro, mas qual a diferença, na prática? Eu precisava aceitar a ideia de que minha mãe sentia repulsa pelo adulto que eu havia me tornado.

André salvou a situação:

"A senhora é muito bonita mesmo."

Ela, que me encarava bem séria, relaxou a expressão ao ouvir sua voz. Sem perda de tempo, meu caçula contou da irmã grávida de um jeito menos desastrado:

"A Estela é muito nossa amiga. Ela é muito legal e gosta muito de você também. Vamos torcer para dar tudo certo?"

A avó olhou para ele e perguntou:

"Ela é sua amiga ou sua namorada?"

"Amiga, só amiga."

"Olha que se for namorada... *hum!*"

Com um olhar matreiro, ele rebateu:

"*Hum* o quê? Eu não posso ter namorada, por acaso?"

"Essa moça é mãe-criança. Não é para você."

Eu e meu filho nos olhamos novamente. Vi que ele estava achando aquilo muito divertido. Era tão esperto que não parecia ter apenas onze anos. Em mim, contudo, a resposta de minha mãe provocou um arrepio. Haveria nela, afinal, algum resquício de lembrança das circunstâncias daquela gravidez? Ou a doença, em troca da memória roubada, elevara-a a outro patamar de sensibilidade, no qual conseguia intuir o destino das pessoas? A falência neuronal não podia lhe ter dado poderes paranormais, ou podia?

André retomou a conversa:

"E então? Vamos torcer para dar tudo certo na gravidez da Estela?"

Minha mãe fez uma careta:

"Não vou torcer coisa nenhuma."

"Ah, isso é injusto... Ela merece."

"Não."

Ele me olhou, surpreso. Eu costumava ser o único alvo da antipatia de minha mãe, mas naquele momento ela resistiu até aos encantos de seu filho imaginário. Procurei distraí-la, sem muita criatividade:

"E com você, está tudo bem?"

Ela me olhou feio:

"Tudo."

"Tem passado bem?"

"Bem."

"Se alimentado bem?"

"Bem."

"Nenhum problema?"

"Nenhum."

Suas respostas sumárias deixavam claro que eu devia calar a boca. Ótimo, pois eu já tinha esgotado meu repertório de banalidades. Ela estava endiabrada. Com um ar desafiador, me fez a pergunta irrespondível:

"Onde está meu marido? Por que não está aqui comigo?"

Vivendo esquecida de que meu pai falecera havia muitos anos, ela volta e meia me perguntava dele. Minha mãe devia intuir que eu estava proibido de lhe dizer a verdade. Segundo a médica, uma vez que sua memória apagava o registro da morte do marido, toda vez que ela recebesse a notícia sofreria como se fosse a primeira, como se ele tivesse acabado de morrer. Era inútil e cruel submetê-la a esse looping de tristeza. Todos na família, portanto, obedecíamos à doutora.

Até aí, tudo bem. Mas minha mãe se aproveitava daquilo para me encostar na parede, exigindo explicações. Por algum motivo, eu, o desconhecido, deveria saber onde estava o seu amor. Naquelas horas — puro paradoxo das ordens médicas —, eu é que tinha de me fazer de alienado. No meio das suas loucuras, minha mãe encontrava um jeito de desautorizar a racionalidade do "homem feio" que tomava decisões por ela e a tratava quase como criança. Quando o cérebro dela tentava alcançar o real, era preciso contê-lo e, para o seu próprio bem, empurrá-la novamente em direção ao mundo paralelo da senilidade.

"Ele está viajando", respondi. "Chega semana que vem."

Eu me sentia horrível agindo assim, e ela, adivinhando meu desconforto, me achatou com o olhar.

Em seguida dirigiu-se ao André:

"Eu vou, sim, torcer para dar tudo certo com a sua amiga, ouviu?"

O rosto dele se iluminou:

"Vai mesmo?"

"Ela vai ter um bebê bem bonito."

"Você é muito legal."

Minha mãe respondeu:

"Sou mesmo."

Eu e André achamos graça. Ela mudou de assunto outra vez, perguntando a ele:

"Tem estudado bastante?"

Meu filho mentiu sem pudor, fazendo pose e piscando novamente para mim:

"Só tiro nota boa."

"E tem feito esporte? É importante fazer esporte."

André hesitou antes de responder, cogitando se devia manter a máscara de autoconfiança, mas acabou dizendo a verdade:

"Faz tempo que não toco numa bola."

"E por quê?"

Meu filho me olhou. Em outra visita, já havia contado do seu trauma futebolístico. Teria de contar tudo de novo agora, vivendo ele o looping doloroso. Sugeri que desconversasse, mas André foi um pequeno cavalheiro e partiu para o sacrifício:

"Aconteceu uma coisa muito chata da última vez que joguei."

"Que coisa muito chata?", perguntou minha mãe.

"Perdi um pênalti, fiz gol contra... Deu tudo errado."

Minha mãe esticou o braço e fez um carinho no rosto do neto. Num arrepio, tive a sensação de vê-la quatro décadas antes, fazendo o mesmo gesto em mim. Mas logo sua mão magra, cheia de veias aparentes, seu rosto enrugado e o cabelo branco me devolveram ao presente. Ela própria está no olho do furacão, pensei, não está em condições de consolar ninguém.

O carinho da avó, contudo, produziu algum efeito em André, deixando-o mais sério. Seus braços caíram ao lado do corpo. Tinha levado a conversa na brincadeira até ali, mas ela ganhara uma força inesperada. As lembranças do jogo, eu supus, ainda mexiam com ele, tantos meses depois.

Minha mãe abriu os braços, com ternura nos olhos. André

avançou, como um filhote de pinguim desprotegido, e se deixou abraçar por ela, encostando a cabeça em seu ombro.

"Ô meu filhinho…"

André não disse nada. Mesmo sem ver seu rosto, deu para adivinhar nele um choro sentido. Minha mãe apertou o abraço:

"Meu filhinho querido…"

Admito que fiquei com uma pontinha de ciúme. E quase caí para trás quando ele a abraçou de volta e disse:

"Você faz tanta falta, mãe…"

Um dia depois, ultrassom com Estela. Da clínica de idosos para o consultório dos bebês. A caminho, ainda no carro, contei para minha filha como havia sido a visita à avó:

"E ele a chamou de mãe!"

"O André ainda é criança, pai."

"Eu sei, mas nunca tinha feito isso. Nós aceitamos a confusão que ela faz, mas nunca a estimulamos assim. Foi inédito. Fiquei preocupado com ele."

Estela não disse nada. Então, aproveitando o clima de proximidade, toquei no assunto que eu sabia ser delicado:

"Como estão as coisas entre você e o Zé Roberto?"

Ela, firme, respondeu:

"Ele está lá, às voltas com as passeatas. Essa próxima vai ser mega. Meus amigos dizem que está viajando para cima e para baixo, articulando, fazendo contatos. Não nos falamos há um tempo. Mas estou bem."

"Estela… Bem mesmo?"

"Juro. Tenho você, tenho a tia Filó, está tudo certo. Se um dia ele quiser conhecer nosso filho…" E interrompeu a frase no meio, para logo soltar um pouco do que realmente estava sentindo: "… aí também vou me dar o direito de pensar no caso".

Natural ela dizer aquilo. Por um lado, tinha razão. O Marmita vinha sendo irresponsável e covarde. Por outro, no fundo eu sabia que estava errada. Ou melhor, que aquela não era a maneira mais construtiva de lidar com a situação. E ser boa mãe — ou bom pai — é uma atividade necessariamente construtiva.

"Nesses momentos", eu disse, "melhor não tomar nenhuma decisão antecipada. Assim, quando chegar a hora, fica mais fácil fazer o que realmente temos vontade."

Estela achou graça e me provocou:

"Qual é, pai? Vai bancar o amiguinho do Zé Roberto, agora?"

"Eu? Nunca!"

"Ah, bom. Ficou parecendo..."

"O meu lado é sempre o seu lado. Mas também estou do lado do meu neto, que vai querer o pai quando o pai o quiser."

Estela ameaçou uma autocrítica:

"Eu não disse que não ia deixar eles se conhecerem. Disse que ia pensar no caso."

Olhei para ela, cético. Estela rebateu:

"Foi o que eu falei."

Já na sala de espera do obstetra, cercado de mulheres grávidas, voltei ao assunto:

"Você falou que o Zé Roberto está organizando uma grande passeata?"

"É."

"Não ouvi falar. Quando vai ser?"

"Como não, pai? Claro que ouviu!"

"Não ouvi, não."

"Não ouviu falar das passeatas que vão acontecer mês que vem, no Dia da Independência? Vai rolar em todas as capitais."

"Ah, essas! O Marmita está poderoso assim? Não imaginava."

"Você subestima o Zé, pai. Ele trabalha muito, mobiliza organizações sociais e grupos de protesto do estado inteiro, tem contato com outros movimentos em todo o Brasil. Na passeata, vai discursar com os presidentes da UNE e da UBES, e com os líderes mais legais dos partidos de esquerda."

"Mas eu reconheço isso tudo."

Foi a vez de ela me olhar com ceticismo.

"É verdade!", insisti. "Acho a dedicação dele admirável. Temos posições diferentes, implico com algumas coisas, mas dou o maior valor."

"Ele está se candidatando à presidência da UNE."

"E isso é bom?"

"Deixa de ser chato, pai. O nome do Zé está ganhando apoios, parece que vai decolar. As eleições são daqui a dois meses. Se ele fizer um discurso incrível na passeata, e eu imagino que esteja caprichando, pode conseguir."

"Ele escreve os próprios discursos?"

"E muito bem!"

Eu achei graça em tanto entusiasmo, e perguntei:

"Como você sabe o que ele anda fazendo, se estão sem se falar?"

"Pai, você já ouviu falar, tipo vagamente, de uma coisa chamada Facebook?"

Não passei recibo, mas eu era mesmo uma negação em matéria de redes sociais. Me limitei a perguntar:

"Vamos assistir de casa à passeata, não é? Você não vai se meter no meio da multidão com oito meses de gravidez, vai?"

"Não. Até porque me desentendi com meu coletivo."

"Qual coletivo, o do meio ambiente?"

"Não."

"O dos sem-teto solar? O dos sem-namorada? O dos hipsters sem bigode?"

"Nossa, pai, como você é bobo. O das feministas."

"E por quê?"

"Tivemos uma discussão feia."
"Sobre...?"
"Como eu decidi não interromper a gravidez, elas disseram que eu tinha virado a casaca, que tinha virado capacho de homem. Foram super-horríveis comigo."
Fiquei indignado e preocupado, mas disfarcei:
"Isso passa. Elas são suas amigas, com o tempo vão entender."
"Até vão, mas e daí se eu tivesse mudado de posição? O movimento feminista serve para a mulher escolher livremente ou para dizer o que ela tem de escolher?"
"Por que não me contou antes?"
"Ah, sei lá. Na real, não estou tão abalada. Acho que a gravidez dá outra dimensão aos problemas. O que o Zé Roberto ou elas pensam ou deixam de pensar ficou menos importante pra mim."
Segurei sua mão. Ela sorriu:
"Eu estou bem, juro. Como você sempre diz: 'Ideologia em excesso deixa a pessoa insensível...'."
Juntos, completamos a frase:
"... e a insensibilidade é a pior forma de burrice."
O meu sermãozinho finalmente estava fazendo sentido para ela, e nós dois ficamos felizes com essa constatação.
"Você acha mesmo que elas vão entender algum dia?", perguntou Estela.
"Com certeza, querida."
O chamado da secretária-enfermeira encerrou o assunto. Levantamos e entramos no consultório. Após uma rápida conversa sobre como Estela estava se sentindo — "Muito bem, no geral" —, o médico pediu a ela que se trocasse na sala ao lado e deitasse na maca. Eu e o doutor ficamos em silêncio por alguns instantes.
"A Estela parece ter vocação para a maternidade", disse ele, por fim. "Tem sido uma gestante exemplar, apesar de tão jovem."
"Obrigado. Também acho."

Tudo pronto, teve início o exame. As imagens de ultrassom do primeiro DVD, embora eu as tivesse achado muito nítidas, eram borrões toscos perto das que vi aquele dia. O rosto do meu neto estava pronto. O nariz, pequeno e redondo, com certeza seguia o molde da família. A boca era igual à da Estela, isto é, igual à da Mayumi. Tentei ver se ele tinha os olhos puxados, mas, como estavam fechados, isso foi a única coisa que não confirmei — apesar de suspeitar que sim.

De repente, com sua mão minúscula, meu neto começou a puxar o cordão umbilical. Ele esticou até tensioná-lo e, de repente, *tuóióióinnn!*, soltou-o num estalo, como faz um baixista de funk ou jazz durante o solo. E riu ao fazer isso! Nós rimos também, claro, ainda que eu e Estela não tivéssemos entendido direito o que acontecera.

O médico explicou que o cordão é o primeiro brinquedo na vida dos bebês. Fiquei pasmo, enquanto via meu neto repetir a operação. Rimos de novo. Então ele segurou o cordão pela terceira vez, e achei que iria estalá-lo como antes, mas não. Apenas o apertou de leve e, depois de alguns segundos, soltou-o. O médico, risonho, entrou com novas explicações:

"A brincadeira agora é prender a respiração. Ele está se esbaldando!"

E lá foi meu neto, apertando e soltando o cordão umbilical, isto é, abrindo e fechando o fluxo de oxigênio para seus pulmões. Se antes eu havia me admirado ao ver suas formas e seus traços físicos, parecidos com os da família, agora, diante daquelas estripulias, me identifiquei com seu senso de humor. O menino prometia.

Saímos do exame felicíssimos, claro. O bebê estava ótimo, melhor impossível. Minha filha, para meu espanto, parecia ter amadurecido dez anos em quatro meses. No hall, enquanto esperávamos o elevador, segurei sua mão:

"Obrigado."

Ela me olhou, intrigada.

"Adorei vir aqui com você", eu disse.

Ela sorriu e tocou meu ombro com o rosto. Já no automóvel, a caminho de casa, voltou ao assunto da visita à minha mãe:

"Pensa numa coisa, pai. Se na cabeça da vovó o André é você criança, e se ela só admite falar com ele, no fim das contas isso é uma declaração de amor a você."

"Já pensei nisso, mas nenhum consolo é completo. Se fosse, seria mais que consolo, seria solução."

Estela insistiu:

"Ela ainda ama você como amava quando era sua mãe em tempo integral."

"Talvez."

Eu não queria falar daquilo. Estava muito feliz para estragar o momento. Subitamente me ocorreu perguntar:

"O que será que meu neto achou da *Nona* de Bruckner?"

12. Quanto vale?

Naquela mesma noite, atendendo ao pedido de Filomena, fui avaliar o tal quadro que ela pretendia vender. Era para ter ido mais cedo, por volta das sete horas, mas no fim da tarde recebi a ligação de um colecionador de memorabilia dos artistas de Hollywood, oferecendo uma pérola para minha coleção. Era o original do famoso parecer do estúdio RKO, após o teste do então jovem e desconhecido Fred Astaire. Na oportunidade, o caça-talentos gongou o bailarino — que se tornaria o gênio máximo dos musicais — com um veredito arrasador:

"Não sabe cantar. Não sabe atuar. Está ficando careca. Dança direitinho."

Era um documento incrível, uma preciosidade que se encaixava perfeitamente na minha coleção. Um ótimo começo para um eventual núcleo de cinema. A feroz barganha online que se seguiu adiou minha saída de casa por uma hora. Quando finalmente desisti do negócio, salgado demais para meu borderô, peguei correndo o táxi, mas caí num engarrafamento. Em resumo: só cheguei na casa de Filomena por volta das nove.

Ela morava num edifício chique, numa rua residencial tranquila. Como eu e Antônio, o porteiro, já nos conhecíamos havia anos, ele foi logo abrindo o portão. Por uma cerimônia protocolar, pedi que tocasse o interfone. Para minha surpresa, ninguém atendeu. Ele tocou de novo, sem sucesso.

"Será que ela saiu?", perguntei.

"Saiu, não. Agora mesmo entrou um rapaz pra lá."

"Ah, é? Será que está ocupada...?"

Do hall dos elevadores, naquele exato momento, saiu um rapaz bem jovem e bem-vestido, que me pareceu familiar. Estava apressado, nervoso. Ao abrir o portão para ele, Antônio levantou as sobrancelhas significativamente:

"Era esse aí. Se a dona Filó estava ocupada, agora não está mais."

Tocamos novamente o interfone. Nada aconteceu. Com um ar preocupado, Antônio me perguntou:

"O senhor não quer subir?"

Fui até o sexto andar, ligeiramente inquieto. Depois de tocar a campainha, estranhei a demora em atenderem. Finalmente ouvi a voz de minha amiga:

"Já vou!"

Achei curioso, pois em geral a tarefa de receber as visitas na porta era da valente Angelina, sua empregada, ou "dama de companhia", como a patroa fazia questão de chamá-la, acrescentando: "Ela é muito mais dama do que eu". Quando a porta se abriu, dei de cara com Filomena.

Ela usava uns óculos escuros gigantes, que tapavam toda a parte superior de seu rosto e a deixavam parecendo a mistura da mulher-mosca com alguma antiga atriz de cinema. Dentro de casa? À noite? Somava-se aos detalhes estranhos o fato de Filomena estar meio descabelada, algo realmente inédito.

"Está tudo bem com você?"

Afetando superioridade, ela respondeu:

"Ah, Pedrinho, você não entende mesmo nada de moda..."

Sem me encarar, Filomena deu um jeito rápido no cabelo, depois levantou um porta-retratos caído no aparador da entrada, e então foi pegar duas almofadinhas jogadas no chão, recolocando-as no sofá. Movia-se de forma ainda mais agitada que o normal. Minhas suspeitas cresciam:

"Onde está Angelina?"

Filomena, bem ao seu estilo, respondeu:

"E eu lá sei? As empregadas de hoje insistem em ter vida própria, casa própria, até família própria! Não dormem mais no emprego, não trabalham mais à noite e nem nos fins de semana... Abandonam a gente com a maior naturalidade."

Precisei decodificar aquelas maluquices politicamente incorretas:

"A Angelina está de folga?"

"A palavra é perfeita: 'folga'. De sexta à tarde até domingo, dois dias inteiros! Mulher mais sem coração."

Eu sabia muito bem que Angelina era uma profissional exemplar. Tinha a eficiência e a discrição de uma daquelas governantas de filme, além de uma impressionante elegância natural. Mantinha cada ambiente imaculado, pronto para receber qualquer visita a qualquer momento. Filomena, sem dúvida, também era a patroa dos sonhos. Além de pagar com regularidade absoluta um ótimo salário e todos os direitos trabalhistas de Angelina, já custeara a construção de sua casa e ainda bancava, fazia questão, a faculdade dos seus filhos e o plano de saúde da família inteira.

A relação das duas, portanto, transcendia de longe o mero vínculo profissional, para não dizer que transcendia a luta de classes. Aquela mágoa toda de Filomena era diversionismo, pura espuma, puro disfarce, concluí. Almofadas no chão, porta-retratos derrubado, o penteado em desalinho, o clima pesado, nada daquilo era normal. Minha amiga estava escondendo alguma coisa. Confirmei minhas suspeitas quando vi sua bolsa emborcada no tapete, com todo o conteúdo espalhado pelo chão.

"Filomena, que furacão passou por aqui?"

"Do que você está falando, meu bem?"

"Nunca vi a casa tão bagunçada... e sua bolsa jogada no chão."

Agachando-se para recolher a miríade de pequenos objetos, Filomena ainda se fez de sonsa:

"Furacão nenhum, querido, só um ventinho forte. Já está tudo sob controle."

Enquanto minha amiga enchia a bolsa, percebi manchas roxas nos seus braços:

"Filomena, o que foi isso?"

"Não foi nada."

"Quem fez isso em você?"

"Ninguém."

"Você foi assaltada?"

"Não."

"Temos de chamar a polícia."

"Ah, não, *queridjinho*. Onde já se viu? Chamar a polícia, eu hein!"

Minha amiga era excêntrica, claro, imprevisível, sem dúvida, mas será que não avaliava o risco que havia corrido, a ameaça à segurança do prédio como um todo?

"Você não vai fazer um boletim de ocorrência?"

"Baixaria tem limite, por favor. Conhecendo os nossos *coppers*, se vierem aqui eles vão afanar meu ovinho Fabergé e, se bobear, ainda tomam meus champanhes em copo de requeijão."

Eu a encarei, sem palavras.

"Seja um cavalheiro, *darling*, finja que não viu nada."

"Fingir como, Filomena?"

"Fingindo, ora. Saber fingir é um dever moral da pessoa bem-educada."

Fiz o contrário do que ela queria:

"Filomena, tire os óculos, por favor."

"Oi? Quê?"

"Você ouviu. Tire os óculos."

"Ah, está uma luz horrível", ela resistiu. "Essa luminária que comprei pode ser uma graça, mas a luz é ruim demais! Muito forte."

Olhei para a criação do famoso designer finlandês (cujo nome esqueci), comprada numa loja bacanuda, avaliando a luz que produzia. Logo, porém, me dei conta de estar caindo na conversa de Filomena, e insisti:

"Tire os óculos, por favor."

Ela parou diante de mim, mas não se mexeu. Com delicadeza, levei as mãos até seu rosto e, lentamente, retirei a carapaça laqueada de preto com enfeites dourados. Filomena estava com um olho roxo e abaixo dele havia um pequeno corte.

"Quer que eu chame um médico?"

"Não quer chamar logo um jornalista, meu bem? Assim todo mundo fica sabendo de uma vez."

Tentei trazê-la à razão:

"Filomena, certas providências são inevitáveis."

"Fofinho, como dizia meu marido filósofo..."

"Não fuja do assunto, não me venha com maluquices. Você nunca teve um marido filósofo."

"Tive, sim! Só não lembro o nome dele agora. O de bigodinho..."

"O Walton, o dono das padarias gourmet?"

"Sim, ele mesmo. Lia muito, pode acreditar. Pois bem, como dizia o meu filósofo de bigodinho... ele dizia... Ah, olha aí! Você me fez esquecer uma das poucas frases inteligentes que eu sei de cor!"

Diante de tanta teimosia e loucura, atordoado, caí no sofá, sem saber como reagir. Filomena sentou na poltrona ao meu lado. Ficamos em silêncio por um tempo. Eu implorei:

"Me fale, pelo menos, o que aconteceu."

"Para quê?"

"Foi aquele rapaz que acabou de sair daqui?"

Filomena se assustou ao ver que eu sabia sobre o rapaz. Nós nos encaramos por um instante. Ainda fingindo naturalidade, ela disse:

"Não aconteceu nada de mais. Ele só queria meu dinheiro."

"E por que você não deu logo?"

"Eu dei, quer dizer, ele pegou. Tudo que eu tinha na carteira, meus cartões e mais umas joias."

"Querida, que horror! Ser assaltada na própria casa!"

"Eu não…"

Ela não terminou a frase.

"Você precisa cancelar os cartões!", exclamei. "E suas joias, ele levou? Você não quer recuperar suas joias? Estavam no seguro?"

Filomena me olhou, muito séria. Deu a entender que eu estava tirando conclusões precipitadas, ou então que me preocupava com o que para ela era menos importante.

"Como o Antônio deixou o ladrão subir?", perguntei. "Ele é um observador implacável de todo mundo que passa pela portaria."

Ela não respondeu, apenas olhou para a porta de entrada. Nem precisei ir até lá para ver que não havia sinal de arrombamento.

"Você abriu a porta para o sujeito?", perguntei. "Você conhecia aquele rapaz?"

Minha amiga confirmou, baixando a cabeça.

"Quem era?"

Ela suspirou e disse:

"Você jura que não conta para ninguém? Nem para a Estela e o André? Tenho vergonha de ter sido tão burra."

"Juro, claro."

Segurei sua mão e tentei confortá-la:

"Você é a vítima. Não tem que se recriminar."

"Eu sei, eu sei", ela disse, com um sorriso tristonho. "Mas você vai se decepcionar comigo mesmo assim. A burrice nunca é chique."

Então fez uma pausa, e fiquei esperando.

"Há dois meses, fui procurada pelo rapaz que você viu. Ele disse que era filho do meu pai. Fora do casamento, claro. Disse que a mãe nunca o deixara reivindicar a paternidade, nem uma pensão, nada. Muito menos parte da herança."

"Então por que ele apareceu agora?"

"Porque a mãe morreu, e ele não tem emprego, não tem economias, está na pior."

"Você já tinha ouvido falar dessa amante do seu pai?"

"Tenho uma vaga lembrança de umas brigas dele com minha mãe, por ciúme de alguém no trabalho, mas não sabia que a coisa havia chegado a esse ponto. Talvez nem minha mãe soubesse, talvez nem ele."

"O que o rapaz queria?"

"Já falei. Dinheiro, ora, o que mais ele podia querer comigo?"

Filomena se emocionou, mas completou o raciocínio:

"Ele até foi gentil, no começo. Disse que não queria nada de mais, apenas uma ajuda."

"De quanto?"

"Cinquenta mil."

"E você deu?"

"Eu quis dar, ia dar. Falei com o contador, pedi que resgatasse de uma das minhas aplicações e fizesse a transferência."

"E o que deu errado?"

"Eu sempre digo e você não presta atenção. Meu contador e meu advogado são egoístas retentivos e cheios de argumentos jurídicos, verdadeiros conspiradores! Eles não me deixam usar meu dinheiro, me vigiam, cerceiam minha liberdade de ir, vir e comprar... uma tortura!"

"Filomena, às vezes é difícil conversar com você..."

"A minha verdade é distorcida, *amore*. É isso que me faz uma pessoa tão interessante."

"Continue."

"Pois bem, o contador e o advogado cismaram com a operação que teria resolvido o caso de saída, e não me deixaram ajudar o rapaz."

"Devem ter achado que ele estava tentando se aproveitar de você."

"Disseram que só autorizariam a remessa se eu exigisse um exame de DNA, para comprovar o parentesco."

"Faz sentido", eu disse.

"Não, chuchu, não faz sentido. Na minha situação, não faz sentido nenhum. Sou filha única de pais falecidos, enviuvei de cinco maridos ricos e não tive filhos. Eu estava gostando da ideia de ter um irmão."

"Um meio-irmão, você quer dizer, e muito suspeito."

"Antes mal acompanhada do que sozinha."

"Que besteira é essa? Você tem a mim e aos meus filhos, que amamos você, tem a Angelina, que também ama você, uma vida social tão intensa que dá até vertigem. Não precisa distribuir dinheiro para ter companhia."

"Todo mundo tem sua vida, sua família." Sua voz tremeu.

Com delicadeza, perguntei:

"E você pediu o exame para o rapaz?"

"Não."

"O que fez então?"

"Pedi para você avaliar meu quadro." Depois de um suspiro, completou: "Eu tinha o comprador perfeito. Estava combinado que receberia em espécie, tudo certinho. Ele já possui trinta quadros desse artista, todos iguais. Claro que iria querer mais um!".

"Mas o que deu errado?"

"Acertamos que eu entregaria o dinheiro ontem, mas precisei pedir até a semana que vem."

"Não é um atraso tão grande."

"Foi o suficiente para ele entrar aqui hoje, feito um possuído, e arrancar o que eu tinha."

"Ou seja, não era seu meio-irmão coisa nenhuma."

Ela fez uma careta:

"Pior que era. Era filho do meu pai, sem dúvida, e não preciso de DNA nenhum para ter certeza."

"Como você sabe?"

"Ele tinha o nariz do meu pai."

Finalmente entendi por que ela não queria a polícia envolvida. Mesmo depois de tudo, hesitava em jogar mais aquela pedra no futuro do tal irmão.

"Pelo que você está falando, não acho que tenha sido ingênua, muito menos burra. Você foi vítima de um aproveitador, um cara violento, que abusou da sua generosidade."

Filomena agradeceu, mas não se animou. Agora seu abatimento era indisfarçável:

"A burrice foi imaginar que…", ela parou. "Deixa pra lá."

"Você nunca desconfiou que ele podia ser perigoso?"

"Vi desde o começo que era meio destrambelhado, nunca me dava um telefone que funcionasse, um endereço onde eu pudesse encontrá-lo, uma referência palpável. Eu devia ter tomado mais cuidado, mas daí a me agredir..."

"A credulidade é sinal de bom coração."

Filomena me olhou desconfiada.

"É sério", insisti. "Você deveria ter orgulho de ser assim."

Ela sorriu e deu um vago suspiro de alívio. Sentando ao meu lado no sofá, me abraçou e chorou um pouco.

"Tanta gente ama você", continuei. "Você é tão generosa, tão espontânea, tão sincera em tudo."

"Sincera até demais. As pessoas não entendem."

"Seus atos provam que falar e fazer são duas coisas diferentes. Além disso, rir dos maus sentimentos é uma sabedoria, tira a força que de fato têm em quem não sabe rir deles."

Colando o rosto ao meu, ela perguntou, bem baixinho:

"Se me acha uma pessoa tão boa, por que eu não sirvo para você?"

"Filomena..."

Não era nenhum espanto ouvir aquilo, não era nem mesmo a primeira vez, e não costumava ser difícil recusar com gentileza o assédio. Mas, vendo-a já tão machucada, tive um instante de hesitação e ela se aproveitou disso.

Depois de um beijo, abracei-a carinhosamente:

"Eu amo você, mas não desse jeito."

Ela ficou imóvel, abraçada a mim.

"Você é minha melhor amiga, a madrinha dos meus filhos, a mulher em quem eu mais confio no mundo."

"E então..."

"Se dependesse de mim, eu me apaixonaria por você agora. Mas a gente não escolhe, você sabe disso."

Ela ficou em silêncio, chorando mais um pouco.

"Filomena, eu não mereço nem um décimo desse choro, e você já sofreu muito por hoje. Agora chega."

Ainda ficamos algum tempo abraçados, até que senti ela se acalmando. Fui à cozinha e me ofereci para preparar um chá. Ela recusou, claro, e me fez abrir uma garrafa de champanhe. Já de volta, num clima bem mais relaxado, tentei ser prático:

"Agora você vai pegar o telefone, vai ligar para o seu advogado e pedir que ele contrate um segurança para você."

"Você acha mesmo necessário? Um daqueles cavalões de terno preto?"

"Sim, Filomena. É minha condição para não avisar a polícia. Pelo menos nas próximas semanas, quero você protegida."

Ela começou, lentamente, a obedecer, apanhando o celular na bolsa.

"E depois você vai ligar para os bancos e cancelar seus cartões", acrescentei.

"Jura? É tão chato tomar esse tipo de providência."

Fiz cara de sério. Ela se rendeu. Enquanto teclava, me olhou e desabafou, num suspiro:

"Era direitinho o nariz do papai!"

13. Fontana cósmico

Janaína telefonou uma semana depois de nosso encontro no teatro, cumprindo o prometido:
"E o jantar aqui em casa, vamos combinar?"
Isso aconteceu quando eu já tinha chegado à conclusão de que Estela, na noite do Bruckner, vira coisas que não existiam.
"Não vai dar muito trabalho?"
"Que nada! Gosto de cozinhar. Quando seria bom pra você? O mais ocupado decide."
"Eu, mais ocupado? Você não é jornalista? Deve ter horários malucos. Todo jornalista tem."
Ela insistiu:
"Você tem filhos, eu não. Pode escolher."
No tom de voz e nas palavras, o telefonema pareceu gentil, alegre e casual. Ela propunha um simples encontro de dois vizinhos de profissão que iriam comer, beber e falar de literatura. Nada além disso. A insistência de Estela em me arrumar uma namorada, pensei, atribuía significados inexistentes ao convite, criando perigos imaginários à minha tranquila rotina de viúvo

solteirão. Quando o jantar e o papo terminassem, eu voltaria para casa, deitaria a cabeça no travesseiro e dormiria feliz, de conchinha com meu edredom.

"E então, Pedro, quando é bom para você?"

Acabei sugerindo uma data e, dias depois, o jantar aconteceu. Toquei a campainha exatamente às oito e meia (pontual por hábito, havia chegado quinze minutos antes, mas ficara em frente ao prédio esperando dar a hora marcada).

Ao entrar no apartamento de Janaína, tive a curiosa sensação de que a personalidade da dona da casa se manifestava em cada detalhe do ambiente. O lugar era bonito, muito bonito até, mas de uma beleza atípica, verdadeira salada de referências. Duas máscaras africanas conviviam com um pôster do filme *Maria Antonieta*, da Sofia Coppola; um quadro abstrato, a óleo, dividia a parede com um painel de cortiça cheio de fotos; uma cadeira em estilo rococó, dourada, forrada no encosto e no assento com veludo púrpura-imperial, combinava de modo imprevisto com o resto do mobiliário, de design moderno; sobre o sofá de linhas esguias, uma colcha de tecido tribal, com estampas muito coloridas, casava lindamente com duas poltronas, uma verde e outra marrom; e todos os móveis rodeavam uma ameba com tampo de vidro, a curiosa mesa de centro.

Nenhum decorador teria sabido reunir esses elementos de forma tão harmônica. Isso, estava na cara, era o resultado de uma acumulação vagarosa, orgânica e independente de móveis e objetos muito pessoais.

Naquela semana, Janaína tornara-se a curadora do principal evento literário do país. Seu rosto passeou pela internet e pelos jornais, sempre sorridente. Ela vivia um ponto alto indiscutível na carreira de jornalista cultural. Algumas de suas novas responsabilidades eram: pautar os temas a serem tratados nas mesas de debate, elaborar a composição de cada mesa, convidar estrelas nacionais e internacionais e manter contato com elas, sem intermediários.

Comecei a conversa por aí:

"Parabéns pelo sucesso!"

Ela abriu um sorriso franco, orgulhoso e nada encabulado:

"Você viu?"

Então providenciou os copos de vinho e brindamos. Em seguida, minha anfitriã retomou os preparativos do jantar. Estava finalizando a salada.

"Quer ajuda?", perguntei.

"Não. Tudo dominado."

Sentei num banco alto e, como a cozinha era aberta para a sala, eu podia vê-la em ação. Muito alegre, Janaína contou como havia surgido o convite para dirigir o Palavras ao Vento e listou os membros da equipe à qual se juntaria. Quis saber se eu conhecia alguma daquelas pessoas, eu disse que não. Reparei que, ao falar delas, não esqueceu um nome, uma fisionomia, um currículo. Tinha boa memória para nomes, para a história de cada um, e era boa fisionomista, os talentos mais importantes nas relações humanas e, portanto, nas profissionais também. Me pareceu ser do tipo eficiente por natureza, absurdamente realizada com seu trabalho.

Ela me flagrou em "atitude admirativa". Disparei a primeira pergunta que me passou pela cabeça:

"Tem música na casa?"

Janaína, me olhando, respondeu:

"Eu não vivo sem música..."

Fiquei mais encabulado, e ela percebeu. Após uma pausa, com um sorrisinho, completou:

"O som está ali, pode escolher o que quiser."

Perto da janela, encontrei duas caixinhas de som pequenas, cromadas de preto, e um iPhone repleto de músicas de todo tipo. Ao navegar entre suas playlists, novamente constatei o gosto eclético da minha anfitriã. Ia de fado a tango, de música étnica a sertanejo, de samba a Beethoven, passando por várias modalidades de jazz, rock, MPB e tudo mais.

"Não imaginei que você fosse escolher isso", ela disse, quando a primeira melodia começou a tocar.

"Na verdade, escolhi o modo *shuffle*. Imagino que também goste de ouvir música assim."

Ela me encarou, ligeiramente espantada:

"Como você sabe?"

Dei a entender que era óbvio, e ficamos por isso mesmo. Achei curioso lembrar, naquele momento, que a primeira vez que vi a Mayumi, na casa do professor Nabuco, ela também estava montando a salada. E eu nem gosto tanto de salada...

O jantar ficou pronto. Sentamos um de frente para o outro. Sendo Janaína tão alerta, deve ter notado o quanto eu me esforçava para relaxar. Elogiei a comida, de fato deliciosa. Ela agradeceu, sorrindo, e perguntou:

"Você gosta de cozinhar?"

"Adoro, desde que eu não tenha de comer o que preparei."

Ela riu. Eu continuei:

"Lá em casa, temos curso de sobrevivência na selva."

Ela riu de novo, agora mais por educação, e aproveitou para mudar de assunto:

"Quantos anos têm os seus filhos?"

"O André, onze; a Estela, dezenove; o Carlos, vinte e oito."

"O mais velho não conheci. Estava no concerto?"

"Não."

Eu devo ter feito uma cara estranha, ou respondido com ênfase suspeita, pois ela pressentiu alguma coisa:

"Desculpe, acho que não devia ter perguntado."

"É uma longa história."

"E aquela mulher no teatro, é sua namorada?"
Não atinei de quem podia estar falando. Janaína me ajudou:
"Ela tinha um nome meio antigo."
"Ah! Filomena, sim, quer dizer, não. Ela é a madrinha dos meninos, uma velha amiga da família, só isso."
"E você acha pouco?"
Senti a ponta de malícia. Na falta de coisa melhor para dizer, elogiei novamente a comida:
"O peixe está mesmo uma delícia, no ponto certo."
Janaína agradeceu, sorrindo outra vez. Visivelmente, sentia prazer em ver seus talentos reconhecidos, mas não me refiro a um prazer superficial, que nasce da vaidade, e muito menos estou dizendo que ela buscasse os elogios por carência ou insegurança. Apenas gostava de usar suas habilidades para propiciar aos outros uma boa reportagem, uma casa bonita, uma boa música, uma boa comida etc. Era feliz desse jeito, sendo boa em tudo que fazia e com incrível facilidade para se relacionar.
"Nem todo mundo sabe identificar quando o peixe está no ponto", ela disse.
"Não é quando ele está partindo em lascas? Assim…" E demonstrei com o garfo.
"Exatamente. Mas em geral as pessoas preferem a carne do peixe mais bem passada."
"Seca e enfarofada, você quer dizer."
Sorrimos. Sem pensar, falei:
"Devo ter aprendido com a Mayumi."
Instantaneamente, temi ter cometido uma gafe e prendi a respiração. Mais uma das minhas fantasias persecutórias; Janaína não ficou nem um pouco intimidada:
"Que foi sua mulher, certo?"
"Sim."

"E você é viúvo há…?"
"Dez anos."
Janaína segurou minha mão:
"Eu sei como é."
Fiz uma expressão agradecida. Depois de um tempo, ela disse:
"Quem nunca perdeu um amor?"
Sondei seu rosto mais atentamente. Antes que eu dissesse qualquer coisa, ela decretou:
"Não vamos falar disso agora."
Então se aprumou na cadeira, arrumou o cabelo e abriu outro tipo de sorriso:
"Fiquei pensando em tudo aquilo que você falou na reunião do júri. Tentei encaixar com o que costumo ouvir de escritores e de críticos, mas no fim achei impossível conciliar os pontos de vista. Você vê tudo de um ângulo completamente…"
"Exótico?"
"Diferente."
"Mas não acho que nossos pontos de vista sejam incompatíveis", eu disse, mais à vontade. "Não rejeito nada — os cânones, as abordagens intelectualizadas, as preocupações formalistas —, nada mesmo. Apenas acho que há outro valor, em geral menosprezado, que aprendi a estimar tanto quanto aos outros, ou até mais, o da conexão emocional entre o leitor e o livro."
"E dá pra estudar literatura, fazer dela uma ciência, a partir da subjetividade de cada leitor?"
"E como! Os teóricos da literatura fazem isso o tempo todo. E olha que usam critérios muito objetivos para fazê-lo."
Ela riu e disse:
"Estou falando sério."
"Eu também. Queiram ou não, doutorados ou pós-doutorados que sejam, eles são antes de tudo leitores como todo mundo.

A diferença é que, em geral, esquecem esse detalhe. Acaba que, se você perguntar a dez professores de letras quais seus escritores preferidos, nove irão responder: 'Flaubert, Dostoiévski e Machado de Assis'. Pode haver uma ou outra variação — Guimarães Rosa e Clarice Lispector costumam ser opções seguras —, mas serão nomes igualmente consensuais."

"Mas são todos gênios indiscutíveis."

"Sem dúvida. Mas e a individualidade de cada leitor, da relação de cada leitor com o livro? Não me conformo que a lista seja igual, ou tão parecida, para pessoas tão diferentes, apesar dos critérios objetivos que possam existir. E esses critérios não são nem mesmo muito sólidos, pois é sabido que a história de toda arte é cheia de arbitrariedades, de acidentes de recepção, de personagens impressionantes e pouco reconhecidos, de pontos fracos na obra dos grandes gênios, de afinidades inesperadas entre cada um de nós, o nosso tempo e os artistas."

"E você acha que esses nomes óbvios são impostos de fora pra dentro, pelos cânones literários?"

"O processo é de mão dupla. Há pressão externa, mas há também vergonha de assumir preferências íntimas, que podem soar vulgares a leitores supostamente mais qualificados. Nossa índole social é inescapável, está na raiz da dinâmica evolutiva da espécie, e receamos viver fora das panelinhas. Já fazíamos isso quando éramos chimpanzés."

"Peraí, assim você me confunde. Nós elegemos nossos escritores preferidos obedecendo a uma programação biológica ou a determinismos sociais?", ela perguntou.

"As duas coisas. No caso da nossa espécie, dá no mesmo. Por que o susto?"

"Por quê? Porque sim!"

"Eu não acho tão espantoso. Não dá para entender a mente humana sem levar em conta a raiz biológica e a estrutura social.

Nós do mundo cultural precisamos aceitar isso. A história da arte é uma construção, que a cultura monta por força de verdades anteriores."

"E quais são elas?"

"Por exemplo, como eu disse, a angústia da liberdade de escolha."

"De novo acho que perdi um pedaço do raciocínio."

"Desde que inventamos a escrita, há três mil anos, formamos um mar de literatura. Mas, para todos os efeitos práticos, ele se tornou infinito — é humanamente impossível ler todos os livros —, e as criaturas que vivem nesse oceano de opções desafiam nossos conhecimentos, valores e identidades. Ora, ninguém gosta de se sentir um mergulhador solitário no alto-mar. No espaço aberto, a humanidade se perde; diante de uma força tão grande, nos sentimos pequenos demais. A natureza ameaça, ficar vulnerável desorganiza. Nosso cérebro, automaticamente, busca segurança e ordem no mundo. Se você está nessa situação, é natural mandar um sinal, procurar companhia, almejar a segurança da terra firme, que, no caso das artes, são os movimentos artísticos cultuados, os nomes consensuais e... os critérios objetivos de julgamento."

"Mas você não faz isso."

"Faço, todo mundo faz. Mas embora o temor ao mar aberto seja instintivo, penso que não devemos acreditar cem por cento na ordem que colocamos em algo que, na essência, é avesso a qualquer organização. Contra a força e o gigantismo do mar, nenhuma construção humana se aguenta. E toda pessoa também é um mar."

"Então a história da arte é cem por cento uma fabricação arbitrária?"

"Digamos noventa e cinco."

Ela sorriu e disse, ajeitando o cabelo, animada:

"É louco pensar assim. Dê um exemplo concreto."

"A história da arte diz que a fotografia nasceu no fim do século XIX, certo?"

"E não foi?"

"Depende do ponto de vista."

"Você já viu alguma foto da Revolução Francesa, por acaso?"

"Não vi, é verdade, mas desde o século XIV os pintores já trabalhavam com lentes e instrumentos óticos. A luz e as imagens de seus quadros, antes de serem pinceladas por eles, já se formavam em câmaras escuras e eram projetadas nas telas. Eles aí tracejavam por cima e só depois pintavam efetivamente. Não seria isso uma forma de fotografar, apenas com um processo de 'revelação' diferente, com pincéis e tintas?"

"Você acha mesmo?"

"Acho. Para mim, o suposto 'nascimento' da fotografia foi, na verdade, o ponto culminante de um processo que estava em andamento fazia quatrocentos anos. E se é assim, por que, nos livros de história da fotografia, um único ponto no tempo ofusca todo o processo anterior? Só porque a fotografia se popularizou no século XIX, o movimento prévio deixa de existir?"

"Mas foi quando a ideia deu certo, ora, quando deixou de ser só ideia. Como, sei lá, fazer o homem voar. Muita gente tinha pensado nisso, mas um belo dia Santos Dumont tirou o 14-Bis do chão. Faz diferença!"

"A asa-delta foi inventada por um alemão mais de vinte anos antes."

Janaína protestou:

"Entre uma invenção e a outra, a história da aviação definiu critérios para valorizar mais ao Santos Dumont que a esse alemão desconhecido."

"E o que dizer dos irmãos Wright? Em muitos países, eles é que são considerados os pais da aviação. E esses homens-esquilos, que hoje em dia pulam dos penhascos e voam quilômetros sem máquina nenhuma? Não seriam eles os primeiros a voar realmente? O marco inventado pela história da aviação pode tanto andar para trás como para a frente na linha do tempo. A história, se tivesse apenas critérios objetivos, poderia ter tantas possibilidades?"

Ela pensou no assunto, mas quis testar minha teoria:

"Voltando à literatura…"

"É igual. Você já não ouviu que o romance é uma forma originária do século XVII, com o *Dom Quixote* de Cervantes?"

"Já."

"Mas e *O asno de ouro*, que foi escrito mil e quinhentos anos antes?"

"Nunca li *O asno de ouro*."

"Tomemos a literatura de autoajuda, então. Todo mundo fala como se fosse um fenômeno do século XX para cá, mas só o nome é que é novo. O que dizer das escolas filosóficas da Antiguidade? Dos livros sagrados das nossas religiões?"

"Depende do que você chama de autoajuda."

"Uso a expressão da maneira mais ampla, claro. Sem generalizar, na minha opinião, raciocinar vira um negócio muito chato."

Ela riu, dizendo:

"Sei…"

"Um último exemplo: segundo a história da arte que estudamos, feita por ocidentais modernos e para ocidentais modernos, a economia das formas só se torna um valor estético no século XX, com boa vontade no XIX. Mas os japoneses já a praticavam havia mais de mil anos! Nos orgulhamos do poder de síntese da modernidade, dos nossos minipoemas, dos nossos tuítes, mas e os haicais? Mesmo entre nós, no Ocidente, e os epigramas? Dois ou três versos, nada mais, e sem rima. Não são, na forma, idênticos a muito do que a poesia moderna considera como a sua revolução, o seu ineditismo, o seu passaporte para a hegemonia estética? Todas essas narrativas heroicas, feitas de gênios e revoluções, são relativas, subjetivas, ou então é mais grave, são um pouco ingênuas."

"Mas a história da arte admite essas flutuações! A possibilidade de, em diferentes momentos, certos fatores estéticos e certas escolas surgirem e ressurgirem num novo contexto, e o contexto muda tudo."

"Agora sou eu que pergunto: você acha mesmo que ela é tão tolerante e relativista? Se você eliminar dos manuais os critérios de ineditismo e de hegemonia, a história da arte, como a conhecemos, desmonta."

"Esses critérios funcionam como denominadores comuns", ponderou Janaína, "mas não impedem mais de uma visão das coisas."

"Para mim, quando você cria um panteão coletivo para cultuar determinados artistas, determinados movimentos, você está matando um zilhão de outras histórias da arte. Cada pessoa deveria ter seu próprio panteão."

"Sem denominadores comuns?"

"A história tradicional e os denominadores comuns servem para organizar a cabeça, transmitir conhecimento e, no instante seguinte, para você saber o que desarrumar. Se queremos nos apropriar realmente da experiência da arte — livros, discos, peças de teatro, filmes, pinturas, esculturas etc. —, temos que nos deixar levar pelo caráter imprevisível do nosso gosto pessoal."

"Você é muito exagerado."

"Muito gentil de sua parte dizer isso. Outros diriam coisa pior."

"Se a originalidade da forma é o de menos, se os critérios objetivos de julgar a arte são muletas, o que importa num livro de ficção? É apenas a história, no sentido que você deu a ela no dia da reunião do júri?"

"Na minha opinião, o mais importante, sempre, é o impacto emocional que o livro provocou no leitor. Essa conexão mais profunda é que faz da arte algo sublime. Esse deveria ser nosso primeiro parâmetro para gostar ou não de um livro. Se foi essencial para nos ajudar a ser quem somos, para nos transformar, então para nós ele é um clássico, tanto faz o que os outros digam."

"E o Dostoiévski, o Machado e o Flaubert não influenciaram a sua visão de mundo?"

"Concordo que são geniais, mas a verdade é que não. Por que não me tocaram nesse nível? Não sei. Isso depende da pessoa, da idade em que os leu, do momento de vida, dos encaixes entre a obra e a psicologia individual do leitor, de uma infinidade de circunstâncias. É como se apaixonar."

Ela fez uma careta divertida:

"E quais escritores tocaram você, então?"

"Eça de Queirós, João Ubaldo Ribeiro, Oscar Wilde, Shakespeare e William Faulkner. Esse é o meu quinteto campeão, e tenho orgulho dele, por mais excêntrico e contraditório que possa parecer."

Janaína refletiu.

"Nada contra eles", disse, "mas levar essa filosofia ao extremo não é fazer ciência, é quase uma questão de crença individual."

"E quem disse que eu quero fazer da literatura uma ciência?"

"Ah, Pedro..."

Eu a interrompi:

"Sei que sou radical. Mas se ninguém pensa como eu, tenho que ser, ou ninguém presta atenção."

Rimos daquele disparate. Tentei me explicar de outro jeito:

"Na verdade, o que eu defendo é um humanismo ultrarradical, capaz de derrubar os pilares que ele próprio ergueu ao longo do tempo. Um humanismo sem certezas, um saber *soft*, absorvente, flexível, na real dimensão de tudo que é humano, nada onipotente e egocêntrico. Essa atitude em relação às artes deveria ser ensinada nas escolas, deveria ser misturada à água das torneiras, que nem flúor."

Janaína se divertia com as minhas loucuras:

"Flúor...?"

"O leitor", continuei, "quando abre um livro, deve procurar alguém que o ajude a viver aquele momento de sua vida, do seu dia, entendendo e enfrentando junto com ele as questões da condição humana, alguém com quem converse de igual para igual, um semelhante que se debate como ele, e não um marco na história da arte."

Janaína sorriu:

"Será que 'deve' não é um verbo meio forte demais? Não acredito num único jeito certo de ler. O leitor mais formalista, mais atento à linguagem, às questões de estrutura, às evoluções da arte literária, também tem seu valor."

"Claro que tem. Como eu disse, acho possível a convivência entre os dois tipos de cânone, o mais pessoal e caótico, que cada um de nós faz ao longo da vida, e o mais oficial, que estudamos e ensinamos. Que serve de 'denominador comum', como você disse. Mas um não pode sufocar o outro. A minha verdade gelatinosa é muito mais aberta que as demais verdades. E tem outra coisa: na música e no cinema, por exemplo, assumimos nossas preferências idiossincráticas com muito mais liberdade e espontaneidade. Por que não é assim na literatura? Ela é a única arte que ainda precisa ser enrijecida, a última a ficar presa na torre de marfim?"

Janaína piscou, demonstrando reconhecer alguma verdade no argumento. Eu fechei o raciocínio:

"O último a sair, por favor, apague a luz."

Ela riu. Eu enfatizei:

"É verdade."

Janaína me olhou, atenta. Olhando de volta, constatei o óbvio:

"Mas você já sabe tudo isso."

"Sei?"

"Pelo menos na decoração da sua casa, nas músicas do seu iPhone, já põe em prática o que estou falando." Sem medir as palavras, completei: "Você é livre para gostar do que quiser. Mas você é exceção".

Ela ficou surpresa com o elogio tão direto. Eu também. A verdade, contudo, é que ele saiu sem esforço algum.

"Seja bem-vinda à minha anárquica teoria da arte", eu disse, encerrando o assunto. "Outros pensam diferente. O Savonarola acha tudo isso uma besteira sem fim."

Ela riu e, sem nenhum comentário adicional, perguntou:

"Que tal a sobremesa?"

Ajudei-a a recolher os pratos e a pôr na mesa a segunda parte da refeição. Do congelador, Janaína tirou um sorvete classe AA. Elogiei a escolha — pistache —, minha gordura trans preferida. Ao darmos a primeira colherada, ela achou graça na minha cara de êxtase. Quando terminamos, se levantou e foi abrir as janelas:

"Vamos sentar aqui? A noite está linda."

Senti o ar fresco ao me aproximar. No céu, vi uma lua crescente.

"Parece um Fontana cósmico", eu disse, apontando.

De fato, a claridade da lua parecia um rasgo numa tela grossa e escura, atrás da qual se escondia a luz. O mesmíssimo jogo de encobrir e revelar, típico do artista italiano.

Janaína gostou:

"É uma boa comparação."

Conversamos então sobre assuntos variados — política (por pouco tempo, graças a Deus!); impressões a respeito da cidade em que morávamos e de outras que havíamos conhecido; as viagens ao exterior que cada um já tivera oportunidade de fazer etc. etc.

O tempo correu de maneira agradável e com sobressaltos divertidos. Estávamos nos dando bem, essa era a verdade. Algo um pouco inesperado para mim, tendo em vista a diferença de idade e de temperamento entre nós, mas que ainda assim tornava aquele jantar uma forma perfeitamente leve de chegar ao dia seguinte. Talvez até um momento feliz.

Minha anfitriã foi preparar um chá. Fiquei curioso de saber mais sobre ela. Eu já não era escritor, mas nem por isso deixara de me interessar pelas personalidades marcantes que encontrava. Quando Janaína voltou com as xícaras, que soltavam uma fumaça lenta e convidativa, tomei o primeiro gole com os olhos fixos nos seus.

"E você?", perguntei.

Ela deu um sorriso:

"O que tem eu?"

"Qual é a sua história? Não sei quase nada sobre você."

Num tom de autogozação, ela disse:

"Não esperava falar de um assunto tão complicado."

Sorri de volta, insistindo com meu silêncio. Pela primeira vez aquela noite, foi ela a ficar sem graça:

"Tem certeza?"

"Sou bom ouvinte."

Abaixei o volume da música. Ela sorriu e, após um gole no chá, concedeu:

"Bem, já que você quer mesmo saber, é óbvio que ser negra e ter nascido numa família pobre foi decisivo na minha vida."

Não sei se, indo direto àquele ponto, ela esperava me desarmar. Não funcionou, de qualquer modo. Eu disse apenas:

"Foi mesmo?"

Ela estranhou:

"Como não seria? No Brasil, você acha que ser mulher, negra e pobre não pesa?"

"Não disse isso."

"Meus avós eram pessoas muito simples, quase sem estudo. Meu pai foi o primeiro da família a ter curso universitário, minha mãe nunca teve profissão."

"Entendo, e respeito. Mas esses fatos, por si sós, explicam quem você é?"

Ela desconfiou logo onde eu estava querendo chegar:

"Você também não acredita na sociologia?"

"Sócio... o quê?"

Rimos juntos da piada, mas ela me confrontou outra vez:

"Vai dizer que acha impossível uma identidade coletiva, o sentido de pertencimento a um grupo social ou étnico?"

"Acho até inevitável. Mas isso não elimina a nossa subjetividade pessoal, irredutível e intransferível, que é a verdadeira determinante de quem somos. Uma infinidade de pessoas são negras, de origem humilde, e todas são diferentes de você. Assim como uma infinidade de pessoas são brancas, de famílias mais ou menos ricas, e todas são diferentes de mim."

Ela me olhou intrigada:

"A vida não fica muito solitária desse jeito?"

Dei um sorriso melancólico:

"Muito. É a solidão do alto-mar."

Ela sorriu de volta, com doçura.

"Mas, desculpe, interrompi você", falei. "Continue."

E ela recomeçou, um pouco sem graça, de forma curiosa:

"Tem um pedaço da minha vida em que sou vítima e outro em que sou carrasca. Qual você quer?"

"Os dois, claro."

Ela sorriu, balançando a cabeça:

"Bom, mas não vou contar a versão do diretor, muito longa. Vou contar a do produtor, que vai direto ao ponto."

"Como preferir."

Janaína tornou a avisar:

"Mas é, tipo, vamos dizer, um dramalhão."

"Adoro. E nada me assusta, garanto."

Ela fez cara de quem não acreditava. Segurando a xícara de chá com as duas mãos, como se o calor que vinha daquele amuleto lhe desse coragem, anunciou:

"Eu tive uma experiência de quase morte."

Ela percebeu meu espanto:

"Assustou, né?"

Ainda tentei negar:

"Nã-não…"

"Ficou com medo de mim?"

"De jeito nenhum."

Ela me analisou, querendo ter certeza. Disfarcei o melhor que pude. Mas caramba…! Após um instante, Janaína explicou melhor:

"Sofri um rompimento de aneurisma. Tive hemorragia no cérebro, uma das grandes, e passei por duas cirurgias. Fiquei dois meses em coma induzido."

Um quadro neurológico gravíssimo, óbvio. Fiquei um pouco aliviado, por estranho que pareça, mas eu entendia melhor a linguagem científica do que o campo nebuloso das experiências sobrenaturais de quase morte.

"Há quanto tempo foi isso?", perguntei.

"Faz quatro anos, mais ou menos. Eu tinha vinte e oito."

"Foi ontem!"

Ela piscou, assentindo:

"Ninguém sabia se eu iria voltar e, se voltasse, quais sequelas teria. As chances de escapar sem nenhuma eram só de vinte por cento."

"Meu Deus."

"Ainda piora."

"Como pode?"

"Quando já estava em coma no hospital havia semanas, as membranas do meu cérebro inflamaram. Meningite. Nessa hora", e aqui ela estremeceu um pouco, "os médicos disseram ao meu marido que eu não iria sobreviver. A morte cerebral era questão de tempo."

Novo susto: existia um marido em sua vida! Mas até isso era uma pergunta secundária, diante da história clínica de Janaína. A pergunta importante mesmo era:

"E aí?"

Ela fez uma pausa, piscou e, de repente, abriu mais um de seus sorrisos triunfantes:

"De um dia pro outro, os remédios começaram a fazer efeito. Venci a inflamação e dei alguns sinais neurológicos positivos. Um dia me tiraram do coma e eu acordei."

"Sem nenhuma sequela motora?"

"Por milagre, nenhuma. Aí foi milagre mesmo, nem os médicos acreditaram."

"Nada?"

"Nadinha."

"Impressionante."

"Mas isso não quer dizer que eu tenha acordado a mesma de antes."

"Ou seja..."

"Eu voltei, sim, mas com uma amnésia completa. Por exemplo, não lembrava nem do sabor das coisas. Experimentei todos os alimentos e temperos de novo, como se fosse a primeira vez."

"Aos vinte e oito anos! Que loucura."

Ela confirmou com a cabeça. Sua voz então saiu mais grave:

"Mas não foi só de coisas menores que eu esqueci. Quando acordei, também não lembrava de ninguém. Meu marido, meus pais e meus irmãos eram estranhos para mim."

"Que loucura", repeti. "Quanto tempo isso durou?"

"Alguns meses. Só aos poucos fui reaprendendo quem eles eram e recuperando o amor que sentia por eles."

Fiquei em silêncio, sob o impacto daquele relato. Como ela não disse mais nada, discretamente sondei:

"E seu marido, como enfrentou esse pesadelo?"

Ela demorou um pouco a responder:

"Ele ficou do meu lado o tempo todo. Namorávamos desde a adolescência, tínhamos acabado de casar. Ele foi incrível, o companheiro perfeito. Até cuidou dos meus pais."

"E o nome dele era...?", perguntei.

"Leo, Leonardo."

Janaína deu um sorriso meio triste:

"Agora tem a virada, a parte do filme em que viro carrasca. Quer mesmo que eu continue?"

Fiquei perplexo. Como podia ser?

"Meu amor por todo mundo voltou", disse Janaína, "menos o que eu tinha pelo meu marido." E após uma pausa, em tom de confissão: "Parecia uma questão de tempo, e me esforcei muito para que voltasse...".

"Mas não voltou", completei.

"Nunca. Não teve jeito. Juro que tentei. Aconteceu foi o contrário, e eu morro de vergonha de dizer isso, mas o Leo se tornou um peso para mim. De repente, quando me vi curada, percebi que tinha me transformado em outra pessoa, com outra filosofia de vida. Não queria mais uma vida doméstica, tranquila e até feliz, queria viver coisas novas, e todas mais profundamente. O encontro com a morte me mostrou que a vida com o Leo, construída e valorizada por tantos anos, nunca mais me faria feliz. Eu queria conhecer gente nova, viajar mais e, sobretudo, me lançar na minha profissão de maneira muito mais corajosa, me realizar mesmo, em alto estilo. Queria ganhar dinheiro suficiente para mim e para ajudar a minha família inteira, e não apenas para pagar as contas no fim do mês. Tem isso, a Janaína que voltou do lado de lá da vida, voltou como uma mulher muito mais livre e ambiciosa."

Ela me havia feito perder a fala e, querendo se justificar, acrescentou:

"Os médicos acharam que minha transformação podia ser uma sequela neurológica. Minha família toda achou, eu mesma quis acreditar, mas no fundo sabia que não era, ou pelo menos sabia que, se fosse, era inútil lutar contra. Eu não queria mais namoradinho da adolescência, emprego chato, uma vida sem grandes emoções. Só que, quanto mais eu falava na hipótese de me separar, mais todo mundo me achava louca. Meus irmãos, que conheciam o Leo desde pequenos, ficaram contra mim. Até meus pais se estranharam comigo. Foi o pior momento da minha vida."

"E você acha que foi mesmo uma sequela neurológica?"

"Como vou saber? Nem os médicos puderam afirmar com certeza. Só sei que a minha visão das coisas mudou para sempre. Eu senti na carne, sem exagero, o que significa ter uma iluminação, uma revelação, a percepção existencial mais profunda de todas: a vida é muito curta, muito frágil, e eu não estava aproveitando direito."

"E o que você fez?"

"Acabei com o casamento. Pedi o divórcio, contra tudo e contra todos."

"Isso tem quanto tempo?"

"Dois anos e meio."

"E como seu marido reagiu?"

"Ficou arrasado, claro. Fiz o Leo sofrer demais. Quase um ano recuperando toda a memória, todos os sentidos, todos os afetos, tudo voltando, menos o que havia entre a gente... Ninguém merece o que ele passou, que dirá alguém tão bacana, tão amoroso, tão leal."

Ela baixou o rosto, deu um suspiro, controlando a emoção. Após alguns instantes, perguntei:

"E vocês ainda se veem?"

"Não. Ele mudou de cidade, mudou de estado, só não mudou de país sei lá por quê. Nunca mais deu notícias. Um dia eu o contatei no Facebook e pedi que pelo menos voltasse a falar com os meus pais, que o tinham como filho, mas ele disse que não dava, e me pediu que nunca mais o procurasse. Sumiu até para a família dele, que acabou me odiando também."

Eu não sabia onde enfiar a cara. Os terremotos existenciais que Janaína tinha vivido eram, a seu modo, mais terríveis que os meus. Ou pelo menos tanto quanto. Lembrei do professor Nabuco e da frase-síntese para o *Rei Lear*: "Somos, para os deuses, feito moscas para meninos travessos...".

Ela se fechou, compenetrada. Depois, erguendo o olhar para mim, disse:

"Escapei da morte, mas ela cobrou caro. Perdi o amor da minha vida."

Foi difícil dizer qualquer coisa, então fiz o que sempre faço, uma piada:

"Eu admito: você me assustou."

Ela riu:

"Eu avisei."

"Nem posso imaginar o que foi viver tudo isso."

Essas palavras ficaram ecoando por um tempo. Tentei relacionar a minha história com a dela, e logo percebi que existiam pontos de contato:

"Numa determinada fase da vida, também coloquei a carreira acima de tudo. E também me sinto culpado por isso. Mas o seu caso é menos grave."

"Por quê?"

"Você teve um problema de saúde radical o suficiente para ser transformador, e teve a dignidade de lutar contra a tendência de botar a profissão acima dos afetos. Eu fiz isso sem perceber, fui um idiota completo."

"Meus pais e meus irmãos não concordariam com você."

"Eles nunca aceitaram sua decisão?"

"Digamos que aceitaram, mas... não sei... acho que nunca mais confiaram em mim como antes. Quanto mais bem-sucedida eu sou no trabalho, aliás, tenho a sensação de que mais eles desconfiam da minha felicidade. O Leo era de casa, foi como se eu expulsasse um membro da família, entende?"

"Mas quem decidiu sumir no mundo foi ele."

"Talvez, mas você, por mais que tenha se concentrado na sua carreira, na realização dos seus objetivos pessoais, nunca expulsou a Mayumi da sua vida, nunca deixou de cuidar dos seus filhos."

"Não literalmente, mas, de um jeito ou de outro, também perdi o amor da minha vida. E meu filho mais velho também não concordaria com você."

Eu me interrompi. Ela não quis avançar o sinal:

"Mesmo assim..."

Admiti em silêncio, mas demonstrando o quanto aquele consolo era inútil. Num reflexo involuntário, fiz a pergunta que eu próprio mais odiava ouvir:

"E você ainda não se apaixonou outra vez?"

Ela devolveu na hora a inconveniência:

"Que eu saiba, você também não."

Sorrimos, ganhando intimidade. Janaína falou mais:

"Desde que me separei, o trabalho virou a minha vida, e ela ficou superagitada. Não dá pra conciliar com nenhuma história mais séria. Mal tenho tempo de ver meus pais! E, na verdade, nem sei se quero me apaixonar de novo."

Esse sentimento eu conheço, pensei.

Quem diria que a conversa fluiria tão bem entre nós? A ponto de atingir aquele nível de franqueza... Ficamos quietos, de olhos vidrados um no outro, até eu perturbar o momento com mais uma pergunta indiscreta:

"Você se arrepende de ter acabado o casamento?"

Ela pensou no que iria falar. Afinal, risonha, brincou comigo:

"Só respondo com uma condição."

"Qual?"

"Quando eu terminar, também vou querer saber tudo sobre você."

Fiz cara de espanto:

"Mas você já sabe tudo."

"Não sei, não."

Eu parei, pensando no caso. Ela insistiu:

"E então, posso continuar? Estamos combinados?"

Topei o acordo, a vontade de ter mais detalhes da vida de Janaína era forte demais. Ela me encarou, selando o pacto, e explicou melhor o que sentia:

"Não sei se 'arrependimento' é bem a palavra. Ficou uma dor difícil de definir, e uma cicatriz, sem dúvida, algo que eu vou lembrar e lamentar pelo resto da vida. Mas o fato é que tudo que sonhei para mim começou a acontecer logo que tomei essa decisão. Um mês depois de separada, tentei e consegui uma transferência para o caderno de cultura do maior jornal da cidade, o meu sonho fazia anos. Um ano mais tarde, me chamaram para falar no rádio, sobre livros e cultura em geral. Não demorou, eu estava entrando no circuito dos eventos. Dali a sete, oito meses, um canal a cabo me contratou para um programa tipo agenda cultural. Aí passou a chover trabalho. A cada novo convite sempre ganhando mais, me envolvendo em projetos mais legais, conhecendo pessoas incríveis. Nem a crise econômica atrapalhou. Em menos de três anos, fui de repórter anônima a curadora do maior evento literário do Brasil."

Sempre tive muito respeito, ou mesmo admiração, pelas pessoas que vivem com intensidade suas tristezas e alegrias. Era o caso de Janaína, dividida entre a dor, a culpa e a felicidade da realização pessoal. Foi o que tentei pôr em palavras:

"Mas o sucesso é uma coisa boa, uma compensação merecida por tudo que você sofreu."

"Será que é merecida? Dar um pé na bunda do cara mais legal do mundo... Quando eu fiquei quase morta numa cama de hospital, vivendo por aparelhos, ele não saiu do meu lado, foi uma fortaleza para mim e para minha família. O Leo merecia uma recompensa, não eu."

Eu só podia dizer o óbvio:

"Ninguém sofreu mais do que você."

Ela não respondeu. Aproveitei para reformular meu raciocínio:

"Amor, desamor, não é só questão de merecimento, é destino também. Já o sucesso é consequência do empenho, da competência. Você deve aceitá-lo sem culpa nenhuma."

"Mesmo enquanto eu lutava pra fazer o amor pelo Leo voltar, em algum plano não racional sinto que fui egoísta e autocentrada. Não posso evitar."

Eu me senti chegando ao topo de uma cadeia de informações muito secretas, mas perguntei mesmo assim:

"Você não acha que se castiga demais?"

Ela hesitou novamente, depois disse:

"É como se eu e meu destino tivéssemos feito um pacto: o sucesso em troca do amor."

Ela me olhou com intensidade, seus olhos lacrimejaram.

"Mas que ideia idiota, Janaína!"

Nós dois caímos na gargalhada; ela, ao mesmo tempo que enxugava uma lágrima.

"Não quero fazer pouco do seu sofrimento, é sério", continuei, "a culpa vai passar, mas o sucesso profissional, esse vai ficar e trazer muita felicidade."

"Já traz, isso é que me deixa mais culpada. Entendeu o problema?", ela perguntou, com graça e sentimento.

"Quatro anos não é nada", recomecei, "muita coisa aconteceu. Você ainda não teve tempo de assimilar. Por isso não se livrou dessa culpa toda."

"As coisas continuam acontecendo, Pedro, elas não param mais de acontecer. Não tenho vida fora do trabalho. Só convivo com gente do trabalho, só saio com gente do trabalho. Este jantar aqui é uma exceção."

Achei que aquilo era um elogio, e gostei. Ela continuou:

"Eu queria, e quero, o sucesso profissional, mas, por outro lado, ter chegado lá assim tão rápido me assusta. Quando olho para a minha vida, vejo que estou sempre correndo pra lá e pra cá. Nunca estou sozinha, mas às vezes acho que nunca estou realmente acompanhada. Como vou saber se essas amizades são de verdade?"

Fez uma pausa, e foi adiante:

"Por enquanto eu sou jovem, e depois? Ninguém gosta de terminar a vida sozinho. Posso não fazer questão de ter filhos, e não faço mesmo, mas quero ter alguém do meu lado, como todo mundo. Também quero ter amigos que sejam quase irmãos, e não apenas colegas de trabalho."

Fez-se um silêncio meio incômodo. Certas dores permanecem, independentemente de tudo. Não há como fugir delas, como fingir que não existem, mesmo nos melhores momentos. O único jeito é continuar vivendo e aceitar. A noite, porém, estava agradável demais para terminar assim.

"Depois de tudo que me contou", eu disse, "você ainda tem coragem de negar o quanto a sua vida é pessoal e intransferível?! A sociologia não chega nem perto de explicar quem você é. Quem mais viveu, como você viveu, o que você viveu?"

Ela sorriu:

"Eu não sei, Pedro... sinceramente. Ter uma vida pessoal e intransferível é prêmio ou condenação?"

"Nenhum dos dois. Ou os dois."

Dando um suspiro, Janaína descontraiu um pouco:

"Você acredita que nome é destino?"

"Sim", respondi, sem piscar.

"Pois então, o meu, Janaína, que vem do iorubá, significa 'protetora dos lares', mas, ao mesmo tempo, é o outro nome de Iemanjá, a 'deusa dos mares', um orixá que não tem pouso fixo e vive na imensidão, com liberdade total. Sacou o drama?"

Brincando com a gíria meio antiga, como ela havia feito, respondi:

"Saquei."

Depois de um tempinho, ela abriu um sorriso maior e descontraiu de vez:

"Você devia ser entrevistador de talk show. Há muito tempo eu não falava tanto de mim."

Que ideia maluca!

"Nunca", eu disse, rindo. "Não escolho as pessoas com quem consigo conversar."

"Vou fingir que acredito."

Trocamos um longo olhar, eu muito à vontade com ela e vice-versa. Janaína havia entendido o elogio. Em seguida, cobrou a minha parte do acordo:

"Agora é a sua vez. Pode começar a falar."

Esbocei uma hesitação, mas Janaína, com o gesto de quem apertava o botão de um gravador, repetiu a ordem:

"*Play.*"

Rindo da piada (o senso de humor dela era ótimo), concedi:

"Você se queixa da vida agitada demais. Já eu estou trancado em casa há dez anos, e todo esse tempo de luto. Não é melhor, garanto."

"Deve ser um sentimento mais puro do que o meu, que vem misturado com ambição, ganância e egoísmo."

"Não é, Janaína."

"Então por que você continua trancado? Por que nunca procurou um novo amor?"

"Porque a mágoa e o arrependimento, às vezes, são grandes demais."

Ela me encarou. Acho que soei muito melodramático.

"E isso não é sinal de pureza", completei.

Janaína se calou. Eu também. Estávamos absorvendo um ao outro sem pressa. Afinal, ela disse:

"Duvido que você tenha feito alguma coisa tão grave."

Pensei duas vezes antes de continuar. Não gostava de expor minhas dores mais secretas a ninguém, nem aos meus filhos. A dor de cada um é a dor de cada um. Mas era o combinado, e resolvi ir direto ao ponto. Minha voz saiu mais escura que o normal:

"Eu, na vida, tive três perdas irreparáveis: minha mulher, meu filho mais velho e o prazer de ser escritor." Meus olhos, subitamente, lacrimejaram. "Meu filho mais velho..."

Engasguei. Meu corpo estava se revoltando contra qualquer tentativa de controle. Janaína ficou séria, captando a gravidade do que eu mal havia dito, entendendo a extensão daquela dor. Nem por um instante desviou os olhos de mim.

"Ele nunca mais…"

A brisa da noite, ao bater no meu rosto, me deu a sensação de ter dois risquinhos frios descendo dos olhos até o queixo.

"Desculpe", eu disse, enxugando as lágrimas.

Assim como eu não poderia salvá-la dos seus fantasmas, nada do que Janaína dissesse aliviaria a minha culpa. Havíamos atingido o ponto em que as palavras não bastam. Em silêncio outra vez, estávamos inebriados de ternura um pelo outro.

Ela segurou a minha mão e, se aproximando, me deu um primeiro beijo. Não me mexi. Ela me olhou, eu a olhei de volta. Janaína tocou meus cabelos. Uma grande força nos puxava. Depois de um segundo beijo, não deu mais para resistir. Nem tentei. Sem palavras, acabei contando tudo, tudo mesmo, que sabia sobre mim.

14. Terrorismo de papel

"Quer dormir aqui hoje?"

Eram quase quatro da manhã e eu, querendo dizer "sim", disse "não". Tinha de acordar o André dali a duas horas, fazer o café da manhã, levá-lo ao colégio. Além do mais, não queria que meus filhos soubessem, pelo menos por enquanto, o que havia acontecido.

No caminho de casa, enquanto dirigia, fui tentando desfazer a contradição entre o antes e o depois daquela noite, entre as convicções e os sentimentos que giravam em volta da minha cabeça. Após a morte da Mayumi, passadas todas as cambalhotas impostas à minha vida, pelo destino e pelos meus erros, era sofrido entrar em qualquer história que ameaçasse minha estabilidade pessoal e uma autoestima mínima, tão duramente reconquistadas. Podia ser bom na hora, mas sempre terminava comigo triste e angustiado. Querendo ou não, significava me distanciar de lembranças mais felizes, e uma grande história de amor é mais do que a maioria das pessoas tem neste mundo. Quem era eu para ganhar na loteria duas vezes? Meus momentos amorosos marcantes podiam estar no passado, mas ao menos tinham existido. Eu e a Mayumi tivemos a vocação da felicidade a dois, intuímos qual era o truque; que era simples, no fundo, embora tanta gente não visse, não veja.

Seria inútil procurar em outra mulher a mesma sintonia — o ponto de equilíbrio entre intimidade e cerimônia, a delicadeza constante para com os sentimentos do outro, a generosidade com que ela suportava minhas obsessões etc. Nunca seria igual, nunca, e eu não queria, àquela altura da vida, uma relação tipo água de salsicha, apenas o subproduto da coisa em si.

Além disso, meter alguém de fora na vida dos nossos filhos me parecia uma forma concreta de traição. Para que levar qualquer nova história adiante, portanto? Para que insistir? Só para não bancar o viúvo esquisitão? A solidão já nem incomodava tanto e, à minha volta, havia gente muito mais infeliz do que eu, mesmo tendo alguém.

Por outro lado... Bastou uma noite, e toda a muralha de argumentos racionais perigava desmoronar. Depois de anos hibernando, minhas fantasias românticas acordavam. Era inegável que alguma coisa se mexera dentro de mim, que a expectativa mais improvável, daquela vez, parecia incrivelmente promissora. Minha admiração por Janaína crescera muito em poucas horas, e eu tinha de admitir certa vertigem.

Ela era parecida comigo, coisa rara. Também encarava a solidão sem medo, e ainda fazia melhor. Quando você percebe que vive como sonha, sozinho, que sua felicidade é intrincada e frágil como uma teia de aranha, o desencanto e a prudência tendem a predominar. É necessária uma dose extra de coragem para seguir adiante, para aceitar a transitoriedade dos laços mais arraigados e não desistir dos seus objetivos pessoais. E Janaína era corajosa assim. Seu espírito continuava generoso, esperançoso e caloroso, por isso a vida lhe sorria, por isso a realização de seus desejos se oferecia a ela.

Quando minha filha era criança, ela um dia me perguntou se eu acreditava em amor à primeira vista. Respondi que sim. Passado tanto tempo, prestes a completar cinquenta anos, ainda daria a mesma resposta? Seria possível, apesar de tudo que havia acontecido desde então, eu continuar tão vulnerável a um truque do imprevisto, a um gatilho bioquímico do meu cérebro? Se a neurociência estivesse correta, além dos efeitos mais óbvios — o coração acelerado e o sorriso bobo no rosto quando lembrava de nós dois juntos —, meus neurônios àquela altura deviam estar velozes como átomos num superacelerador de partículas, estalando sinapses feito chuvisco energético, nadando com agilidade em sangue fresquinho e dopamina, a poção mágica da felicidade.

Eu só podia estar delirando. De tão fechado, bastou uma fresta...? Não, claro que não! Aquela noite jamais teria a mesma importância para ela.

"Quer dormir aqui hoje?"

A chave da pergunta, obviamente, estava no *hoje*. A dopamina é uma coisinha ardilosa. Quando estacionei o carro na garagem, eu já me achava um idiota completo. No elevador, estipulei meu castigo por ser tão meloso e ingênuo: fritar na cama até o sol raiar. No entanto, como que por milagre, encostei a cabeça no travesseiro e dormi em cinco segundos, até que o despertador me acordou de novo.

Pela manhã, ao deixar o André na escola, eu me sentia estranhamente leve. Nesse espírito, fui à livraria e comprei um livro com os quadros do Lucio Fontana. Pedi que embrulhassem para presente, escrevi um cartão e deixei na portaria do prédio da Janaína. No mínimo, pensei, queria agradecer o conforto passageiro em meio à alucinação cotidiana. Depois me arrependi, achei que não deveria ter feito nem aquilo.

Janaína levou um dia inteiro para responder, e o fez com

um e-mail singelo, no qual agradecia o presente e elogiava o homem errado, o Fontana. Disse ainda que iria para o exterior, onde se reuniria com editoras estrangeiras, e ficaria fora por dez dias. Seria aquilo uma mensagem cifrada do fim? Uma noite justificaria qualquer sentimento de traição e rejeição? Por sorte, eu tinha outras preocupações — filhos, frilas, contas. Alguns dias se passaram sem eu nem sentir.

Estela precisava de cuidados, já avançada na gravidez. A data da passeata em que o Marmita jogaria sua grande cartada política se avizinhava, e isso mexia com ela, óbvio, mesmo que não admitisse. Manifestações preparatórias, envolvendo estudantes, movimentos sociais diversos e alguns sindicatos, brotavam no noticiário. Evidentemente, os partidos políticos, da situação e da oposição, estavam cada vez mais interessados em se aproximar das novas lideranças, cobiçando o apoio popular com que elas já tinham nascido. As bandeiras do movimento estudantil haviam se ampliado, transcendendo reivindicações ligadas ao ensino e alcançando questões como transporte público, déficit de moradias, combate à corrupção etc. O Marmita, é fato, aparecia como uma das vozes daquela nova política, e se tornava, aos poucos, uma figura conhecida na mídia.

Meu caçula, por sua vez, tinha abandonado o futebol e partido para a carreira artística, trocando os gramados por aulas de violão. Eu temia que estivesse contornando a adversidade, em vez de enfrentá-la, mas meu dever de pai era apoiá-lo. Obediente, comprei o bendito violão, arranjei o professor — mais uma despesa! — e aturei as escalas infinitas dos primeiros exercícios.

Filomena recuperara-se com incrível rapidez do ataque sofrido. No entanto, o episódio havia me mostrado que eu precisava lhe dar mais atenção. Sem deixar transparecer, ela também tinha momentos de solidão profunda. O suposto meio-irmão, por sorte, jamais deu as caras outra vez. Contentou-se com os pequenos valores arrancados à força e desistiu da grana mais alta, e do amor, que teria recebido de boa vontade. Nunca iríamos saber se ele era mesmo quem dizia ser. A semelhança física não bastava como prova, pois Filomena era mestre em enxergar o que não existia. De qualquer modo, o segurança logo foi dispensado.

No trabalho, chegara a hora de transformar em dinheiro a coleção de manuscritos que eu vinha reunindo. Meus patrões, com razão, não aguentavam mais o investimento constante num projeto tão inusitado. Por meu conselho e intermédio, haviam se tornado proprietários de dezenas de textos manuscritos ou datiloscritos, entre diários, cartas, bilhetes, originais de livros, resenhas e críticas (posteriormente publicadas em jornais), transcrições de entrevistas, memórias alheias e sentimentos mais ou menos secretos.

Como prometido, procurei primeiro meu cliente preferencial: Rodolfinho Puccini. Fui à editora num dia de céu azul e sem nuvens. Estava certo do impacto que a coleção causaria. Podia parecer que os documentos resgatavam apenas episódios isolados na trajetória dos ricos e famosos do mundo cultural, mas eu sinceramente acreditava que, lidos em conjunto, eles viravam do avesso a história da arte.

Na chegada, cumprimentos, cafezinho e muita conversa sobre assuntos diversos. Em seguida, negócios. Minha apresentação começou:

"O conjunto de documentos tem oitenta e seis itens, divididos em três núcleos: pintura, música e literatura. Por qual você quer come…"

"Não tente me enganar", ele me interrompeu. "Você já tomou essa decisão por mim."

Sorri, malicioso:

"Posso continuar, então?"

"Perfeitamente."

"Comecemos pela pintura, uma forma de arte que, como a música, possui um poder universal de comunicação."

Rodolfinho Puccini achou graça nos meus floreios de vendedor. Fui em frente:

"O primeiro documento é uma página dos diários de John Ruskin. Sabe quem foi John Ruskin?"

"O crítico de arte?"

"O próprio, o mais famoso na Inglaterra do século XIX, um expoente do movimento romântico, que por sua vez foi um dos mais influentes em toda a história da arte. Ou seja, o sujeito não podia ser um idiota, certo?"

"Suponho que não."

"E Rembrandt, o gigante da pintura holandesa, também é uma referência de excelência indiscutível, não é?"

"Claro."

"Um mestre das cores, não é?"

"Absoluto."

"Pois bem, nesse primeiro documento, uma carta de Ruskin para um amigo, escute só o que ele escreveu:

"Nos quadros de Rembrandt, agora ficou evidente, os contrastes estão mais ou menos certos, mas as cores estão completamente erradas do começo ao fim."

Rodolfinho riu.

"Ha, ha, ha! Muito bom!", ele exclamou, pegando o documento da minha mão e examinando-o de perto.

Fiquei animado:

"Que tal? O grande crítico dizer isso do pintor que, hoje, é um mito…"

Rodolfinho concordou:

"É uma piada pronta."

Não era bem o que eu esperava ouvir, mas não dei importância.

"Agora veja este. Um original do crítico Albert Wolff."

"Desse eu nunca ouvi falar. Albert o quê?"

"Wolff. Esse homem influenciou muito o meio artístico europeu e o público em geral. Foi editor do *Le Figaro* e o principal crítico do jornal. O sujeito estava longe de ser um idiota estético, concorda?"

"Mas um pouco conservador, não?"

"Por que você diz isso?"

"O *Figaro* é conservador até na tipologia."

"Pode ser, mas, no caso, o valor do documento não diminui."

"Então adiante."

"Pois bem, o Albert Wolff escreveu sobre outro pintor de reputação hoje indisputável, Renoir."

"O impressionista?"

"O próprio, Pierre-Auguste Renoir. Um artista que, como todos os colegas do movimento, se especializou nas variações de luz nas paisagens e nos corpos dos seus modelos."

"Correto."

"Então veja o que o Wolff escreveu dele:

"Alguém, por favor, explique ao sr. Renoir que o corpo de uma mulher não é uma massa de carne, com pontos verdes e asquerosos indicando seu estado de putrefação."

"Ha, ha, ha!", gargalhou Rodolfinho. "Muito divertido também! Mas que coleção é essa que você montou, Pedro? Os grandes furos da crítica de arte, é isso?"

De novo fiquei um pouco decepcionado. Então ele não via que verdades mais amplas e transformadoras emanavam daquelas observações apenas aparentemente anedóticas?

"Calma", eu disse, para ele e para mim mesmo. "Você vai entender melhor agora. O significado da coleção vai se expandindo aos poucos. Vamos para a literatura."

"Por que não a música?"

"Vamos deixar a música para o fim. William Faulkner e Ernest Hemingway, os dois maiores escritores do modernismo americano. Numa única frase, numa carta do Faulkner para seu editor, ele destrói o colega:

"Nunca ninguém flagrou Hemingway usando uma palavra sequer que exigisse do leitor uma consulta ao dicionário."

Rodolfinho me olhou com ar desconfiado:

"Ainda não entendi onde você está querendo chegar com isso."

"Dois gênios, mestres da técnica narrativa e conhecedores profundos da alma humana, e, no entanto, um era completamente incapaz de identificar o talento do outro, ou de se identificar com o outro."

"O que tem isso?"

Olhei para Rodolfo, perplexo por ele ainda não captar a grandeza do que eu lhe mostrava.

"Agora Truman Capote, autor do clássico A *sangue-frio*, o pioneiro do romance baseado em fatos reais."

"De quem ele falou mal?"

"De ninguém menos que Jack Kerouac, autor de *On the Road*, o marco de mais de uma geração, que modernizou a literatura com uma escrita automática e a linguagem espontânea."

"Com a palavra, Truman Capote", disse Rodolfinho.

"Isso não é escrever, é datilografar."

Ao terminar de ler a frase, não pude conter o riso. Ainda que eu já a conhecesse, sua contundência não deixava de ser chocante. Rodolfinho me olhou intrigado:

"Isso tudo é muito curioso, Pedro, mas..."

"Agora uma farpa entre dois gênios da literatura que foram marinheiros durante boa parte das suas trajetórias e são, reconhecidamente, os que melhor recriaram a vida no mar. Herman Melville, o autor de *Moby Dick*, foi esculachado por Joseph Conrad nos seguintes termos:

"Ele não entende nada do mar. Fantástico — ridículo."

Rodolfinho me olhou com um ar vazio. Pela primeira vez, ameacei perder a paciência:

"Rodolfo, pelo amor de Deus! Você não acha incrível que um grande escritor, especialista num determinado assunto, não enxergue excelência literária em outro grande escritor, especialista no mesmo assunto?"

"Incrível? Não, não acho incrível."

"Você realmente vai resistir às evidências?"

Ele me olhou com espanto:

"Evidências do quê? Você compilou grandes erros da crítica de arte nos últimos duzentos anos. Muito divertido. É uma piada erudita e pitoresca. Que valor mais elevado pode enxergar nisso?"

Eu me controlei. Não era possível que ele não compreendesse:

"Veja esta plaquete aqui, raríssima, impressa na Rússia em 1896. Eu não leio russo, mas tinha a transcrição. Nela, Tolstói, um dos maiores escritores russos de todos os tempos, dá uma pichada forte em ninguém menos que William Shakespeare:

"Embora eu saiba que as pessoas, em sua maioria, acreditam tão firmemente na grandeza de Shakespeare, e que, ao lerem esta minha avaliação, serão incapazes até de admitir a possibilidade de ela estar correta, sem lhe dar a mínima atenção, ainda assim eu me arriscarei, da melhor forma que posso, a mostrar por que Shakespeare não pode ser reconhecido como grande gênio, nem sequer como um autor mediano."

Rodolfo não se abalou. Limitou-se a me encarar com uma expressão de pedra.

"Mas será possível!?", exclamei. "Você não vê que, do ponto de vista dos críticos, suas observações não são 'erros'? Nessa primeira edição, se você ler o capítulo inteiro, o Tolstói explica direitinho por que considera Shakespeare um medíocre."

"Mas, Pedro..."

"Essas críticas continuam de pé, entende? O fato dos artistas-alvo serem consagrados não deveria mudar nada. Elas são precisas, mais agudas que um bisturi, e por isso mesmo nos ajudam a ver obras maravilhosas de outro jeito, diferente do consenso, dizendo delas o que ninguém espera ouvir e ninguém mais tem coragem de dizer."

"Meu querido, já ouviu falar da expressão 'errou na mosca'?", ele perguntou.

"Mas não se trata disso! As críticas apontam certos aspectos do trabalho desses artistas que, se respeitarmos a lógica de quem as fez, podem de fato ser vistos como problemáticos. E todos são ou gênios ou grandes críticos. Isso não muda toda a sua percepção da história da arte?"

"Não. Não muda absolutamente nada."

"Poxa, Rodolfo."

"O que eu posso fazer? Não muda mesmo."

Meu esforço de tantos e tantos meses, como um navio azarado, ia afundando logo ao sair do porto. Eu custava a acreditar.

"Nos quadros do Renoir, com aquela iluminação que filtra a

luz pelas folhas, as mulheres parecem mesmo meio esverdeadas, em estado de putrefação. Nos livros do Hemingway, ou do Kerouac, a simplicidade programática da linguagem de fato resulta num texto pobre e sem graça aos olhos de um estilista labiríntico e culto que nem o Faulkner."

Rodolfo me respondeu com uma careta de incredulidade.

"Um último exemplo literário", eu disse.

"Talvez seja melhor a gente ir encerrando por aqui. Não quero que você fique chateado comigo."

"O último. Bernard Shaw, o escritor mais mordaz do seu tempo, falando do pai irlandês do modernismo, James Joyce, e seu genial *Ulysses*:

> "Na Irlanda, eles tentam educar um cachorro esfregando-lhe o focinho em suas necessidades. Com seu novo romance, o sr. Joyce tenta aplicar idêntico tratamento ao gênero humano. Espero que seja bem-sucedido."

Rodolfinho se impacientou:

"É ótima piada, mas é só uma piada, Pedro! Que moral, que lei estética você imagina tirar daí?"

"Várias!"

"Muitos dos documentos que você reuniu são de críticos conservadores desabonando o novo, o estilo não acadêmico, o desafiador. É natural que falem mal de pessoas que pretendiam renovar a arte."

"Ah, é? Então me permita voltar à seção de pintura por um instante; o que me diz deste documento aqui? Uma carta em que Picasso acaba com os impressionistas. Você vai dizer que o Picasso era conservador?"

"Deixa eu ver."

"À vontade", eu disse, entregando-lhe o documento, acondicionado num envelope de plástico transparente, e apontando a parte que deveria ler.

O bom de coletar documentos é isso; você sempre tem ao alcance da mão a prova do que está dizendo. A paulada de Picasso nos impressionistas estava ali, preto no branco. Rodolfinho traduziu em voz alta:

"Aqui podemos ver que está chovendo. Aqui podemos ver que está sol. Mas em nenhum lugar vemos pintura."

Ele refletiu um pouco. Ainda resistia, mentalmente encarcerado pelo hábito:

"Aqui o caso é diferente na superfície, Pedro, mas igual no fundo. Não é o conservador falando mal do novo, é o novíssimo falando mal do novo que o antecedeu."

"Justamente."

"Justamente o quê? No fundo é a mesma coisa. Os períodos históricos a que pertencemos, a posição social que ocupamos, os grupos dos quais fazemos parte, tudo influencia nossas opiniões estéticas. Isso é natural."

"Pois é exatamente isso que estou tentando provar. Nossos julgamentos são sempre resultado de uma combinação arbitrária de precondições, que moldam nossa percepção."

"Mas todo mundo sabe disso, Pedro!"

"Sabe num nível superficial. Sabe, mas nem por isso vive a coisa como ela é, nem por isso deixa de encher a boca para ficar deitando juízos definitivos, do tipo 'Esse é gênio', 'Esse é medíocre'. Sabe, mas se apoia no discurso cultural hegemônico, ou se rende a esse discurso, que enrijece a liberdade da fruição e institui mitos desnecessários."

A expressão de Rodolfo ia se fechando. Eu precisava me explicar melhor:

"Essa coleção é um alerta. Se as reputações artísticas, por mais firmes, variam com o tempo, e é de sua natureza que variem, para escaparmos desse ciclo infinito e previsível — o velho fala mal do novo, o novo fala mal do velho, o novíssimo fala mal do novo etc. —, temos que transcender essas questões, dessacralizar tudo. Se viver no século XXI traz alguma vantagem, é justamente o fato de que todos os estilos e todos os tipos de artista podem ser igualmente interessantes. Todos são vozes que merecem ser ouvidas. A leitura desses documentos não se propõe a definir quem está certo ou errado, mas a abrir nossa cabeça para o ponto de vista diferente do senso comum, e a nos dar a liberdade de falar o que pensamos mesmo sobre figuras coroadas."

"Então tudo tem o mesmo valor? Homero e o youtuber que usufrui uma semana de glória são igualmente bons?"

"Bem, eu admito que gosto mais de Homero."

"Que alívio!"

"Mas aceito que, dependendo do ponto de vista, outra pessoa possa ter razão em preferir o youtuber da semana. Pergunte ao meu filho adolescente quem ele prefere, pergunte a muitos estudiosos de antropologia digital."

Rodolfo deu uma gargalhada de irritação, passando a mão no rosto, e pediu:

"Vamos adiante, Pedro. Mostre os documentos ligados à música. Talvez aí eu consiga me situar melhor."

Concedi. Valia a pena uma última tentativa. Mas a firmeza com que eu chegara ali, minha confiança radiante, essa já tinha ido embora:

"Em 1825, o crítico de música inglês William Ayrton desceu a lenha na *Nona sinfonia* de Beethoven. Não era um crítico qualquer. Dirigiu o teatro do rei, foi responsável pelo sucesso das óperas italianas na Inglaterra, onde também promoveu a primeira montagem do *Don Giovanni* de Mozart, editou e escreveu praticamente sozinho, por dez anos, uma revista de música. O cara tinha faro, tinha ouvido. E lá vai a frase dele sobre a *Nona*:

> "Achamos que a *Nona sinfonia* de Beethoven é, precisamente, uma hora e cinco minutos longa demais. É verdade; um apavorante período de tempo, que faz os músculos e pulmões da orquestra, e a paciência da plateia, passarem por severa provação."

Agora era tudo ou nada, pensei, emendando mais um petardo estético de longo alcance:

"Outra frase, agora do Chopin, gênio da melodia e do piano solo, sobre outro compositor genial, o francês Berlioz, mestre da orquestração, que escrevia concertos com centenas de instrumentos. Repare que é a crítica musical perfeita, se aceitarmos o ponto de vista do Chopin:

> "É assim que Berlioz compõe: ele espirra tinta sobre as páginas do papel pautado e o resultado se forma ao acaso."

Esperei a reação de Rodolfinho. Ele ficou impassível por um instante, depois disse:

"Olha, meu querido, lamento decepcioná-lo. Não gosto da proposta dessa coleção. Acho-a, desculpe o adjetivo, infantil. Uma coisa é relativizar os cânones, outra é intencionalmente refutar a genialidade dos grandes artistas, ou ridicularizar a atividade dos críticos. Esse conjunto de documentos é um amontoado de palpites infelizes. Eu, pessoalmente, não tenho nenhum interesse nisso."

"Infantil?", eu me indignei. "Infantil é a tietagem institucionalizada que vocês praticam, o fetichismo dos artistas intacáveis."

"Falar mal é fácil. Difícil é fazer igual aos grandes mestres."

"O problema é acreditar em mestres que não podem ser questionados."

"Se crítica idiota merece consideração, então o Savonarola estava certo quando falava mal dos seus livros? Quando dizia que seus personagens eram previsíveis ou artificiais, que sua linguagem era cheia de lugares-comuns, que sua literatura era convencional demais?"

Ele esperava me encurralar trazendo a discussão para o plano pessoal, mas eu respondi, de bate-pronto:

"É claro que ele estava certo."

Rodolfinho ficou atônito:

"Você acha mesmo isso?"

"Se eu me coloco no lugar dele, se vejo os meus livros com os olhos dele, conhecendo seus valores, seu temperamento, sua formação etc., acho."

Meu antigo editor me olhou com ar abismado. Simplesmente não acreditava que eu fosse capaz de tanta imparcialidade.

"Pedro, você deveria falar sobre essa coleção com um bom analista. Para mim, ela é uma resposta torta às suas frustrações como escritor. É um ressentimento disfarçado. Coisa de criança que, quando não ganha o jogo, bagunça o tabuleiro."

"Entendo que você pense isso. Quem conhece a minha história fatalmente irá pensar o mesmo. E até admito que a ideia da coleção pode ter nascido daí. Mas nem todo mundo me conhece, e portanto nem todo mundo vai desmerecê-la por um motivo tão fútil e particular. A coleção não está condenada a ser uma coisa só para todo mundo. E esse outro ponto de vista pode estar enxergando mais longe. Lamento que você não tenha conseguido alcançá-lo."

Ele parou, pensou um pouco, e tornou a especular:

"Ou então, quem sabe, por incrível que pareça, você esteja querendo voltar a escrever, mas antes, para ter coragem, precisa desautorizar todos os críticos do planeta." E, me olhando como se eu fosse um caso psiquiátrico irrecuperável, completou: "De qualquer modo, Pedro, ela é mais interessante para você do que para os outros. Ninguém vai gastar dinheiro nela".

"Você que pensa!"

"Quem vai querer comprar essa porcaria?"

Respiramos fundo, encarando um ao outro. A conversa chegara ao fim e eu não tinha mais o que fazer ali. Rodolfo já me chamara, diretamente, de infantil; indiretamente, de ressentido e até de covarde. Agora ainda chamava minha coleção de porcaria! Insulto tinha limite. Merecia troco, e eu sabia muito bem onde bater:

"Bem, vou mostrar a você um último documento."

Fazendo suspense, puxei aquele sobre a ópera *Tosca*, de Puccini, o compositor queridinho de Rodolfo, objeto de sua idolatria desenfreada. Ele pareceu pressentir um golpe mais forte, mas, sem se intimidar, provocou:

"Pode ler, pode fazer esse ar de mauzinho."

Eu estava ferido. Fui até o fim, pingando veneno.

"Veja que divertido. Um crítico disse o seguinte da *Tosca*, depois que ela estreou na Inglaterra" — diante destas palavras, Rodolfinho gelou:

"Essa ópera foi levada antes, com muito sucesso, na Itália e na América do Sul. Tais localidades fariam um grande favor se ficassem com ela."

Termino por aqui a recapitulação do episódio. Acrescento apenas que Rodolfinho reagiu com a indignação prevista: muita ira divina e tempestade de palavrões. Como já fui um, eu conheço o ponto fraco dos idólatras.

15. A metáfora do sofá

Saí da editora tendo o gostinho de vingança como consolo, mas não muito menos alterado que Rodolfinho. Meu amigo era um homem culto, bem-humorado e nada pedante, mas, a julgar pela forma como reagiu, o material que eu perdera tanto tempo reunindo teria entre os colecionadores uma recepção bem diferente da imaginada. Uma reação geral sequer parecida com a de Rodolfo seria trágica, péssima para mim, que deixaria de ganhar uma polpuda comissão, e pior ainda para os meus patrões, que arcariam com o prejuízo financeiro.

Seria possível que minha visão holística do talento universal, no fundo, não passasse de um disparate? Ou seria mesmo rancor mal administrado, frustração descompensada ou algum outro tipo de mofo da alma? Ou a reação de Rodolfo era consequência da lavagem cerebral imposta pela tradição? Neste último caso, ficava provado que nem do meu lugarzinho modesto de funcionário de casa de leilões eu podia dizer o que pensava sobre arte.

Fui tomar um suco de maracujá no boteco da esquina,

para ver se me acalmava. Depois de alguns minutos olhando a rua, com o copo na mão, senti uma vibração estranha no bolso. Pensei imediatamente em tufos de notas de cem brotando miraculosamente. Mas não, o milagre era de outro tipo:

Pedro, ainda estou viajando. Muita correria. Volto daqui a três dias. Vamos nos ver? Adorei estar com você. Bjs

Janaína fazia contato e, como num golpe de ar, o mundo ficou mais fresco e sorridente. De preocupado e quase deprimido, passei à euforia num estalo. Esqueci Rodolfinho e seus preconceitos. Tinha algo de maravilhoso na perspectiva de reencontrar uma mulher que eu vira apenas três vezes na vida. O coração voltou a acelerar e, ao pegar o suco novamente, percebi que minha mão tremia.

Respondi a mensagem com quatro palavras e dois pontos de exclamação:

Eu também! Vamos sim!

Chegando em casa, tomei uma ducha, amplificando meu bem-estar. Em seguida, lavado e alegre, me juntei a Estela na frente da TV.

À beira do oitavo mês, com uma barriga imensa, ela parecia em paz no sofá. Continuava frequentando a faculdade e, além de estudar, levava a rotina da mãe perfeita: fazia as refeições certas nas horas certas, não bebia ou comia nada pouco saudável e, sobretudo, não se arriscava muito fora de casa, nem por diversão nem por militância.

Sentei-me ao seu lado e abracei-a tão efusivamente que ela estranhou:

"Que felicidade toda é essa?"

Respondi com outra pergunta:
"O que você está assistindo?"
"Um programa de debates sobre a conjuntura política. Estão falando do Zé."
"É mesmo?", me surpreendi. Por mais que eu soubesse da crescente projeção do Marmita pelos jornais, reconheci os debatedores convidados, todos especialistas de respeito, e achei muito estranho vê-los analisando as movimentações de alguém tão jovem, comentando suas declarações, decifrando suas estratégias de negociação. Mas era exatamente isso que faziam, referindo-se ao Marmita como "uma voz a ser ouvida" ou até como "o dono do momento".

A dada altura do debate, foi exibido o trecho de uma entrevista com o presidente do partido de centro, que elogiava a postura e a maturidade do "José Roberto" na liderança dos estudantes. Pressenti que a eleição para a presidência da UNE estava ganha. Nem se falava do atual presidente. Só algum cataclismo planetário faria o Marmita perder aquela.

Minha filha exclamou:
"Nossa, ele tá mexendo hoje! Olha!"
Ao levantar a bata, minha filha expôs o ovo gigantesco que era sua barriga. Como se esperasse a deixa para se exibir, um pezinho maroto forçou a casca.
"Está querendo sair", eu disse.
Rimos os dois, de felicidade e aflição.
"Já escolheu o nome do meu neto?"
"Já. Se fosse menina, seria Mafalda. Como é menino, vai ser Calvin."
Fiquei boquiaberto:
"Que bom que não é menina."
Estela me olhou, risonha e muito esperta:
"Você não gostou."

"Não é isso. Só queria entender esse nome tão americano. Calvin... João, José, Felipe, Manuel, nenhum desses serve?"

"Não."

"E Pedro, nem pensar?"

"Pai, para com isso. Que falta de imaginação!"

"Mas..."

"Já disse. Sem chance."

"E de onde você tirou Calvin?"

"Quando eu era criança, quais as minhas histórias em quadrinhos preferidas, lembra?"

Histórias em qua... Sim, claro! Mafalda, a argentininha mais sensível, articulada e politicamente consciente de todos os tempos; e Calvin, o menino mais esperto, arteiro e vocacionado para a felicidade da face da Terra. Estela, mais ou menos desde os nove anos, lia-os como se fossem pessoas reais e capazes de guiá-la pela vida afora. Os dois, sem dúvida, tinham sido os responsáveis por sua primeira educação moral e emocional.

Não pude deixar de entender a opção como certa forma de sabedoria. Estela parecia costurar com habilidade a infância e a maturidade, usando as referências de uma fase da vida para alimentar e tornar mais leve sua entrada radical em outra. Batizar o filho com o nome de um menino que conhecia tão bem, de tantas leituras acumuladas, lhe trazia segurança e confiança na capacidade de criá-lo. Mesmo que fossem apenas sensações imaginárias a princípio, poderiam fortalecê-la no dia a dia, e assim se converterem em fatores positivos concretos na educação do meu neto e na sua própria transformação em mãe.

Acreditando nisso, fiquei rindo sozinho. Também a iminência do novo encontro com Janaína me deixava mais aberto às surpresas, predisposto a gostar de tudo. Estela, constatando meu ar animado e misterioso ao mesmo tempo, quis saber:

"Gostou, agora?"

"Ótimo nome!", exclamei, abraçando-a com força e beijando sua prodigiosa testa, cheia de tão boas ideias. "E quer saber do que mais? O Calvin vai me adorar. Vai me achar um avô superdivertido."
Minha filha me olhou com ternura:
"Disso eu nunca tive dúvida."
Um Calvin era exatamente o que eu queria: um neto alegre, feliz, que não tivesse medo de dizer o que pensava, de fantasiar o que bem entendesse, sempre à procura de uma nova maneira de curtir a vida. Em resumo, um neto que fosse o oposto do Charlie Brown, pobre menino inseguro e deprimido, com o qual sempre me identifiquei mais, ou do Linus, outro complexado, carregando seu cobertorzinho de estimação para cima e para baixo, ou mesmo do Schroeder, suprassumo da arrogância artística, metido a geniozinho do piano.
Sem aviso, outra protuberância surgiu na superfície lisa e brilhante da barriga de Estela. Agora, nitidamente, uma mão empurrava a pele para fora.
"Deve estar apertado lá dentro", comentei.
Rimos os dois. As sombras que pairaram no início da gravidez haviam se dissipado. A família estava pronta para receber o Calvin e, naquele instante, em silêncio, fiz o solene juramento de nunca, jamais, submetê-lo a sopas horripilantes e terrificas couves-de-bruxelas no jantar.
André apareceu na porta da sala. Passara a tarde no quarto, praticando seu violão.
"Vem cá, Eric Clapton, assistir TV com a gente!"
Estela riu, ele menos. Insisti:
"Vem logo, Jimi Hendrix!"
De pé, ainda à distância, ele perguntou para a irmã:
"O que foi que você deu pra ele?"
Antes que Estela respondesse, voltei à carga:

"Vem pro meu colinho, B. B. King do papai!"

André me olhou sério:

"Se você continuar com isso, vou dar é uma de Pete Townshend na sua cabeça", ele disse, lembrando o mentor por trás do The Who, minha banda preferida. Pete era famoso por arrebentar as próprias guitarras, despedaçando com elas os palcos, amplificadores, microfones e a cabeça dos hippies malucos que pulavam na sua frente no final dos shows. O recado estava dado.

"Vem logo!", exclamei.

E o caçula veio sentar conosco. Em espírito, fiquei deliciosamente aconchegado entre meus dois filhos. Meu corpo, devo admitir, acabou um pouco espremido. É um fenômeno da natureza: tente sentar num sofá com crianças, adolescentes ou jovens; em dois segundos, eles estão ocupando mais espaço que você.

Isso, aliás, talvez seja uma boa metáfora da vida.

16. Eu odeio Paris

Seria romântico dizer que levou uma eternidade para Janaína chegar, ou que minha vida parou até nosso reencontro. De fato, ela nunca saíra da minha cabeça naquelas últimas setenta e duas horas. A verdade, porém, é que durante os dois primeiros dias contive muito bem a ansiedade. Procurei não bombardeá-la com mil mensagens de texto, fossem carinhosas ou simplesmente divertidas. Mandei apenas um décimo das que tive vontade. Ela respondeu as primeiras, depois parou, mas quase não fiquei preocupado. O começo, pensei, é a hora de se dar.

Desconfio que tanto autocontrole me veio da própria expectativa de coisas boas, fonte de paciência, criadora de um intervalo zen entre o presente e o futuro. Eu e meus filhos continuamos cuidando de nossas vidas, perto uns dos outros. Com minha casa em paz, também fiquei em paz.

Na manhã do terceiro dia, em compensação, as agulhas do angustiômetro amanheceram frenéticas, tremelicando na zona vermelha do mostrador. Era um sábado, e já acordei esperando o telefone tocar. No café da manhã, quando deixei queimar os ovos mexidos, incapaz de me concentrar, Estela perguntou:

"Pai, cê tá bem?"

Passei a manhã me dizendo que sim, mas as horas foram escoando — oito, nove, dez, onze... — e me vi depositando as esperanças sempre no instante seguinte, e no seguinte, e no seguinte, e a cada frustração produzindo explicações banais — "O voo deve ter atrasado" —, recheadas de imprevistos corriqueiros — "Ela chegou em casa exausta, foi dar uma dormidinha e perdeu a hora". Mas até a minha capacidade de autoengano tinha limite. Janaína não ligou.

Depois do almoço, a contragosto, tomei a iniciativa. Ela não atendeu. Fiquei triste e um pouco irritado, temendo a congestão resultante de ansiedade mais batata frita, arroz, feijão e carne vermelha. Tomei coragem e por mensagem de voz pedi que me ligasse. Tentei ser simpático e casual, camuflando o sentimento de rejeição. Como resposta, mais duas horas de silêncio.

Janaína só fez contato às três e tanto da tarde, por e-mail. Estava "atrapalhada" com assuntos profissionais, mas podíamos "tentar marcar um café" à noite. Detalhe: era sábado! Eu conhecia uma desculpa quando via... Meu amor-próprio virou um broto de capim macerado por um estouro de búfalos galopantes. Mas, no momento seguinte, mesmo sentindo que arrancava dela a promessa do encontro, aceitei o café e minhas esperanças cresceram outra vez. Frente a frente, pensei, tudo se acertaria.

Ela escolheu horário e lugar — às sete, numa padaria perto de sua casa —, e eu nem liguei para a despretensão do arranjo. Chutando para longe cautelas e premonições pessimistas, tratei de fazer minha parte.

Além dos banhos de água, espuma e perfume, gastei mais de meia hora na frente do espelho testando calças e camisas, e combinações entre elas, sem me contentar jamais. Nenhum look parecia cobrir as possibilidades em aberto. Tudo pode influenciar no destino de uma pessoa, até mesmo o que ela veste, pois, como diz o paradoxo famoso: "Só as pessoas superficiais *não* julgam pelas aparências". O autor dessa frase, o filósofo do humor e meu querido amigo Oscar Wilde, morto e enterrado sessenta e nove anos antes de eu nascer, era a companhia perfeita para um momento como aquele. Sua verve histriônica é ótima para combater a ansiedade.

Cheguei na padaria quarenta e cinco minutos antes da hora marcada. Cedo demais, até para mim. Impossível sentar, pedir uma água sem gás e esperar calmamente. Precisava de movimento. Fui dar uma volta no quarteirão, procurando me distrair com as pessoas e os carros que passavam, com os prédios e suas janelas iluminadas, enfim, com qualquer coisa. Quando a hora se aproximou, me reapresentei ao encardido ponto de encontro. O destino, disfarçado num corpo de rapaz e com jaleco azul, me apontou uma mesa.

E Janaína atrasou.

"Ela mora aqui do lado...", resmunguei comigo mesmo.

Paciência, o que eu mais precisava era dessa virtude tão escassa, a bendita paciência. E naquele dia precisei de muita. Mofei na mesa por quarenta minutos. Cheguei a pensar que não deveria levar aquilo tão a sério, afinal, só tínhamos ficado juntos uma única vez. Era muito cedo para eu me abalar tanto. Mas desde quando argumentos racionais prevalecem nessas horas? Minha razão dizia uma coisa, meus sentimentos, outra bastante diferente. A depressão começava a bater na minha porta. Antes que a arrombasse, porém, o celular tocou:

"Pedro?" A voz de Janaína entrou pelos meus ouvidos feito um mel, denso e calmante: "Você ainda está aí?".

"Claro que sim."

Ela ficou em silêncio. Perguntei:

"Você vai demorar? Está presa no trabalho?"
Ela continuou muda. Brinquei:
"Isso é que dá virar importante."
Era como se ela não tivesse me ouvido, ou como se a minha piadinha fosse ridiculamente inapropriada. Janaína disse apenas duas palavras:
"Estou indo."
Apesar da secura, acalmei. Minha raiva evaporou. O despeito também regrediu. Só ficou um certo medo, nem isso, um pressentimento não muito bom, mas eu ainda confiava que tudo se ajeitaria. Era impossível estar tão enganado. Tamanho otimismo não combinava comigo, com a minha vida, e por isso mesmo não podia deixar de ser justificado.

Janaína apareceu minutos depois, e a perspectiva de tudo melhorou, até a padaria ficou mais bonita. Seus olhos grandes, muito brilhantes, e a força de seu penteado afirmativo, cabelo preso para o alto por um lenço de estampas africanas, eram os destaques na paisagem.

Eu me aproximei para beijá-la, ela me ofereceu o rosto.
Calma, Pedro, pensei. Quando o amor que se tem para dar é de longo curso, solavancos no início da viagem são desprezíveis.

Sentamos, nos olhamos. Tentei segurar sua mão. Ela a recolheu e baixou a cabeça, feito uma planta dormideira, que enrosca em si mesma quando você encosta numa de suas folhas.

O rapaz de jaleco azul apareceu:
"Vão pedir alguma coisa?"
Janaína respondeu de bate-pronto:
"Um chope."
"Dois?", ele me perguntou.
Janaína pediu por mim, com decisão:
"Sim, um chope para ele também."

Quando o rapaz foi embora, Janaína, irritada, comentou:
"Cara chato! Mal sentei e já vem botar pressão."
Mesmo sendo um péssimo leitor dos códigos femininos, ficou evidente que as coisas estavam complicadas. O conteúdo de suas frases, a entonação da voz, a linguagem corporal, a respiração, nada sugeria um estado de espírito igual ao meu.
"O que houve?"
Janaína ficou em silêncio. Parecia viver o momento com desconforto, como se nem quisesse estar ali. Do seu corpo emanava um campo de força que repelia ao invés de atrair.
"Algum problema no trabalho?"
Ela olhou para o lado, tensa.
"Fale alguma coisa, por favor."
Nos seus olhos, percebi impaciência, e sua voz confirmou:
"Você sabe ser teimoso, não?"
Fiquei meio atordoado. A irritação era comigo! E eu nem tivera chance de fazer algo errado, aliás, os motivos de queixa eram todos meus. Seria contraproducente me valer deles naquela hora delicada, e revidar, então, seria burrice, mas que existiam, existiam.
"O que foi que eu fiz?"
"Você não percebeu nada, Pedro?"
"Quando?"
"Não bastou, para você, eu nos últimos dias ter parado de responder suas mensagens?"
"Eu nem esperava resposta."
"Como não? Você mandou um zilhão de mensagens!"
"Eu?!"
Janaína me olhou com tamanha autoridade que pareceu inútil negar: meu simancol deve ter falhado. Contemporizar era a melhor estratégia:
"Não achei que tivessem sido tantas. Desculpe."

Ela me olhou, incrédula. Insisti:

"Talvez eu tenha me deixado levar. Sei que você é muito ocupada."

Ela me olhou como se eu tivesse enfiado uma estaca no seu coração:

"O problema...", ela se interrompeu, para formular melhor a frase. "E hoje, você também não percebeu nada? O tom do meu e-mail, este lugar, o meu atraso absurdo."

Ela estava séria, encarnando uma versão durona de si própria, mas com nítida dificuldade.

"Percebi, sim, mas... Você fez tudo isso de caso pensado?"

Era totalmente imprevisto aquele modo meio truculento, meio covarde, de demonstrar sua mudança de posição. Não combinava com ela, pelo menos não com a Janaína que eu achava que era. Minha pergunta ficou sem resposta.

"Janaína, se você quer me dispensar, basta dizer. Mas, assim, fica difícil. Você achou que eu simplesmente iria embora e nunca mais procuraria você? Sem a gente conversar?"

Ela não respondeu, parecendo se encolher.

"Eu não faria isso", continuei. "Nunca. Muito menos depois daquela noi..."

Ela arregalou os olhos na minha direção, pedindo por favor para eu não terminar a frase. Seu controle áspero da situação estava falhando, o que não significava que eu tivesse passado a controlar alguma coisa.

Balancei a cabeça, confuso:

"Por que você está querendo desistir? A gente pode dar certo."

Janaína sorriu, melancólica, e de repente tive a impressão de que havia se emocionado. Após alguns instantes, balbuciou apenas um pronome:

"Eu..."

Como não completou a frase, pedi:

"Não sei por que você mudou de ideia sobre nós. Qualquer que tenha sido a razão, não precisa me maltratar, basta conversar comigo."
Ao ouvir aquilo, sua expressão se transformou. Devo ter feito cara de coitadinho, pois senti pena em sua voz:
"Eu só queria facilitar para nós dois. Não queria viver isso."
"Isso o quê?"
"Isso..."
Ela fez um gesto com os braços que abarcava todo o ambiente, então baixou o rosto. Quando me encarou outra vez, finalmente reconheci a Janaína da primeira noite.
"Desculpe", ela disse. "Não sei mais o que..."
Após uma longa pausa, respirando fundo, continuou:
"Me desculpa, por favor. Você não merecia."
Não duvidei do seu arrependimento, evidente que era sincero. As emoções se alternavam muito rápido dentro dela, sem controle. Mas por quê?
"Desculpo, claro que desculpo", eu disse, procurando acalmá-la. "Se você acha que não vale a pena tentar..."
Ela pegou minhas mãos, lentamente:
"Claro que vale, ou melhor, valeria. Mas a gente nem vai ter tempo de começar, Pedro. Aconteceu de novo."
"O quê? Não entendo."
Ela assentiu, sinalizando que atenderia ao meu pedido e falaria comigo, contaria tudo, mas foi obrigada a admitir:
"É difícil."
Trabalhando com a única pista objetiva que havia me dado até ali, arrisquei uma hipótese:
"Se invadi você, se pareci ansioso nos últimos dias, me desculpe. Não sou assim normalmente. Não sou o tipo de cara grudento."
"Não, não é isso. Em outras circunstâncias, teria sido um

prazer receber suas mensagens. Achei até bonitinho, não combina com você namorar por WhatsApp."
 Ela parou. Em seguida, deu uma boa olhada ao redor:
 "Por que não foi embora daqui? Um homem como você, se deixando maltratar assim, e por uma idiota como eu?"
 "Não fui porque queria ver você de novo. E você não é idiota. Tenho certeza que pode dar certo."
 "Certeza, no segundo encontro?"
 "Essas coisas, eu sei por instinto", respondi, muito sério. Mas brinquei em seguida: "E não estamos no segundo, e sim no quarto encontro".
 Ela me olhou, desanimada:
 "Infelizmente, desta vez seu instinto falhou."
 A energia negativa que demonstrara ao chegar estava totalmente dissipada, só faltava remover o obstáculo que continuava impedindo nossa relação de começar para valer.
 "Há três dias, quando você me escreveu", eu disse, "estávamos na mesma sintonia. Ou foi alucinação?"
 Ela, sem hesitar, decretou:
 "Minha vida mudou completamente nos últimos três dias."
 Fiquei sem reação. O que responder a uma frase como aquela? Por um instante, a diferença de idade se impôs entre nós. Só alguém vinte anos mais jovem colocaria a coisa naqueles termos. Ouvir aquilo foi como chegar na casa da felicidade, com a chave da porta na mão, e descobrir que haviam trocado a fechadura.
 Janaína tomou um gole do chope, de olhos fechados. Pousando o copo na mesa, disse:
 "Quando eu escrevi propondo um novo encontro, faltava pouco para o fim da viagem..."
 "Sim."
 "Eu nunca tinha ido a Paris. Estava, estou, apaixonada pela cidade. Amei tudo: os monumentos, os museus, as pessoas, as

praças, a vida na rua, a comida, os queijos, os vinhos. A coisa mais próxima da vida como ela deveria ser que eu conheço."

Fez uma pausa. Logo imaginei o que devia ter acontecido: um baita francês, charmosão, grisalhão e superculto, havia cantado a minha ex-futura namorada, fascinado por sua inteligência, pela cor de sua linda pele, por seu toque aveludado, sorriso luminoso e jeito absolutamente brasileiro. E ela, em parte atraída pelo glamour do sujeito (apesar dos seus dentes amarelos e tortos, das baforadas no cigarro sem filtro, das roupas amarrotadas e dos cabelos ensebados típicos dos intelectuais franceses), mas seduzida, sobretudo, pelo fascínio da Babilônia cultural do mundo, em cinco minutos tinha desistido de apostar em mim.

Contei o que estava pensando. Janaína se divertiu, achando minha fantasia masculina simplesmente ridícula:

"Nada disso, eu estava morrendo de saudades de você."

"O que mudou, então?"

"Logo depois que mandei aquela mensagem para você, recebi um convite de trabalho irrecusável."

Eu não reagi. Não entendi o que aquilo tinha a ver com a gente. Janaína explicou melhor:

"Vou ser editora de uma revista cultural para brasileiros residentes na Comunidade Europeia."

Suponho que por autoproteção, no primeiro momento me escondi atrás de uma pergunta secundária:

"E vai largar a curadoria do Palavras ao Vento?"

"Já larguei. Tive uma reunião de emergência com os organizadores hoje."

"O pessoal deve ter querido comer seu fígado."

Sorrimos e, sem palavras, pensamos a mesma coisa: na hora das grandes decisões, a opinião dos outros não importa muito. Pena que, no caso, eu também me encaixasse na categoria "os outros".

Finalmente tive coragem de fazer a pergunta fatal:
"Então você... vai morar na Europa?"
"Em Paris, mas vou ficar entre Paris e Lisboa."
"Nunca soube da existência dessa revista."
"Ela não existe. Vamos começar do zero."
"E não é arriscado largar tudo para embarcar nesse projeto?"

Ao fazer aquela pergunta, não sei se queria ajudá-la a medir bem as consequências de sua opção ou se estava apenas secando a decisão que a levaria para longe, me agarrando a uma vaga esperança mesquinha. Fato é que insisti:

"A revista tem patrocinadores confiáveis?"

"O maior grupo editorial da França e a Unesco; em Portugal, a companhia de energia elétrica, que patrocina nove entre dez das iniciativas culturais do país; no Brasil, um banco privado e o Ministério da Cultura."

Como Filomena costumava dizer: "A esperança pode ser a última que morre. Mas morre!". A proposta não era só irresistível, era também sólida, duas qualidades que é raro virem juntas no mercado cultural. Eu senti, pelo peso das instituições envolvidas e pelo tom de sua voz, o quão decidida Janaína estava. Sem chance de repensar. Nem eu, racionalmente, poderia discordar de sua decisão. O que minha pobre existência na rotina brasileira podia oferecer, frente à qualidade de vida e à experiência transformadora que ela teria em duas das melhores capitais europeias?

Janaína deve ter lido meus pensamentos:

"Acho melhor a gente ir cada um para a sua casa. Já fiz você sofrer muito."

Ela gesticulou para o rapaz de jaleco azul, pedindo a conta. O silêncio entre nós se prolongou. Quando o rapaz chegou, empunhando a bendita maquininha engolidora de dinheiro de plástico, nem fiz menção de pôr a mão no bolso. A pequena vingança mofina não foi proposital, eu estava em choque. Todos os movimentos, meus e do mundo, pareciam destituídos de fluência. Janaína, compreensiva e um pouquinho culpada, pagou a conta.

"Estou mal, Pedro, juro", disse, tentando me consolar. "É a minha vida, essa ironia de mau gosto, mais uma vez me dando e me tirando todas as chances..."

Ela não completou o pensamento, mas eu perguntei porque precisava saber:

"Qual a chance que você está perdendo?"

"Você."

Foi bom ouvir aquilo. Pelo menos me deu a certeza de que eu não havia delirado, que as fantasias românticas não tinham sido só minhas.

Paris, no passado, já ficara entre mim e a Mayumi. Com fama de romântica, aquela porcaria de cidade sempre atrapalhava minhas histórias de amor. "Os amores passam, os estudos ficam", me dissera o professor Nabuco, vinte e nove anos antes, quando a Mayumi viajou e foi terminar lá a faculdade. Eu era jovem, os tempos eram outros. E agora de novo.

Ainda esbocei um:

"A gente pode tentar..."

"Tentar o quê, Pedro?", ela me cortou.

Parei no meio, engasgado.

"Não fala", pediu Janaína. "Vamos cada um pra sua casa. É melhor."

"Tentar..."

"Não, por favor. Eu não quero. E nem você merece."

"Mas..."

"Desculpe", ela me interrompeu, firme, "eu prefiro não viver dividida entre lá e aqui."

Melhor não completar mesmo a ideia. Eu não tinha o direito de interferir, e seria injusto não pensar nas coisas do seu ponto de vista. Estávamos em momentos opostos. Ela em plena juventude, na máxima efervescência; eu prestes a virar um avô cinquentão, contando os dias para ganhar na Mega-Sena e me aposentar. Quando Janaína havia me confidenciado suas fantasias de culpa em relação ao sucesso profissional, eu mesmo dera força para que nunca desperdiçasse as oportunidades.

"Desculpe se fui má com você", ela disse.

"Não se preocupe. Tudo entendido e perdoado."

Nós nos olhamos longamente, pacificados um com o outro. Sentíamos a tristeza, talvez apenas a melancolia, de duas pessoas que desde o princípio não tinham especial interesse em se apaixonar outra vez, e nem estavam procurando isso quando uma nova paixão começou, ou melhor, ameaçou começar. Não tínhamos por que nos martirizar. Contudo, o fato de aquela paixão, ou possível paixão, ter acontecido contra a nossa vontade era justamente o que nos fazia lamentar matá-la antes de ver até onde poderia chegar. Eu, claro, sofria mais que Janaína, isso era evidente. Não por maldade ou frieza de sua parte, nem por qualquer sentimento condenável. Apenas porque eu sempre fui operístico demais, enquanto ela era bem mais jovem e ia começar uma vida nova, tinha muito mais coisas pela frente.

Janaína deu um sorriso encabulado:

"Aconteceu outra vez."

"Você não tem culpa de ser tão boa no que faz", respondi.

Ela me olhou com doçura:

"Se algum dia eu me convencer disso, prometo que vou pensar em você."

"Faça isso, eu vou gostar."

Ela não respondeu, apenas sorriu.

"Seu sucesso não tem nada a ver com o fim do casamento com o Leo", eu disse, indo direto ao ponto. "Estaria acontecendo mesmo que vocês ainda estivessem juntos."

Ela fez uma expressão de dúvida.

"Aproveite ao máximo agora, e esteja preparada", continuei. "Uma hora as coisas desaceleram, você vai ver."

"Eu gostaria de acreditar."

"Acontece com todo mundo."

Ela sorriu, melancólica e carinhosa:

"Agora que encontrei alguém como você, que reequilibrei a relação com a minha família, que no Brasil já cheguei numa ótima situação profissional, vem mais esse convite. É tão tentador e difícil, vai exigir tanto de mim!"

Ela soltou um longo suspiro e completou:

"O trabalho me tira tudo, mas me dá tudo de volta, do jeito dele, e de um jeito que eu não controlo."

Eu conhecia muito bem a sensação, e tentei brincar:

"Você quer controlar seu destino? Só isso?"

Rimos os dois.

"Não completamente", ela admitiu, achando graça no próprio lapso. "Mas muita gente controla um pouco, sim. Você, por exemplo. Tudo em você inspira estabilidade, permanência, afetos sólidos. Você vive cercado pelos seus filhos, por velhos amigos."

O rapaz de jaleco azul nos rondou, curioso. Janaína esperou que ele se afastasse para dizer:

"Obrigada pela sua compreensão. E por tudo mais."

"Eu é que agradeço."

"Você me desculpa as grosserias? Eu não estava sabendo lidar com a situação... mais uma vez."

"Já falei que sim", eu disse. E completei de um jeito estranho àquela altura: "Desejo toda a sorte do mundo para você, querida".

Em seguida perguntei:

"Posso chamar você de querida?"

"Pode, claro que pode."

Dizendo isso, ela se levantou e me abraçou carinhosamente:

"Tchau, Pedro. Seja muito feliz, você merece."

Sorri para ela:

"Você também."

Ao se afastar, Janaína derrubou meu copo de chope na mesa, provocando um desastre de proporções consideráveis. A repentina onda amarela varreu a mesa — toalha, guardanapos, talheres — e, no caminho até o chão, atingiu sua calça, na altura da coxa. Nos divertimos com o anticlímax. Puxei um lenço do bolso para que se enxugasse. Ela exclamou, rindo:

"Ah, não acredito! Até lenço você tem?!"

Ela ainda ria quando pegou o lenço e começou a passá-lo na perna, dizendo:

"Não molhou tanto. E estou do lado de casa."

Ao receber o lenço de volta, peguei sua mão e disse:

"Você será sempre uma pessoa muito especial para mim."

Era uma declaração sincera, que ela retribuiu com um olhar afetuoso. Janaína levou a mão ao meu rosto, como fizera na primeira noite:

"Ia ser bom namorar o homem mais gentil do mundo."

Sorrindo, respondi:

"Se um dia ele aparecer, viro gay e vamos disputá-lo a tapas."

Ela riu, me deu um abraço, um último beijo — dessa vez, na boca —, e deixou a padaria. Estava gostando mais de mim agora. E eu dela.

17. O dia que nunca acabou

Tive uma noite difícil. Desnecessário dizer que dormir de conchinha com o edredom, de repente, não me pareceu mais tão legal. Na manhã seguinte, um domingo de verão escaldante, enquanto preparava o café dos meus filhos, ambos de férias, eu parecia um ogro depois da pneumonia: cabelos desgrenhados, olhos vermelhos, olheiras, pele flácida e macilenta, pijama velho, meia furada e chinelos puídos.

Para o caçula, leite gelado com chocolate e quatro torradas, que André devorou à base de duas mordidas cada uma, com apetite digno do verdadeiro adolescente que ainda não era. Para Estela, salada de frutas e farelos variados, todos marrons e com jeitão de alpiste, misturados a um iogurte desnatado até a alma. Gororoba forte, como só uma mulher muito grávida e muito responsável suportaria.

Eu, de certa forma, me sentia pior que o iogurte, filtrado e pasteurizado: cheio de saúde, mas vazio de sabor. Mesmo assim, não pude deixar de perceber que minha filha, comparada ao irmão, estava em greve de fome:

"Já não cabe mais nada nessa barriga?"

"É, não tô com apetite."

Ela me olhou e sorriu amarelo.

"Está tudo bem?", perguntei.

"É hoje."

"O quê?"

"Ah, pai, dá um tempo. Não vou dizer pela milésima vez!"

Pensei um segundo: a passeata do Marmita! Sempre o Marmita, causa de todos os nossos cuidados.

"Hoje a que horas?"

"Começa às duas. O comício, às cinco."

Ela me olhou, precisando conversar. Mas como? Meio adolescente, meio adulta, prestes a ser mãe e com a vida por construir, apaixonada por um garoto disposto a salvar o país, mas não a trocar fraldas. Como dividir essa experiência com um sujeito de meia furada, vida profissional estabilizada e morna — que negociava com milionários todos os dias mas cujo saldo no banco matava de tédio o gerente —, pai de dois filhos cada vez mais cheios de vida própria e, ainda por cima, viúvo convicto? (Apesar de Janaína.)

Estela pousou a colher na tigela, desistindo de comer.

"Vai dar tudo certo", eu disse.

"Eu sei."

"Então coma alguma coisa."

"Não tô a fim."

"Você precisa se alimentar."

"Não estressa, pai. O bebê tá ótimo. Só tô meio enjoada agora."

"Enjoada? Enjoada como?"

"Como? Com enjoo, pô. Que pergunta!"

"O que você está sentindo?"

"Não sei direito. É como se já tivesse acordado cansada, e meio gãhhhhhnnnn…"

Ela pôs a língua de fora e fez uma cara de mal-estar. Eu sugeri:

"Que tal ligar para o médico?"

"Não precisa."

"Seria mais produtivo do que ficar passando mal."

Estela deu uma bufada de irritação:

"Putz, pai, tá bom! Vou ligar, mas eu ligo, tá? O médico é meu."

Minha filha, teimosa, primeiro tomou por conta própria o remédio para enjoos prescrito no início da gravidez. Não resolveu. Cerca de uma hora depois, quando passou realmente mal, tendo chegado a vomitar, finalmente ligou para o médico. Aí, lógico, o doutor demorou a responder. Enquanto esperávamos, ela vomitou outra vez. Ficamos apreensivos, mas não muito. Com seu aparelho digestivo tão espremido pelo Calvin, àquela altura com quase três quilos, indisposições e enjoos pareceram até naturais.

O obstetra respondeu à ligação após duas horas, por volta das onze. Disse que não havia motivo de preocupação, mas, por via das dúvidas, quis examiná-la, marcando uma consulta na maternidade.

Fiquei aliviado e propagandeei o fato, na esperança de Estela absorver meu alívio. Minha filha, no entanto, continuou silenciosa e com as prioridades invertidas. Pela carreira política do Marmita, não havia nada que pudesse fazer. Era inútil se preocupar. Já a consulta com o médico iria livrá-la das náuseas e ainda eliminaria qualquer fiapo de apreensão com o bom andamento da gravidez.

Tratamos de nos arrumar, os três. André iria junto, pois eu não quis deixá-lo sozinho. Ele gostou do "passeio", tendo a audácia de dizer algo que só uma criança conseguiria:

"Adoro hospital."

Suportei calado a afronta. Liguei para Filomena e avisei-a do que estava acontecendo. Ela disse que, por algum tempo ainda, não poderia ir nos encontrar:

"Tenho um almoço aqui em casa, com amigos do serviço diplomático. Eles são tão finos que levam séculos para comer."

"Não se preocupe. Avisei por avisar. Se quiser, ligue mais tarde, ou venha para cá quando acabar. Com certeza já estaremos de volta."

O médico finalmente chegou. Perguntei a Estela:
"Quer que eu entre com você?"
"Não precisa."

Voltei para a minha cadeira e passei os minutos seguintes folheando uma revista velha. Quando Estela saiu do consultório, exibia o mesmo semblante carregado. Os batimentos cardíacos do bebê haviam diminuído um pouco, disse. Nada preocupante, acrescentou o médico, mas ele gostaria de acompanhar "a evolução do quadro". Assim, além de receitar dois remedinhos — um para ela, o outro para o bebê —, providenciou a internação de minha filha por algumas horas, para que ficasse em observação.

Cumpridas as burocracias hospitalares, fomos levados a um quarto no andar do berçário. Eram já duas e meia da tarde. Veio um lanche para Estela. Seu celular apitou. Deitada, ela começou a teclar e pareceu esquecer da comida. André também teclava no celular dele. Olhei para um, olhei para outro, e disse:

"Que tal mais conversa e menos WhatsApp?"
"Péssima ideia", rebateu André.
"Ô Jimmy Page, paz e amor, bicho."

Ele fez uma careta e balançou a cabeça desconsoladamente. Estela, sem parar de teclar, disse:

"Tô acabando, pai. É que o pessoal já tá na concentração da passeata."
"E tudo bem por enquanto?"
"Tudo."
"Então coma o lanche que trouxeram. Vamos ligar a TV e acompanhamos a movimentação pelo canal de notícias."
"Por esse canal da mídia golpista que você gosta? Nem morta!"
"Ah, Estela, não começa."
"É, pai", engrossou o coro André.
"É o quê, ô Jeff Beck tupiniquim?"
"Por que você é tão golpista, hein?", disse ele.
"Eu, golpista?"
"Isso mesmo", disseram os dois.
Indignado, esbocei uma reação:
"Pelo contrário. Gosto cada vez mais dessas manifestações."
"Agora que os golpistas aderiram", eles responderam em coro.
Fiquei desconcertado. Os dois, de repente, caíram na gargalhada.
"Vão se catar", eu disse, "respeito comigo. Vocês estão diante do fundador e presidente de honra do Pecen, o melhor partido político do Brasil."
"Ah, e que partido é esse?", perguntou Estela.
"Partido do Extremo Centro Nacional, uma mistura de capitalismo socialmente sensível com socialismo democrático e fiscalmente responsável, além de defensor de amplos direitos individuais, do combate à corrupção, da ecologia e da paz universal."
"Putz, boa sorte...", ironizou Estela.
Liguei a televisão. As imagens aéreas mostravam a grande avenida da praia, ponto de saída da passeata, já lotada. Faixas, cartazes, apitos, palavras de ordem e carros de som. O trajeto

previsto iria até o centro da cidade, onde estava montado o palanque do comício. A repórter apareceu em meio a um bolo de gente, todos pulando e dando tchauzinho para a câmera, com o rosto pintado de verde e amarelo, vestindo camisetas vermelhas ou da seleção. Ao fundo, ouviam-se gritos e vuvuzelas.

"A que horas o Zé Roberto deve discursar?", perguntei.

"Umas cinco", disse Estela.

A multidão começou a andar.

"Ele é o último representante dos movimentos sociais e dos estudantes a falar", ela explicou. "Aí depois pode desligar a televisão."

"O comício acaba com o discurso dele? O Marmita está tão importante assim?"

"Não, é que aí vêm os políticos profissionais, e eles a gente não precisa ouvir."

"Falou a democrata."

Uma enfermeira entrou no quarto, empurrando a máquina de ultrassom. Eu e André saímos, passando pelo médico, que chegava para nova rodada de exames. Minutos depois, saiu ele. Tentei ler a expressão em seu rosto, porém os médicos devem fazer uma cadeira específica na faculdade sobre como disfarçar as emoções.

"E então, doutor?"

Sua resposta, pelo menos, foi objetiva:

"Os batimentos cardíacos do bebê diminuíram mais um pouco. Ainda nada sério, mas o remédio que prescrevi não teve o efeito esperado. Como a gravidez já está avançada, decidi antecipar o nascimento. Vamos preparar a cesariana, o.k.?"

"Uma cesariana de emergência!", eu disse, ameaçando me desesperar.

"De emergência porque não estava prevista para hoje, só por isso", tranquilizou-me o doutor. "Mas com toda a calma.

Vamos esperar uma vaga no centro cirúrgico e avisamos vocês. Um pouco antes devem vir buscar a Estela e levá-la para a sala do pré-operatório, o.k.?"

Meu filho apertou minha mão, também aflito. Perguntei ao médico:

"E por que o coração do bebê está desacelerado, o senhor sabe?"

"Não há nada errado, aparentemente. Ele está numa boa posição, livre de qualquer pressão do cordão umbilical. Quando estiver aqui do lado de fora, nossos recursos aumentam muito. Aí, sim, poderei dizer com certeza, o.k.?"

Eu estava me irritando com aquele médico. Era a terceira vez. Se estivesse tudo "o.k.", não estaríamos ali. Mas achei melhor não discutir.

O doutor se afastou para reunir a equipe e tomar as providências necessárias. Entrando no quarto, tentei acalmar Estela:

"É hoje o grande dia, hein?"

"Estou com medo, pai."

"Medo do quê? Você e o Calvin estão em ótimas mãos! Vai dar tudo certo."

"E por que o coração dele não está batendo direito? O médico falou pra você?"

"Ele disse que não é nada grave. Depois da cesariana, vai voltar ao normal."

Estela não respondeu, mas vi que não se acalmara. Tentei de novo:

"O doutor me pareceu muito tranquilo, juro."

"Estou com medo."

"Quando você se der conta, já terá acabado. Fique sossegada."

"Queria que a tia Filó estivesse aqui."

"Ela virá assim que puder."

"Liga pra ela, pai, por favor."

"Eu mando uma mensagem, está bem assim?" E mandei mesmo, que se danassem as etiquetas do corpo diplomático.

Estela me fez ler. Obedeci:

"'Filomena, o Calvin está prestes a chegar. Venha para a maternidade assim que puder!' Pronto, Estela, satisfeita?"

Ela assentiu.

"Então agora se acalme."

Ouvimos o volume da televisão aumentar, era o André com o controle remoto na mão. Ficamos assistindo o evento político crescer a cada minuto, mas com meus dois filhos sempre teclando no celular. Uma hora se passou.

Àquela altura, reportagens gravadas apresentavam o perfil dos líderes dos principais grupos nas manifestações, e chegou a vez do Marmita, figura de destaque entre os estudantes. Com uma foto dele no canto da tela da TV, sobre a imagem ao vivo das ruas lotadas, a voz da repórter dizia:

"José Roberto Macieira tem vinte anos e cursa geografia na Universidade Federal. Vice-presidente da União Nacional dos Estudantes, é o candidato favorito à presidência na próxima eleição. Apontado como o grande responsável pela adesão maciça dos jovens às passeatas, teve uma atuação decisiva também em atrair outros setores da sociedade. Passou os últimos meses viajando pelo Brasil e conversando com sindicatos, ONGs e grupos militantes de todas as regiões. De uma família pobre da Zona Norte do Rio de Janeiro, José Roberto perdeu os pais quando tinha onze anos. Foi criado pela avó, a dona Violeta, que entrevistamos hoje cedo. Vamos ver um trechinho da conversa com ela."

A imagem ao vivo da passeata foi substituída por uma cena doméstica, num apartamento modesto. Outro repórter, no sofá da sala, tinha a seu lado uma senhorinha simples, simpática e de olhar esperto.

"Dona Violeta, a senhora criou o José Roberto desde pequeno, não foi?"

"Sim, foi."

"Mas o José Roberto cresceu sem os pais, e isso deve ter sido difícil para ele, não?"

Eu fiz uma careta. Estela, atenta às minhas reações, quis saber o motivo.

"O repórter está apelando para o melodrama, tentando fazer a avó dele chorar na frente da câmera, e choro é coisa íntima", me justifiquei. "E que história é essa do Zé Roberto ser órfão? Você nunca falou nada."

Estela ergueu as sobrancelhas e confirmou:

"O pai morreu antes da mãe, num acidente de carro. O Zé tinha uns três anos. A mãe morreu de câncer quando ele tinha oito. Mais ou menos a minha idade quando a mamãe morreu."

Tentei não dar bandeira, mas bateu uma culpinha por implicar tanto com o garoto. E pela primeira vez admiti haver algo em comum entre ele e minha filha, algo mais profundo que a militância.

Na TV, a avó do Marmita, depois de hesitar, respondeu ao jornalista enxerido:

"Meu filho, o povo não diz que se a vida oferece limão o jeito é fazer limonada? Pois então."

Eu sorri, apontando para a televisão:

"Gostei dessa senhora! Respondeu com muita classe."

"Essa mulher é demais, pai. Até você ia gostar dela, é impossível não gostar."

Até eu? O que ela queria dizer com isso? Achei melhor não saber, e logo o repórter voltou ao interrogatório:

"E como o José Roberto era quando criança?"

"Ah, era um menino muito bom, muito calmo, mas não era bobo, não. Para fazer qualquer coisa, precisava conversar com ele. Sem conversa, não fazia."

"Já nasceu com alma de político, então?"

"Foi."

"E o que a senhora sente quando vê o seu neto como um dos líderes desse movimento tão grande, que está mexendo com jovens de todo o Brasil?"

Dona Violeta abriu a boca e, subitamente emocionada, parou. O jornalista estava quase conseguindo arrancar a lágrima sensacionalista que tanto queria. A voz dela saiu trêmula:

"É uma felicidade que não tem..." Fez um esforço para se controlar. "Acontece, né? É destino, é..."

De novo ficou procurando as palavras. Seus olhos estavam úmidos, mas sua dignidade não a abandonou:

"Eu nem concordo com tudo, sabe, meu filho? A gente não precisa concordar com tudo para admirar. E ninguém pode prever o futuro. O importante é querer o bem do povo e o bem do Brasil, não é? O importante na política é isso, e isso eu garanto que o Zé Roberto quer."

Estela abaixou o rosto e vi que estava chorando em silêncio. Fiz um carinho em seus cabelos e disse:

"Se você chorar, eu também choro."

Ela riu, e suas lágrimas fluíram melhor. André, sentado no sofá, fez um sinal de positivo em minha direção, me estimulando a um contato físico maior. Abracei Estela. André repetiu o gesto, com mais ênfase. Eu a beijei. Ofereci o meu lenço e, por um segundo, lembrei de Janaína, mas a noite anterior parecia ter recuado um século no tempo. Minha felicidade ficara num distante segundo plano.

Estela, enxugando as lágrimas, me pegou de surpresa:

"Me deu vontade de falar com a vovó."

"Com quem?"

"Com a vovó."

"Agora?!"

"É."

"Mas... você sabe que..."

Antes que eu argumentasse, André veio até nós e espetou o celular na minha cara, com a ligação para a clínica já sendo completada. Olhei para minha filha, que confirmou sua vontade. Coagido, me identifiquei quando atenderam e pedi para falar com minha mãe.

"Por telefone... o senhor tem certeza?", perguntou a enfermeira, que pelo visto conhecia o grau de alienação da paciente.

"Absoluta", eu disse, para evitar discussão.

Passei o celular para a jovem futura mãe. Estela acionou o viva-voz e ficou sentada na cama, com o aparelho no colo, olhando-o fixamente. Esperamos um bom tempo, até uma voz enrugada sair pelo microalto-falante:

"Alô?"

"Vó...?"

Estela falara baixinho, naturalmente insegura. Tive pena das duas, o diálogo era impossível. Minha mãe só reconhecia mesmo o André, e pelos motivos errados. Talvez nem lembrasse como usar um telefone.

"Estela?"

Não acreditei. O que era aquilo? Numa faísca do cérebro, minha mãe havia recuperado a neta perdida. Até a voz saiu outra quando falou seu nome. Estela, num tom de desespero contido, foi direto ao assunto:

"Vó, meu filho está com um problema no coração. Ele vai nascer hoje."

A resposta demorou um pouco:

"Vai passar, meu amor."

Pausa. Estela havia falado com a entonação de uma criança que se machucou na brincadeira e pede um curativo, e tinha recebido uma resposta-padrão, perfeitamente plausível para uma senhora com Alzheimer. No entanto, algo essencial fora dito. Deu para sentir uma concentrada na outra. Estela juntou coragem:

"E se o meu filho morrer, vó? Que que eu faço?"

Como responder àquela pergunta? Eu não saberia por onde começar. Minha mãe, porém, não hesitou:

"Você tem outro."

Sua naturalidade ao dizer aquilo bateu fundo em Estela. Era a única resposta possível, mas era brutal. Eu e André nos olhamos. Minha filha engasgou:

"Vó..."

Minha mãe não respondeu, mas seu silêncio tornara-se uma presença no ambiente. Estela suspirou:

"Eu queria que você e a mamãe estivessem aqui comigo."

Minha mãe, com toda a calma do mundo, respondeu com o disparate de sempre:

"Esse homem é louco por você."

Estela, pega de surpresa, teve um pequeno espasmo e prendeu a respiração. Aquele telefonema havia sido um erro, minha filha estava se machucando ainda mais. E, no entanto, continuava a se expor:

"Será, vó?"

Minha mãe insistiu:

"É louquinho por você."

Ela dizia isso como se fosse uma verdade absoluta, apesar dos fatos em contrário. Fiz sinal para que Estela encerrasse a ligação. Minha filha, porém, não parecia disposta a se poupar, e perguntou:

"Então por que ele não está aqui comigo?"

Minha mãe demorou a responder. Suspeitei que havia perdido o contato com a realidade, e confirmei minhas suspeitas quando ela disse, muito friamente:

"Porque não é necessário."
Estela resistiu àquelas palavras estapafúrdias:
"É, sim, vó."
Minha mãe ficou em silêncio, não deixando a Estela outra opção a não ser se despedir:
"Tenho que desligar, vó. Te amo muito."
Minha mãe continuou muda, mas não desligou. Estela repetiu:
"Te amo muito mesmo. Obrigada por falar comigo."
Em meio a suas frases sem lógica e sem pé na realidade, devo admitir que, no tom, no jeito, eu reconheci a mulher que me criou. Minha mãe sempre foi carinhosa, sim, mas firme. Ao constatar isso, por alguma sinapse infeliz, lembrei do filho que eu e a Mayumi havíamos perdido, entre Estela e André, e do filho que minha mãe perdera, depois de mim e da minha irmã, e do Carlos, o filho que eu perdera quando já era grande. Mas tratei de afastar correndo as lembranças mórbidas.

Durante mais uma hora, eu e meus filhos ficamos vendo TV e digerindo a mistura de sentimentos provocada por nossa presença no hospital e pela conversa com minha mãe. Trocamos olhares, beijos, toques e abraços, mas poucas palavras. Flashes dos outros estados mostravam passeatas igualmente grandes, mexendo com as estruturas do país.

O Marmita e seus seguidores iam percorrendo todo o caminho até o centro da cidade, engrossando suas fileiras e, por onde passavam, atraindo as pessoas para as janelas dos edifícios. Finalmente chegaram à grande praça e, iniciado o comício, as lideranças puseram-se a discursar. Dali a meia hora, mais ou menos, o Marmita falaria à multidão.

Os primeiros discursos não foram grande coisa. Ouvimos uma sucessão de oradores muito jovens, apavorantemente bem--intencionados e radicais. Depois da quarta versão da mais pura alma revolucionária, o âncora do canal de notícias chamou a repórter que estava na cobertura in loco. Ao ser enquadrada pela câmera, ela anunciou:

"Nascimento, acaba de chegar a informação de que houve um incidente com uma das principais lideranças dos estudantes, o José Roberto Macieira."

Estela soltou um grito. Eu e André corremos para junto dela. Todos ficamos olhando para a TV, abismados. A imagem se abriu e apareceu um dos estudantes no palanque:

"Estou aqui com o Felício de Souza", disse a repórter, "o responsável pela comunicação da União Nacional dos Estudantes. O que aconteceu exatamente, Felício?"

"Estão dizendo que o Zé Roberto, nosso vice-presidente, foi sequestrado por policiais. Mas isso não está confirmado."

Estela se desesperou, apertando minha mão:

"Pai, vou morrer."

"Não vai, não. Para com isso. É um boato ainda, calma."

"Não é possível", ela gemeu, "não é possível."

"Calma, Estela."

"Isso não pode estar acontecendo."

"Não se desespere, filha, calma."

O desespero, no entanto, era mais que compreensível. Quem não se desesperaria tendo o primeiro filho e o primeiro amor em risco, ao mesmo tempo?

"Estou sentindo uma pontada na barriga!"

Ainda tentei tranquilizá-la mais uma vez:

"Filha, calma, sem delirar."

Mas Estela cravou as unhas no meu braço e gritou:

"Chama o médico! Chama o médico!"

Nossos olhares se encontraram e vi o terror dentro dela. Fui correndo até o balcão da enfermagem e implorei a imediata presença do médico. Ele apareceu bem rápido, verdade seja dita, e após um exame sumário, mesmo sendo tão controlado, acho que também se assustou. Não sei se com o desespero ou com as dores de Estela, mas deu para perceber a tensão em sua voz:

"Estela, o bebê realmente parece não estar muito bem. Diante do quadro, e com você nervosa desse jeito, acho melhor não esperarmos mais. Você vai agora para o pré-operatório, vamos anestesiá-la e trazer esse menino para o lado de cá. Aí a gente resolve. Mas tente se acalmar. Neste momento, você ficar calma é a melhor coisa para o seu filho. Vai dar tudo certo, o.k.?"

O pânico já estava no olhar de toda a família.

"Quanto tempo deve demorar, doutor?", perguntei.

"Até começar, uns vinte minutos. Depois, vamos ver."

Estela, ainda fazendo caretas de dor, pegou novamente o celular. Não sei se por reflexo involuntário, se visava alguma espécie de segurança psicológica, ou se realmente pretendia, naquelas condições, disparar WhatsApps para sua turma na passeata. Fosse qual fosse o motivo, não era bom o bastante.

"Filha, agora não, por favor", eu disse, tirando o aparelho de suas mãos e guardando-o no bolso. "Concentre-se no que depende de você, por favor. Não há nada que possa fazer pelo Zé Roberto."

Ela não teve forças para reagir. As pontadas intensificaram-se e se sucediam com rapidez. O médico e os enfermeiros destravaram os pés da cama onde estava minha filha e a levaram pelos corredores. Eu e André, perplexos com aquilo tudo, acompanhamos o grupo até um elevador metálico e gelado que já o esperava de portas abertas. Mal houve tempo para nos despedirmos. O máximo que consegui foi dar um beijo em Estela, segurando suas mãos:

"Vai dar tudo certo, filha."

"Eu vou morrer, pai."

"Não vai, não. Não vai, não."

Quando as portas se fecharam, minha filha deixou um vazio gigantesco para trás. Abracei meu caçula, mas era como se estivéssemos rodopiando no meio de um furacão. Voltamos cambaleantes para o quarto. O destino de Estela estava fora do nosso alcance, girando mais alto e mais rápido. Tudo em risco, e não podíamos fazer nada além de torcer.

Na televisão, pregada no alto da parede, continuava o bombardeio de explicações desencontradas. Enquanto o Marmita estivesse desaparecido e não surgisse uma testemunha, era impossível confirmar qualquer coisa.

A repórter mencionou novamente a hipótese de ele ter sido sequestrado, com a qual os estudantes trabalhavam. Quem poderia imaginar? Claro que a Polícia Militar, dado o histórico do Zé Roberto, era a principal suspeita, mas vai saber... Outras ideias mais loucas passaram pela minha cabeça — algum concorrente nas futuras eleições da UNE?, algum outro movimento social, ciumento de seu protagonismo?, alguma milícia de extrema direita? Na política brasileira, tudo é possível.

Eu precisava de ajuda. Não conseguiria tranquilizar a mim e ao André ao mesmo tempo. Precisava ficar quieto, no meu canto, mergulhar mentalmente nos piores desdobramentos possíveis da situação, especulando sobre como agir diante de cada fantasia horripilante. Sei que é estranho combater ameaças com pessimismo preventivo, mas cada um luta como pode.

De repente, enquanto eu tentava me precaver contra o sofrimento que rondava minha família, a porta do quarto se abriu, devagar. Quase caí de joelhos quando vi aparecer o rosto de Filomena.

"Recebi sua mensagem e enfiei a sobremesa goela abaixo daquela cambada", ela disse.

Filomena assustou-se com a minha expressão de alívio e desespero ao mesmo tempo, e assustou-se ainda mais quando eu e André, em poucas palavras, a pusemos a par de tudo. Seu senso de humor extravagante ficou soterrado pela enxurrada de más notícias. Ela sentou com André no sofá e o abraçou, me dando a ajuda que eu mais precisava. Em silêncio, se encaixou perfeitamente em nossa triste torcida.

18. Outro tipo de sequestro

Minutos depois, alguém bateu na porta. Ao abri-la, fiquei aterrado:

"O que você está fazendo aqui?"

Era o Marmita! Ninguém mais, ninguém menos que o pai do meu neto. Minha reação foi lida pelo José Roberto como hostil e mesquinha, eu percebi.

Com um passo à frente, o Marmita entrou no quarto, procurando por Estela. Ao ver o espaço da cama vazio, quis saber:

"Onde ela está?"

Devo ter gaguejado alguma coisa, mas Filomena, deduzindo de quem se tratava, foi mais rápida:

"Ela já desceu para a cesariana, José Roberto."

"E como está o bebê?"

"Nada bem. Surgiu um problema cardíaco que ainda não se sabe o que é."

"Preciso falar com ela antes da cirurgia começar", disse o Marmita, angustiado.

Filomena, ainda interpretando aquele que seria o meu papel, tentou botar limite no garoto:
"Impossível."
"Por quê?"
"Porque ela deve estar sendo anestesiada neste exato momento. Não é hora de atrapalhar os médicos."
Havia naquelas palavras, além da sensatez, uma repreensão pelo distanciamento dele durante a gravidez. Mas o Marmita insistiu:
"Onde ela está?"
Filomena sentiu-se desafiada:
"Não piore as coisas."
O garoto olhou para nós dois intensamente, como se diante de duas esfinges insensíveis e ameaçadoras. Por fim, com a voz séria e controlada, tentando ultrapassar a incompreensão mútua, pediu:
"Por favor, eu preciso falar com a Estela antes da cesariana."
Eu e Filomena nos encaramos, pasmos diante da insistência. Apesar da surpresa compartilhada, algo me dizia que eu e minha amiga não estávamos entendendo da mesma forma a presença do Zé Roberto no hospital. Para Filomena, sua chegada era quase um desaforo, e ela deixou isso bem claro:
"Você esperou tanto para aparecer, não pode esperar mais um pouco?"
Aquele teria sido um golpe mortal no voluntarismo de um rapaz qualquer, mas não no do Marmita. O garoto tinha mesmo vocação para político. Ficou me olhando, à espera de alguma palavra em seu favor. Não consegui defendê-lo, porém me peguei calculando, em silêncio, o custo político que ele teria por faltar ao lançamento televisado de sua candidatura, abandonando os companheiros minutos antes do grande comício.
Quase inconscientemente, tirei o telefone de Estela do

meu bolso e vi que, a partir de um certo momento, haviam chegado várias mensagens do Marmita. Ele, enquanto isso, encarou Filomena e respondeu à pergunta que ainda pairava no quarto. Não antagonizou a madrinha de Estela, mas falou com autoridade impressionante para alguém tão jovem:

"Eu preciso que ela me perdoe, preciso dizer que estarei ao lado dela aconteça o que acontecer."

Eu tremi — nunca imaginei ouvir aquelas palavras da boca do Marmita! —, e só Filomena se manteve firme:

"Você vai ter sua chance de falar com a Estela, *depois*."

O Marmita voltou a insistir, e com bons argumentos:

"Vocês sabem que ela gostaria de me ver. E tudo que eu disser vai ter muito mais valor se for antes da cirurgia. Antes que a situação se defina."

Filomena me olhou, sinalizando que havia falado em meu nome até onde achara razoável. O golpe final eu que tinha de dar, e dei, mas não fazendo o que ela esperava de mim.

Após tantos meses privilegiando a atuação política, o Marmita dera uma pirueta e alcançara outro plano de reivindicações. Sua presença ali era um gesto romântico, e dos grandes. Até eu era obrigado a admitir que nada, nada neste mundo, prepararia melhor minha filha para a emergência e o risco. Qualquer alegria seria maior, qualquer sofrimento seria menor, se ela o tivesse ao seu lado. E entre o sucesso na política e a felicidade no amor, eu vi isso em seu olhar, o Marmita agora queria os dois, com força. Finalmente havia entendido que casar e criar filhos, no Brasil, pode ser algo tão heroico quanto começar uma revolução.

Sem pensar mais, agarrei o pai do meu neto pelo braço e saí acelerado porta afora, puxando-o pelo corredor da maternidade. Filomena e André ficaram espantados com a minha reação. O Marmita, entendendo imediatamente, entrou no meu ritmo. Já os enfermeiros por quem passamos não entenderam nada do nosso ar bélico, e acharam melhor apenas se encolher junto às paredes, nos dando passagem. Contornamos uma maca, driblamos uma grávida de cadeira de rodas e fizemos uma perigosíssima ultrapassagem, deixando para trás outra mulher que nem reparou em nós, tal era sua concentração na caminhadinha pós-cesariana.

Descemos três andares de escada, voando. Caímos num hall suntuoso e, seguindo as sinalizações, viramos à esquerda. Aceleramos ainda mais, atravessando um longo corredor, e em dois minutos estávamos diante da área do pré-operatório. Do lado de lá das pesadas portas, por duas janelinhas de vidro, vi dois enfermeiros conversando. Mas do lado de cá, acabando com nossa alegria, tinha um aviso em letras bem grandes: ACESSO RESTRITO.

Não ia ser fácil botar o Marmita para dentro. Bati no vidro, pedindo com um gesto que viessem falar comigo. Como num filme mudo, um deles interrompeu o que dizia, despediu-se do colega e seguiu corredor adentro. O outro veio nos atender do lado de fora, fechando as portas atrás de si. Eu falei sem rodeios:

"Amigo, este rapaz precisa entrar aí. Você pode nos ajudar?"

"Eu não posso autorizar."

"Ele chegou de viagem agora, veio do outro lado do mundo só para ver a esposa antes que a cirurgia comece. É um caso grave. O nome dela é Estela, a paciente do quarto 412."

O enfermeiro entrou e, instantes depois, reapareceu com uma prancheta.

"Não está autorizada a entrada de ninguém que não pertença ao corpo cirúrgico", ele disse.

"Quem pode autorizar?", perguntei.

"O médico, mas ele ainda não chegou aqui."

"Poxa, amigo, ajuda a gente. É tão comum os pais assistirem ao parto!"

"Se o doutor autorizar, tudo bem, mas eu sozinho não posso."
"E onde ele está agora?"
"Não sei."
O enfermeiro fez uma cara de lamento solidária, mas foi logo voltando para o outro lado das portas e do bloqueio hospitalar. O Marmita me encarou, esperando que eu fizesse alguma coisa.
"Calma, vamos pedir ao doutor quando ele chegar."
"Não vai dar tempo", ele disse, consternado.
Subitamente, o Marmita me abraçou. Continuei tentando acalmá-lo, mas era um desfecho injusto, e muito, com ele e com Estela. Minha filha deixaria de ter a prova de amor de que tanto precisava, pela qual tanto esperara, enquanto o Marmita se arruinaria politicamente sem ao menos levar até o fim seu grande gesto romântico.
Pelas janelinhas das portas, vi o enfermeiro observando nossas reações. Ele temia, talvez, a invasão dos black blocs do romantismo. Consolando o Marmita, eu disse:
"Vocês podem não se ver antes da cirurgia, mas nós seremos testemunhas de que estava aqui."
Olhando bem nos meus olhos, ele se declarou:
"Eu amo muito a sua filha."
"Ninguém mais tem o direito de duvidar disso. Nem eu."
Uma lágrima orgulhosa escorreu em seu rosto.
"Não vão faltar chances para você demonstrar seus sentimentos", insisti.
Ele sorriu:
"Obrigado."
O Marmita carregava a sinceridade de seu remorso como um valor precioso, sem nenhuma arrogância:
"A Estela sempre me disse que o senhor é uma pessoa muito justa."

Estávamos os dois arrependidos.

"Com você, acho que nunca fui."

Ficamos ali naquele corredor, nos entendendo pela primeira vez, enquanto o médico não chegava. Em matéria de política podíamos não nos acertar muito, mas nos atos, no caráter, no amor a Estela, enxergávamos perfeitamente um ao outro.

"Psit! Garoto!"

Trocamos um olhar de dúvida, nos certificando de que tínhamos ouvido mesmo alguma coisa atrás de nós.

"Vem cá!"

Ao nos virarmos, o recepcionista na porta do pré-operatório segurava uma pilha de roupas cirúrgicas e nos chamava. Embora tentasse manter um ar profissional, foi com um sorriso no rosto que ele explicou:

"Falei com o médico, e a paciente quer muito que o rapaz entre. Ele autorizou." Em seguida nos alertou, firme: "É só por um minuto. O doutor já está descendo e disse que você não vai poder assistir a cirurgia. Vem comigo, rápido".

O Marmita praticamente voou na pilha de aventais, máscaras, luvas e chinelos hospitalares. O recepcionista deu uma piscadinha em minha direção e fechou a porta. Eu fiquei no corredor, quase sem acreditar.

Poucos minutos depois, o doutor passou por mim, apressado. E logo o Marmita voltou. Ele continuava preocupado, claro. Não perguntei o que Estela e o pai de seu filho disseram um ao outro, mas o reencontro só podia ter feito bem aos dois.

Subimos para o quarto e narramos o acontecido. Filomena nos chamou de loucos, mas só da boca para fora. André, por sua vez, me deu um abraço.

Por curiosidade, perguntei ao Marmita:

"Como você ficou sabendo que a gravidez tinha se complicado? Quem avisou você?"

Ele gaguejou. O líder político, sem querer dedurar um companheiro, lançou apenas um olhar discreto na direção do meu caçula. Este, ainda colado a mim, deu um sorrisinho.

"André?"

"Pô, pai, ele tinha o direito de saber."

O Marmita se aproximou do meu caçula e segurou-o pelos ombros, com força. Parecia um general condecorando um soldado pela bravura na linha de frente. Vi naquele jovem líder estudantil uma autoridade que eu nunca tinha imaginado encontrar, e perto dele André subitamente cresceu, virou gente grande por alguns instantes. Suponho que seja a isso que chamamos liderança.

19. Utopia pela TV

    Espalhados pelo quarto, próximos uns dos outros, a aflição da espera se impôs outra vez. Tive então, finalmente, alguns momentos para mergulhar no meu querido pessimismo preventivo e ficar cara a cara com as fantasias mórbidas que guinchavam dentro de mim, feito morcegos numa caverna escura. Se não fizesse isso, jamais conseguiria controlá-las. Umas atingiam Estela, outras o bebê, e outras ainda vitimavam a ambos. Era inevitável pensar o que seria menos pior e fazer escolhas secretas, programado pela natureza a antecipar o que vinha pela frente e me posicionar diante de cada cenário. Tais escolhas traziam mais culpa e vergonha do que alívio — quando nada de mau acontece, como encarar aquele que você teria preferido perder? —, mas era impossível deixar de fazê-las.
    André aumentou o volume da televisão:
    "Olha só."
    Todos nos voltamos para o aparelho, que flutuava junto à parede. As imagens mostravam a multidão na praça, mas agora, com a luz do dia mais baixa, o palanque cheio de holofotes ga-

nhava destaque. Só então reparamos nas letrinhas que corriam no rodapé da tela:

"Líder estudantil abandona evento para assistir ao parto do filho."

Então ouvimos a repórter anunciar:

"Depois de muitos boatos desencontrados, Nascimento, a confirmação acaba de chegar: o líder dos estudantes, José Roberto Macieira, teve de deixar o comício para assistir ao parto do filho. O parto está acontecendo neste exato momento e, segundo apurei aqui, inspira cuidados."

O Marmita empalideceu, encarando a TV com uma expressão indecifrável. Parecia petrificado. O diálogo entre os jornalistas prosseguiu, transportando nosso drama familiar para o espaço público, e o âncora do canal de notícias fez a pergunta que eu teria feito:

"Os estudantes deram alguma declaração, Miriam? Como reagiram à ausência de um nome tão importante, bem na hora dele discursar?"

Fiquei apreensivo pelo Marmita, mas ele continuou impassível, encarando a TV. A confiança dos estudantes, quebrada uma vez, talvez jamais voltasse a ser tão firme, e a chance de ocupar a presidência da UNE podia acabar irremediavelmente comprometida.

Após instantes ouvindo a pergunta pelo ponto eletrônico, a repórter transmitiu a percepção geral do episódio:

"A reação foi muito positiva, Nascimento. Foi um grande alívio saber que o José Roberto está são e salvo, e o gesto de ir dar apoio à mulher emocionou a todos. Ela também é militante, me confirmaram isso aqui, e mais, é uma das fundadoras do grupo universitário em que o José Roberto começou a vida política. Criou-se uma torcida muito grande para que tudo dê certo para os dois. Até os políticos mais experientes, alguns também ex-líderes estudantis, entraram nessa corrente."

Para minha surpresa, não vi nenhuma satisfação no rosto do Marmita. A imagem na TV mudou para uma que pegava o palanque de frente. Vimos que os estudantes estavam de mãos dadas. O Marmita, seríssimo, segurou meu braço:

"Não fui eu. Simplesmente aproveitei a confusão e vim embora."

Não entendi. Ele precisou ser mais claro:

"Não contei pra ninguém da Estela ou do bebê, eu juro. Nunca iria explorar isso politicamente."

Agradecido pela preocupação, tentei acalmá-lo:

"Tudo bem."

O Marmita continuou a se explicar:

"Não instruí ninguém a falar disso com a imprensa."

"Seu sumiço precisava se esclarecer de um jeito ou de outro", respondi. "Por que não com a verdade?"

O Marmita abriu a boca, mas não disse nada. Filomena deu um palpite:

"A própria Estela deve ter avisado alguém, que passou a notícia adiante."

"Não, a Estela não foi", rebati, apalpando meu bolso. "Assim que o médico anunciou a cesariana de emergência, tirei o celular da mão dela."

Filomena começou a dizer:

"Mas então quem…"

No meio da pergunta, deduzimos a resposta:

"André?"

Meu caçula, com a arma daquele segundo vazamento nas mãos, fumegante de tanto ser teclada, deu uma cândida demonstração de seu talento para relações públicas e marketing político:

"Pegou mó bem."

A voz da repórter voltou:

"Nascimento, agora o discurso do José Roberto Macieira será lido por um dos colegas da União Nacional dos Estudantes. O Felício de Souza, responsável pela comunicação, com quem falamos há pouco."

O Marmita, que já estava pálido, ficou branco de vez. Num impulso, ele se levantou e foi saindo do quarto.

"Aonde você vai?", perguntei.

"Não quero ver isso."

"Não vai ouvir seu discurso?"

"Não."

E saiu porta afora, nitidamente atormentado.

"Foi alguma coisa que eu fiz?", afligiu-se André.

Eu e Filomena nos entreolhamos, sem entender a reação do meu genro de facto. Na TV, vimos o orador que o representaria se aproximar do microfone. Analisei o rapaz com atenção; além de muito jovem, estava assustado com a tarefa que lhe coubera. Ele tremia com as folhas do discurso nas mãos e, ao começar a leitura, sua voz também soava trêmula. As palavras, contudo, tinham força própria:

"Trezentos mil jovens foram assassinados no Brasil, nos últimos dez anos. São trinta mil jovens assassinados por ano. Os jovens correspondem a mais de setenta por cento das vítimas de homicídio no país. Se forem negros, têm vinte e cinco por cento a mais de chance de morrer. Se forem nordestinos e pobres, também estão na mira."

Após aquela primeira saraivada de dados escabrosos, o porta-voz dos estudantes fez uma pausa. A multidão, em silêncio, aguardou até sua voz brotar novamente dos alto-falantes:

"Cinquenta mil estupros acontecem por ano aqui no Brasil. Mais de cento e trinta estupros por dia, quase seis por hora... Seis por hora! Entre as vítimas, setenta por cento são crianças e adolescentes, em geral violentadas por homens próximos, muitas vezes da própria família. Aqui no Rio de Janeiro, a cada cinco dias acontece um estupro em alguma escola da rede pública. E mais de sessenta por cento das vítimas têm menos de doze anos. E as mulheres, no Brasil, morrem pelo simples fato de serem mulheres. Nossa taxa de feminicídio é uma das cinco maiores do mundo, e só está crescendo!"

Após uma nova pausa, o garoto, já mais confiante, levantou os olhos do papel. Numa sequência perfeita de movimentos, fez um gesto de encerramento com os braços e soltou um grito:

"Acabou!"

A multidão, que ficara com a respiração suspensa até ali, urrou estrondosamente de volta. Milhares de punhos cerrados ratificaram a justíssima revolta. No palanque, os políticos profissionais aplaudiram, parecendo impressionados; com uma ponta de inveja, até. O Marmita, embora tão jovem e longe dali, conseguia indignar a massa bem mais que eles.

O orador, ventríloquo por um dia, emendou logo:

"Enquanto isso, em Brasília, o poder está podre!"

O veredito, indiscutível e indigesto, causou impacto. Urros, punhos e bandeiras tremularam. Os políticos profissionais engoliram em seco. O porta-voz dos estudantes deu uma olhadinha ligeira ao redor, percebendo o clima, mas não aliviou:

"No Executivo, no Legislativo, e até em parte do Judiciário, todos os valores da sociedade brasileira são corrompidos. Tudo que sonhamos para o nosso país é negociado em troca de dinheiro."

A multidão gritou, aplaudiu, assoviou, balançou as bandeiras e soprou as vuvuzelas.

"Nossos ideais mais elevados cabem numa mala preta, em apartamentos com sacos de dinheiro, em contas clandestinas no exterior, no caixa das empreiteiras, nas fortunas escondidas em nome de laranjas. A velha ordem se recusa a morrer, e é por causa dela que o Brasil não avança. A miséria, a ignorância, a violência, a corrupção, o populismo, o desperdício, a má administração do que é público, tudo está igual ao Brasil do passado, ou pior."

A maior parte do público aplaudiu, claro, mas acho que os mais velhos — entre eles os políticos que estavam no palco e, admito, eu próprio — não concordaram com o diagnóstico tão pessimista da história recente do país. Apesar das estatísticas apresentadas, reais e horripilantes, apesar dos vícios do sistema político, mais escancarados do que nunca, ninguém aceita bem ouvir que sua geração fracassou totalmente em melhorar a política do seu tempo.

O orador deixou a multidão aplaudir à vontade, para só retomar quando o silêncio voltou a se estabelecer. O discurso, por incrível que fosse, ainda estava subindo na escala das denúncias:

"No mundo, a maior parte da riqueza é controlada por cinquenta famílias. O sistema financeiro internacional impõe seus interesses a todos os governos, de esquerda ou de direita. Nossos líderes, na verdade, são fantoches. Quem comanda o destino das nações é um punhado de investidores, corporações e bancos globalizados. E o que recebemos em troca? Guerras, doença e fome. O sistema lucra com a desgraça da maioria! O sistema lucra com a miséria da humanidade!"

De novo a multidão aplaudiu, assoviou e gritou. O orador, graças à potência do discurso, já estava à vontade lá em cima:

"Não é por acaso que deixamos de nos sentir representados pela classe política e pelos partidos tradicionais. Eles foram engolidos por esse sistema perverso. Não é por acaso que combatemos as injustiças do capitalismo selvagem. Se a igualdade social e a comunidade internacional são uma farsa, só tem um jeito..."

Ele fez uma pausa curta, aumentando o suspense, e de repente ergueu o punho fechado e soltou o grito que todos previam:

"Viva a revolução!"

A multidão foi ao delírio. Os políticos profissionais ficaram chocados com a incitação descarada à revolta e à violência. Certamente se imaginaram conduzidos à guilhotina, por toda a sua conivência, passiva ou ativa, com os desvios da democracia nacional.

Eu arregalei os olhos. Num comício suprapartidário como aquele, não esperava uma convocação tão incendiária. Torci o nariz também, pois sou pacifista e, em segundo lugar, não sou profeta. Como ter tanta certeza de que um futuro regime seria tão melhor que o atual, a ponto de se estar disposto a matar por ele? Se a história nos ensina alguma coisa, é que sempre pode piorar...

"Estava indo bem", lamentei, "mas agora falou só para uma parte da sociedade, e não muito grande. Depois de radicalizar tanto, não vai ter mais para onde ir."

Filomena não disse nada, e entendi isso como sinal de que concordava comigo.

"Mas de qual revolução o Brasil precisa?", perguntou o orador. "A revolução das armas? A da educação? A das leis? A dos costumes? A da mentalidade? Qual dessas revoluções vai nos tirar da barbárie em que vivemos?"

A multidão, ensurdecedora até pouco antes, se calou. Depois da diatribe revolucionária pura e simples, vinha mais surpresa:

"O povo brasileiro quer três coisas acima de todas as outras: paz, justiça social e instituições confiáveis e democráticas. Precisamos de cada uma dessas coisas para nos organizar e defender nossos interesses, para acompanhar de perto tudo que diz respeito à nossa felicidade coletiva, para termos poder de decisão sobre o que nos interessa como nação. Não aceitamos mais os figurões, os financistas, insensíveis à tragédia humana, e os burocratas, os sanguessugas e os populistas nos manipulando e administrando o patrimônio nacional em benefício próprio. Não aceitamos mais que sufoquem nosso poder de transformação. Eles nos fizeram acreditar que controlam a política, que são a política. Mas não! A política não serve para dominar a sociedade; ela é o instrumento da sociedade para se autogovernar e criar soluções novas para o país. A política é nossa!"

Olhei para Filomena, que estava colada na TV. Olhei para André e tive como resposta uma careta de admiração. A multidão, ainda em silêncio, esperava. O discurso do Marmita, sem dúvida, tinha a capacidade de jogar com as emoções do público, ou de fazê-lo refletir, conforme o momento:

"Nós precisamos pegar em armas, mas nossas armas não são as mesmas de 1964 e 1968, da guerrilha urbana e da Guerrilha do Araguaia. Nossas armas são outras. A revolução do nosso tempo é a digital, é a da cidadania em rede, é a da disseminação das vozes em todo o país. Nas grandes comunidades virtuais, com muito mais eficácia do que pelas armas, podemos atuar politicamente, podemos organizar e defender nossos interesses. Pelas redes, nossa voz chega mais rápido ao centro do poder e nossas estratégias têm mais alcance."

A multidão ouvia atenta, querendo mais:

"As redes permitem que os movimentos da nossa geração sejam horizontais, com muitas vozes ativas e sem nenhum líder absoluto, autoritário pela sua própria existência. Essa é a forma moderna de revolucionar. Em nós ninguém manda, a nós ninguém controla. Precisamos entender, de uma vez por todas, que líder nenhum substitui a nossa consciência crítica. Ela tem de estar viva, sempre. Pior ainda é defender a volta da ditadura. A História é muito maior do que qualquer líder carismático, muito maior do que qualquer regime salvador da pátria. E a História somos nós!"

As ideias e as palavras no discurso, muito lindas, até abafaram, pelo menos um pouco, minhas dúvidas quanto ao poder socialmente regenerador da internet. A multidão também adorou.

E o orador prosseguiu:

"As políticas públicas têm que ser definidas pelo público. O orçamento da nossa cidade, do nosso estado e do nosso país deve ser gerido por nós, segundo os nossos interesses e as nossas necessidades. As ideologias que penetram o Estado e o deformam, transformando-o ora numa empresa lucrativa mesquinha, ora numa fonte generosa de ruína coletiva, são os subprodutos da história. Novas formas de organização para os movimentos sociais; novas formas de controle sobre as autoridades que nos representam; novas dimensões para o ativismo e a militância da sociedade civil; intolerância radical com a corrupção, a incompetência, o desperdício e o patrimonialismo. E tudo de acordo com a Constituição da República Federativa do Brasil. Essa é a nossa revolução!"

O espírito cívico ecoou na praça. O André, brincalhão, olhou para mim:

"Pai, sem babar, por favor."

Filomena riu com ele. Mas não tiveram muito tempo para gozar da minha cara, pois logo as palavras do Marmita, na tela da TV, nos capturaram outra vez:

"Eu me despeço de vocês avisando que não vai ser fácil, nunca é fácil. Mas se não participarmos agora da vida política do país, no futuro vamos enfrentar as consequências da nossa omissão. Precisamos resgatar o espírito público de cada brasileiro. E ter espírito público significa pensar no coletivo antes de pensar no individual. Significa trabalhar pelo bem do país vinte e quatro horas por dia, sete dias por semana. Significa colocar a felicidade do povo até mesmo antes da nossa. Eu não quero liderar um novo projeto de país, eu quero servir a um novo projeto de país. E é isso que estou fazendo aqui, junto com vocês. E prometo não descansar nunca, prometo nunca tirar o foco das conquistas que queremos para o nosso povo. O sistema pode reagir, pode querer me derrubar, pode até me ameaçar, mas eu prometo nunca botar a minha segurança, os meus interesses, a minha vida pessoal, acima dos nossos ideais. Temos a obrigação moral de atuar politicamente, de não recuar, ou as futuras gerações viverão os mesmos problemas de hoje, só que piorados. O país precisa de nós, a democracia precisa de nós. Os políticos querem os votos dos jovens? Pois então que venham buscar!"

Ao gritar essa frase, ele irritou os representantes dos partidos tradicionais, que foram dando as costas para o orador que encerrava seu discurso.

"Viva a nova política!", fechou em definitivo o porta-voz dos estudantes. "Viva a nossa revolução!"

A infinidade de gente se manifestou com um barulho compacto e imenso. Na praça tomada, bandeiras e faixas balançaram com entusiasmo. Durante uns cinco minutos, o povo não parou de homenagear a retórica do jovem que, naquele momento, roía as unhas num corredor de hospital. A noite havia baixado, mudando o clima da manifestação. Antes mais quente, agora mais profundo, o que dava para sentir mesmo pela TV. De repente, vimos pequenos pontos de luz piruetando no ar, dos dois lados da praça. Era papel brilhante picado, caindo das janelas dos prédios e faiscando sob a luz dos holofotes.

Filomena olhou para mim, deslumbrada:

"Pedro, Pedro... Onde a Estela foi arrumar um menino que escreve essas coisas?"

"Sei lá", eu disse, balançando a cabeça.

Por sorte, já não tinha de esconder o orgulho que sentia do Marmita. Como havia dito sua avó, a gente não precisa concordar com tudo para admirar.

Eu e Filomena nos encaramos. Eu e meu filho trocamos sorrisos, felizes em saber que a irmã escolhera muito bem por quem se apaixonar. Não pude, contudo, deixar de perceber a ironia das circunstâncias, e tive a impressão de entender o que fizera o Marmita abandonar o comício sem falar com ninguém, e depois sair do quarto e se recusar a assistir ao próprio discurso. No texto, ele fazia promessas fortes — "pensar no coletivo antes de pensar no individual", "colocar a felicidade do povo até mesmo antes da nossa", "trabalhar pelo bem do país vinte e quatro horas por dia, sete dias por semana", "nunca botar a minha vida pessoal acima dos nossos ideais". Todas muito bonitas. Só que, na hora decisiva, simplesmente não as cumpriu.

Quando escreveu aquilo, ele não poderia adivinhar as complicações na gravidez de Estela, ou antecipar a maneira como reagiria ao saber delas. Mas, no momento em que o dilema entre sua vida privada e a atuação em nome do coletivo se concretizou, o Marmita deixou a multidão falando sozinha, pôs sua felicidade individual e familiar em primeiro plano, e dedicou a Estela e ao filho, e não ao país, talvez as horas mais importantes de sua carreira política. Conhecendo-o como eu já achava que conhecia, imaginei que devia ser humilhante para ele ter descumprido tão escandalosamente suas promessas. Ainda que por amor.

A multidão, por sorte, não pareceu se dar conta da incoerência. A imagem do novo líder político, ao longo do dia, havia se mantido em alta perante a opinião pública. Quando enfim a comoção coletiva cedeu lugar a um novo orador, André tirou o som da TV e chamei o Marmita de volta ao quarto.

"Sucesso total", André fez questão de anunciar.

"Parabéns, lindo discurso", eu disse. "É muito importante estimular a juventude a não desistir da política."

O Marmita, preciso, me corrigiu:

"O descrédito na política não é só da juventude, e nem dela inteira…"

"Claro que não."

"Eu falei para a juventude, mas de algo muito maior."

"Sim, sim. Muita gente, de todas as idades, perdeu a fé na democracia. Apenas, não sei... Quando vejo essa atitude nos jovens, me preocupo mais. Eu e a Estela conversamos bastante sobre isso."

"Ela me contou", disse o Marmita, com um sorriso de cumplicidade.

20. O guaxinim

Certo dia, durante um passeio, Calvin e Haroldo, seu tigre de estimação, encontram um guaxinim ferido no meio do mato. Decidido, Calvin instrui o amigo a montar guarda, enquanto ele volta correndo para casa e chama sua mãe.

"Não sei se ela vai poder ajudar", avisa o tigre, pessimista, diante da gravidade dos ferimentos no pobre animal.

Calvin, já em disparada, rebate:

"Claro que vai! Ninguém é promovido a mãe se não sabe resolver todo tipo de problema."

A mãe, ao chegar, logo vê que o estado do guaxinim ultrapassa suas habilidades de enfermeira, e prepara o menino para o pior. Mesmo assim, rende-se à insistência de Calvin e faz uma tentativa de salvar o bicho. O paciente é levado para a garagem da casa deles, transformada em UTI. Ela então pede ao filho que traga uma caixa de sapatos e um pano de prato limpo, com os quais improvisa um leito hospitalar.

Enquanto Calvin e a mãe providenciam uma tigela de água fresca e outra de comida, o menino fala:

"Ouvi dizer que os guaxinins comem de tudo."
"Sim", disse a mãe. "Eles são onívoros."
Preparado o laço, Calvin arrisca:
"Eu ficaria feliz em ceder a ele alguns itens do meu jantar."

A mãe percebe a malandragem, claro, e ignora a tentativa do filho de escapar dos famigerados legumes e verduras. A generosidade interessada do menino, porém, não mudaria a sorte do guaxinim. Na manhã seguinte, quando acorda, Calvin corre para a garagem e o encontra morto na caixa. Ele fica arrasado, e todos — a mãe, o pai e Haroldo — se comovem com seu sofrimento.

Dias depois, Calvin e o tigre estão deitados na grama, olhando a paisagem. O menino, mais conformado, pensa em voz alta:

"Fico me perguntando para onde vamos quando morremos."

O tigre reflete por alguns instantes:
"Pittsburgh?"

Calvin fica intrigado. Por que aquela cidade especificamente? Não era famosa por nada, não tinha nada de especial. Ele procura um motivo:

"Isso no caso de sermos pessoas boas ou más?"

O episódio do guaxinim termina em outra tirinha, na qual Calvin ainda matuta sobre a vida e a morte. Ele e Haroldo visitam o lugar onde o animal foi enterrado, ao pé de uma árvore, e o menino filosofa:

"Há pouco tempo eu nem imaginava que ele existia. Agora ele se foi para sempre. É como se o nosso encontro não tivesse razão de ser. Precisei dizer adeus assim que disse olá."

O tigre escuta com ar compungido. Os dois saem andando. Calvin prossegue:

"E, no entanto... de um jeito triste, doloroso e terrível, estou feliz de ter conhecido o guaxinim."

Já quase fora de quadro, o menino arremata:
"Que mundo estúpido."

Aquele dia no hospital, Pittsburgh e a estupidez do mundo venceram. Os médicos tentaram tudo, mas o coração do meu neto parou de bater.

A sequência do guaxinim saiu da malinha que Estela fizera para a maternidade. Ela havia incluído no enxoval do filho uma autêntica enciclopédia *Calvin e Haroldo*. Enquanto lia para nós, naquela mesma noite, as lágrimas correram soltas no rosto dela e do Marmita. André ficou silencioso, olhando para o chão, como se não acreditasse no que tinha acontecido. Eu e Filomena também nos sentíamos emocionalmente atropelados. Aqueles desenhos e diálogos ingênuos, mas tão humanos, ardiam e anestesiavam ao mesmo tempo.

Estela foi sedada, carecia de um sono minimamente restaurador. O Marmita dormiu com ela na maternidade. Filomena foi embora, dizendo que precisava ficar sozinha e arrumar as ideias. Acompanhara a gravidez de Estela até mais de perto que eu, e temi que tivesse alguma paranoia de culpa. Quando perguntei se era o caso, ela negou:

"Fique tranquilo, querido. Amanhã cedo estarei aqui."

Diante disso, nem cheguei a convidá-la para passar a noite lá em casa, num mutirão contra o baixo-astral. E assim, já tarde, feridos e esgotados, eu e meu caçula chegamos no lugar onde supostamente devíamos estar a salvo dos males do mundo.

Depois de colocá-lo para dormir — o gênio do RP tinha só onze anos, às vezes eu esquecia disso —, percorri a casa sem pressa, apagando as luzes. Suponho que repetisse mecanicamente o gesto de toda noite, pois não tinha a menor condição de ir dormir. A tristeza vencia o cansaço, embora também o fizesse crescer. E nada parecia igual. Eu é que me sentia culpado, por não ter conseguido proteger minha filha contra a fatalidade e seu dedinho podre.

Parei diante do quarto de Estela. Girei a maçaneta da porta com cuidado, sem barulho, como se evitasse acordar alguém lá dentro. O escuro me pareceu mais denso que no resto da casa. Entrei, silencioso como um fantasma. Parei, olhei ao redor, suspirei.

Depois de instantes, ainda fazendo cerimônia, sentei na ponta da cama. Meus olhos foram se acostumando à ausência de luz, ajudados pela memória. Era eu quem enxergava vultos no espaço e sombras nas paredes? Como um egiptólogo que encontra uma tumba fechada há milênios, a minha profanação noturna resgatava imagens e lembranças muito antigas. Coisas, cenas e pessoas marcantes na vida de minha filha, que antes se misturavam à penumbra, recuperaram a cor e o volume.

No quadro de cortiça, as fotos com suas várias turmas de amigos, que foram mudando ao longo do tempo (o hábito de conservá-las à vista, esse nunca esmoreceu). Na escrivaninha, uma foto dela pequena com a mãe, e seu retrato na primeira vez em que comeu melancia, toda lambuzada e feliz. Na estante, a grande saga de mágica e fantasia da geração, um exemplar de O *segundo sexo*, a antologia de seu poeta brasileiro preferido; uma biblioteca mínima e visceral.

Algumas pessoas acreditam que é por causa do medo da morte que a vida tem valor. Sorte delas. Escapam da tensão existencial mais insolúvel. Eu não. Humildemente, não tiro conclusões precipitadas: será que, antes de decidir, dava para experimentar a vida num outro pacote; sem o medo de morrer e, de preferência, com a imortalidade?

De qualquer modo, o desafio de aproveitar melhor a vida não se coloca para quem nunca teve a chance de viver.

Eu me sentia num deserto onde tudo, absolutamente tudo, era miragem e nostalgia. Um vazio que nem lembranças eu tinha para preencher. Como pode um corpo se desligar assim, sem motivo? As razões científicas que provocaram semelhante catástrofe não seriam nunca explicação suficiente. Nem aceitamos que fizessem a autópsia. A mera pergunta nos soou abominável. Muito mais importante, naquele momento, era aprender um jeito novo de sentir saudade.

Li certa vez sobre um mito africano em que crianças macabras aparecem na capital do reino com longas cabeleiras, barba e uma profusão de dentes. Tamanha feiura apavora a população, que abandona a cidade. Apenas um ancião, incapaz de se aventurar no território selvagem, propõe-se a conversar com as criaturas. Estas se apresentam como os Tohosu, os espíritos das águas correntes. Para que cessem de tocar o terror e permitam a volta da população, exigem dividir o poder com o rei, além de sacrifícios e oferendas variadas, como azeite de dendê, conchas, tecidos, chocalhos e chapéus de feltro. O rei aceita as condições. Cede parte de sua autoridade e institui o culto aos Tohosu. Os espíritos são tirados de circulação e guardados em potes de cerâmica num altar sagrado. A partir do momento em que o mito se institucionalizou, os bebês que nasciam mortos também passaram a ser guardados em potes de cerâmica e postos nos altares das casas. Haviam se tornado guardiões de suas respectivas linhagens.

Sempre me perturbou, nessa história, o fato de os espíritos associados aos bebês mortos, a meu ver inocentes de tudo, serem criaturinhas chantagistas e de aparência monstruosa. E, também, eu jamais guardaria o Calvin num pote, claro. Mas ali no quarto de minha filha, sozinho e na penumbra, a ideia de meu neto se tornar um guardião da nossa família não me pareceu nada má. Onde quer que estivesse, era uma forma de contato. Atribuiria um sentido para sua morte imprevista e injusta.

Dei um sorriso triste, emitindo uma onda de melancolia que se espalhou pelo quarto, bateu nas paredes, no teto e voltou a mim, sendo reabsorvida. Nunca atingi a dimensão em que os homens e os espíritos conversam, negociam e chegam a um acordo. Novamente lembrei do filho que eu e a Mayumi perdemos, e do que minha mãe perdeu. Dois traumas jamais inteiramente superados, dois assuntos pouquíssimo falados, praticamente proibidos. Pensei no meu filho mais velho, desaparecido havia quase dez anos. Esse, eu sabia que estava vivo, ou melhor, intuía, porém com muita convicção. Talvez um dia voltasse, quem sabe? Então eu poderia lhe falar de todo o bem e todo o mal que aconteceu desde o dia em que partiu. Poderia tentar explicar como foi possível que eu amasse tanto minha família e, ao mesmo tempo, parecesse tão distante aos seus olhos. Poderia lhe contar como os irmãos cresceram, como eu cresci, em parte graças a ele. E poderia agradecer e me desculpar.

"Que mundo estúpido!"

Na casa dos vinte anos, quando me vi casado com a mulher da minha vida, e meus filhos nasceram e meus livros foram publicados, achei que os sofrimentos da adolescência e da juventude tinham me ensinado tudo que eu precisava saber para ser um bom companheiro, um bom pai e um adulto realizado na profissão. Eu atravessara um túnel muito longo e soturno, e chegara ao outro lado, onde prevalecia a luz. A vida me pareceu não ter mais segredos, tive a ilusão de dominar o tempo. No entanto, aos poucos os problemas foram se reapresentando, igualmente humanos mas diferentes, e exigiram outros talentos e comportamentos de minha parte. A vida e o tempo nunca pararam de se reelaborar, ao passo que eu, querendo que o presente fosse uma repetição do passado, não acompanhei as mudanças. Crente que seguia em linha reta, peguei um desvio e me perdi. Fui deformando o que julgava saber, achando que podia aplicar, agora como marido, tudo que havia aprendido como namorado; como pai, tudo que aprendera como filho; como escritor, tudo que sentia como leitor.

Quanto antes cada um enxerga sua realidade, menos sofrido é. Eu, por ter demorado demais, precisei sentir muita dor. Tive que aprender tudo de novo, redefinir a minha programação, refazer a minha escala de valores, reencontrar, se não a felicidade, ao menos algum equilíbrio no mundo. Voltei à minha própria constituição. Será que um dia a metamorfose tornaria a acontecer? Alguma transformação estaria ocorrendo em mim naquele exato momento, ou era só tristeza mesmo?

Eu gostava de acreditar que, depois de viver tanta coisa, adotara a iconoclastia como cláusula pétrea. Que já não respeitava cegamente nenhum ídolo, muito menos uma ideia fixa. Que a estabilidade residia na mudança contínua, na mais livre e eclética flutuação dos sentimentos. Relativizando tudo, eu humanizava tudo. Mas compreendo que isso pareça medo de me posicionar, ou apenas rebeldia idiota. E certas mudanças doem demais.

Por um instante, ali no quarto escuro, admiti também que Rodolfinho talvez estivesse certo sobre minha coleção. Ela talvez fosse mesmo pueril, para não dizer ridícula. Eu bem que gostaria de não ser tão teimoso, tão resistente às certezas estabelecidas. O que me restava fazer, contudo, se de fato via muita verdade naquelas opiniões demolidoras sobre homens que, não obstante, admiro com fervor? Não necessariamente pelo seu conteúdo, pelo que estava no papel, mas pelo simples fato de elas existirem. O benefício da dúvida, no tribunal das artes.

A literatura, até dez anos antes, havia sido o pote de ouro e felicidade no fim do arco-íris, o alvo de todo o meu esforço de realização. Foi quando senti na carne o valor da outra felicidade, tão fácil para mim, tão difícil para a maioria das pessoas, e nunca mais me desviei. Até agora... Em que medida exatamente alguém gera as fatalidades que lhe acontecem? Uma boia solta no oceano, com flutuações infinitas para todos os lados até o horizonte; foi assim que eu me senti.

Será que escrever poderia, em outro momento da vida, significar outra coisa? De preferência, algo feito como brincadeira, como as ironias pitorescas da minha coleção. E um novo amor? Se fosse para acontecer, que viesse improvisado, espontâneo, e por isso mesmo muito sólido, como o primeiro. Quanto uma pessoa de cinquenta anos pode continuar mudando? Será que um dia eu aceitaria como algo natural a morte do meu neto?

Todo bebê começa a ser amado antes de nascer. É o amor mais rarefeito que pode haver e, no entanto, é muito verdadeiro. Eu me apaixonei por meus filhos quando ainda era um adolescente gorducho, baixinho e sem namorada. Mas uma coisa é amar a criança que você projeta no futuro, pois saber que há chances reais ou até fortes probabilidades de vir a conhecê-la dá a ela alguma concretude. Outra muito diferente é amar a criança que pulou do futuro direto para o passado.

Perdi a noção do tempo que fiquei ali, olhando o chão, a janela, o teto, as paredes, os objetos e os móveis, com os ombros derrubados e sem coragem de ir para a minha cama, por medo da solidão total. O quarto de Estela, todo pensado para receber o bebê, ainda não perdera inteiramente a capacidade de transmitir algum aconchego, algum resquício de alegria antecipada. Com tudo que era do Calvin ao meu redor, em seu canto protegido no cosmos, meu neto era uma quase presença.

Imaginar a pessoa no futuro ou lembrar dela no passado, no fundo, dá no mesmo, ativa a mesma encruzilhada cerebral. E eu passara muitos momentos alegres ali, ajudando minha filha a adaptar o quarto para seu novo dono e imaginando o Calvin adiante no tempo: mamando, dormindo, engatinhando, vestindo o uniforme do colégio etc. etc.

Eu só podia estar delirando, mas, no estado emocional em que me encontrava, fiz uma conexão direta com tudo à minha volta. Então o berço, vendo-me arrasado, se aproximou e perguntou a razão daquela tristeza. Tive de lhe dar a notícia, da maneira mais gentil que pude. Ele ficou abaladíssimo. O trocador, que ouvira a conversa, se aproximou em seguida e, compungido, me deu pêsames sentidos. Agradeci, tocado por seu afeto, e disse que o Calvin, com certeza, teria sido muito amado pelos dois. Vieram depois a prateleira, com palavras de conforto e os olhos vermelhos de choro; a caixinha de música, silenciosa e tristonha; o talco, muito perfumado como sempre, mas também chocado com a notícia; o pote de lenços umedecidos e a pomada antiassadura, os melhores amigos de qualquer bebê, ambos já sem função. O armário, guardião do enxoval, recomendou que eu não me preocupasse com nada prático naquele momento. Ao abrir suas portas e gavetas, deu passagem aos pijaminhas inteiriços de flanela e ao exército de fraldas, babadores, chupetas e chocalhos, todos solidários. Eu me senti uma daquelas princesas de desenho animado, cuja tristeza é consolada pelos bichinhos mais fofos da floresta. Em instantes, estava cercado de amigos. Os vestígios do meu neto tinham vida própria, e todos experimentavam comigo, em silêncio, a ausência daquilo que não sairia mais de dentro de nós.

21. Sonambulismo

Estela ficou mais um dia internada. Acho que o médico lhe deu mais um tempinho, antes de ela encarar a difícil volta para casa. O Marmita não saiu do seu lado, agora sim mais necessário do que nunca (minha mãe, quem diria, tinha razão). Os colegas apareceram em bando na maternidade, inclusive as amigas do coletivo feminista, num gesto de reaproximação.

Enquanto isso, fiquei na dúvida se já não deveria rearrumar o quarto de Estela, tirar logo de vista as coisas que o Calvin deixara para trás e dar adeus a meus amiguinhos inanimados.

"Não, pai, obrigada", disse minha filha. "Ia ser muito esquisito chegar em casa e ver o quarto vazio, como se nada que vivi nos últimos meses tivesse acontecido."

Acatei, com apenas um alerta:

"Mas sem demorar muito, promete? Esticar demais o sofrimento é tão pouco saudável quanto fugir dele."

"Tudo bem, só preciso me acostumar com a ideia."

Quando Estela teve alta, Filomena e eu preparamos um jantar especial. O Marmita, pela primeira vez, comeu lá em casa, em família. Um motivo de felicidade para todos àquela altura, mas que foi impossível celebrar devidamente. Por mais que tenhamos tentado, a tristeza também ocupou um lugar à mesa.

Alguns dias depois, à tarde, eu trabalhava no escritório quando minha filha entrou com um livro nas mãos:

"Pai, lembra?"

Era a antologia de poemas do Manuel Bandeira, seu poeta preferido.

"Lembro, claro."

"Lembra o que você me falou quando me deu esse livro?"

"Eu...?"

"Você contou que esse poeta tinha tuberculose e que, ainda muito jovem, os médicos não deram muito tempo de vida para ele. Mas ele acabou morrendo só aos oitenta e dois anos! Ou seja, passou a vida esperando a morte chegar a qualquer momento."

"É verdade."

"Fiquei superimpressionada. Eu tinha treze anos."

Era pouco para ouvir essa história? Exagerei? Ela não pensava na morte antes disso? Por via das dúvidas, pedi desculpas.

"Tudo bem. No fim, eu gostei dos poemas", ela me tranquilizou.

Então, abrindo a antologia numa determinada página, leu:

engoliu um dia
Um piano, mas o teclado
Ficou de fora

Sorri de satisfação. Estela sorriu de volta:

"Quando eu li isso, achei que transmitia direitinho o que eu sentia."

"Eu pensei a mesma coisa que você. E tinha quase a mesma idade."

"Jura?"

"Sim, uns quinze anos."

Estela parou um instante, dizendo em seguida:

"Ser jovem é difícil."

Assenti, com novo sorriso:

"Eu, com a idade que você tem hoje, ainda sentia as melodias tocando dentro de mim, sem ter a menor ideia de como botá-las para fora."

"Estou achando minha vida até barulhenta demais."

Toquei seu braço, tentando confortá-la:

"Nenhum de nós é do tipo que gosta de tocar música baixinho."

Ela concordou, em silêncio.

"Um dia", eu disse, "comentei com o *meu* pai a interpretação que fazia desses versos."

"E o vovô?"

"Riu e acabou com ela. Disse: 'O teclado de que o poeta está falando não é o do piano, na verdade são os seus dentes. O Manuel Bandeira era muito dentuço, tinha os dentes projetados para fora da boca, e como nossos dentes e as teclas do piano são feitos de marfim...'."

Estela recusou a leitura materialista do avô:

"Gosto mais da nossa interpretação."

Eu concordei. Ela abriu o livro em outra página e me olhou:

"Aconteceu de novo hoje."

Tentei entender a que estava se referindo.

"Li uma coisa que diz tudo que eu precisava", ela explicou.

Só de encarar a página e se preparar para ler, percebi o quanto era verdadeiro o que ela falava:

Gosto muito de crianças:
Não tive um filho de meu.
Um filho!... Não foi de jeito...
Mas trago dentro do peito
Meu filho que não nasceu.

Sua voz chegou trêmula ao final, a respiração, alterada. Eu a abracei por um bom tempo. Saindo bem fundo de dentro dela, uma dúvida tomou coragem de se apresentar:
"Você acha que foi culpa minha?"
"Claro que não!"
"Jura?"
"Quantas vezes você quiser."
"Mas e o nervoso? Eu não consegui controlar. Você mesmo falou que eu precisava... O médico também falou. E se eu, de algum jeito, matei meu próprio filho?"
"Ninguém tem culpa."
Estela aceitou em silêncio. Recuei, para olhá-la de frente:
"Num livro que li", eu disse, acariciando seus cabelos, "quando perguntavam à personagem quantos filhos tinha, ela dizia: 'Eu tenho três filhos, só que um morreu'. Algumas pessoas acham isso mórbido. Eu sempre achei bonito, se você souber olhar."
"Eu entendo perfeitamente o que ela quis dizer."
Após instantes de silêncio, Estela perguntou:
"E a mamãe, como ela reagiu quando perdeu o bebê de vocês?"
"Você pode imaginar... Sofreu, chorou, depois seguiu em frente."
"Ela nunca falava no assunto."
"Por um lado, não mesmo. Por outro, querida, sua mãe só falava no assunto."

"Que mentira! Quando?"

"Quando falava dos três filhos que tinha. E falava de vocês até demais!"

Ela riu:

"A mamãe era superprotetora, né? E disciplinadora."

"Um mestre samurai de saias. Mas, claro, na maior delicadeza, com sofisticação milenar."

"Será que eu seria uma mãe igual a ela?"

"Ainda vamos descobrir isso, pode contar. Mas tem uma frase que diz: 'Toda mulher acaba ficando igual à mãe, esse é o defeito delas; nenhum homem fica igual à mãe, esse é o defeito deles'."

"Ha, ha, ha! Quem foi o horroroso que falou isso?"

"Oscar Wilde, muito prazer."

"Nenhum prazer", ela disse, achando graça, e comentou, "que figurinha corrosiva. E totalmente furado."

"Furado?"

Seu tom era de gozação:

"O André, por exemplo, é igual a você, e não é esse o defeito dele. Os defeitos novos é que são o problema."

Repreendi-a, correspondendo à brincadeira:

"Que ingrata! Você deve muito ao seu irmão, sem ele o Marmita não teria aparecido na maternidade."

"Pai!", exclamou Estela, rindo e me repreendendo com um tapinha no ombro. "Você ainda chama ele de Marmita?"

"O apelido é o mesmo, a emoção mudou."

Ficamos enternecidos com nosso esforço para levar a situação da melhor maneira possível. Seu rosto, porém, logo entortou outra vez.

"Desculpe!", eu disse. "Prometo que não chamo mais ele assim."

Com uma lágrima escorrendo e um sorriso murcho, Estela suspirou:

"O meu bebê morreu. É por isso..."
"Eu sei..."
"Não vou esquecer dele nunca."
Fiquei sem palavras por um instante. Certas frases são amplas o suficiente para abarcar o que está sendo dito e ainda muitos desdobramentos ocultos.
"Ninguém vai esquecer dele, nenhum de nós."
Ela me agradeceu com os olhos. Acrescentei:
"Também li uma coisa bonita, que não me saiu mais da cabeça."
Alcancei na estante mais próxima um livro de capa dura, forrado de tecido azul, com os romances da americana Eudora Welty, uma incrível esquecida da literatura do seu país. Li traduzindo e adaptando um pouco:

> A culpa de sobreviver àqueles a quem você ama é compreensível. É como se continuarmos vivos fosse algo que fizéssemos a eles. Mas as fantasias de morte não podem ser mais estranhas que as fantasias de vida. Sobreviver é talvez a fantasia mais estranha de todas.

No fim de semana, passamos pelo triturador inevitável. Era preciso tirar do quarto a promessa não cumprida. Conservar o enxoval do Calvin seria intoxicante demais, doloroso demais. Guardamos apenas duas roupinhas: o pijama com o escudo rubro-negro, presente do André, e o terninho miniatura dado por Filomena — "Eu sei que vai demorar um pouquinho", ela havia dito ao entregar o pacote nas mãos de Estela, "mas o primeiro terno desse menino eu mesma tinha que dar". Minha filha não quis mais nada e doou tudo a uma instituição de caridade, com uma firmeza e um desapego que eu próprio não teria.

André, enquanto isso, estava na garagem de um amigo, ensaiando com sua nova banda, Os Mosquitos. Eles preparavam para o sarau do colégio, estrepitosamente, um cover de "Should I Stay or Should I Go", clássico do punk tardio. Ponta-esquerda driblador, habilidoso diplomata das alucinações senis, genial marqueteiro político, metaleiro convicto e agora guitarrista de punk rock; meu caçula era um enigma, uma mistura química de resultados imprevisíveis e ainda em ebulição.

Quando terminamos, Estela se recolheu. André avisou que iria dormir na casa do baterista. A tarde foi longa, seguida de mais uma noite silenciosa e solitária. Tive outra insônia cavalar. Vi horas de televisão, ataquei a geladeira, li cinquenta páginas, ataquei a geladeira de novo, chorei um pouco, li mais cinquenta páginas. O sono não chegava.

Às quatro da manhã, ainda alerta e já desesperado, fui para o escritório adiantar as respostas aos e-mails recebidos (olhar e-mail de madrugada, no meu caso, é sinal de desespero profundo). Vi as mensagens pendentes, mas não tive forças para responder nenhuma delas.

Em frente ao computador, um desejo brotou subitamente, ocupando o vácuo momentâneo que se instalara em minha cabeça de zumbi angustiado. Eu devia estar com febre. Pensei em atacar a geladeira pela terceira vez. Mas já estava ali, na cena do crime, e foi mais fácil, exigiu menos energia, abrir uma página em branco na tela.

Escrevi apenas uma palavra: "SUMIDO", assim mesmo, com todas as letras maiúsculas. Meu instinto me dizia que seria melhor levantar correndo e tirar aquilo da cabeça. Mas não deu, me veio uma frase completa:

"A primeira vez que você chegou, sua mãe estava na rede da varanda."

Isso me lembrou a primeira gravidez da Mayumi, da qual

suspeitamos porque ela passou o fim de semana inteiro deitada na rede, meio dormindo, na varanda de um sítio que frequentávamos na época. A brisa bateu durante aqueles dois dias, leve e fresca, balançando a copa das árvores e o bambuzal junto à piscina. As tábuas de madeira do assoalho, umas mais claras, outras mais escuras, e as bandeiras de vidro colorido no alto das portas respeitaram seu descanso. Calangos, pequenos sob o corpo suspenso da minha mulher, iam e vinham sem um mínimo ruído. A Mayumi e eles habitavam duas dimensões inconscientes uma da outra.

Outra frase pipocou — "Sua mãe soube antes de todo mundo com quem estava lidando" —, e essa me lembrou do meu filho mais velho.

Minhas engrenagens cerebrais, enferrujadas e cobertas de teia de aranha, começaram a ranger. Eu tinha perdido o jeito. Por um instante, me senti apertando as teclas de um controle remoto sem pilha ou regando uma planta de plástico. Piano sem teclado. O que era aquilo que estava se escrevendo? Não parecia um texto concatenado. Num fluxo crescente, fui trocando uma palavra por outra, incluindo novas frases, juntando-as, cortando o que sobrava, reescrevendo, pensando melhor, imprimindo, rabiscando, passando as correções para o arquivo, imprimindo de novo, rabiscando e passando para o arquivo de novo.

Depois de dez anos sem escrever, confesso, senti prazer em exprimir meus sentimentos com palavras. Saboreei a ilusão de expandir minha vida tão pequena. Por volta das seis da manhã, quando o dia começou a nascer, eu estava cabeceando de sono na frente da tela. Tinha varado a madrugada, sem levantar, sem fugir, entretido naquela terapia secreta. Acabei dormindo ali mesmo, sentado na cadeira, curvado sobre o tampo da mesa, com apenas os braços de travesseiro.

Recobrei uma vaga consciência quando pressenti Estela junto a mim, lendo. Num estalo, acordei completamente:

"Não leia isso!"
"Que texto é esse, pai?"
"Um que não é para ser lido."
"Por quê?"
"Porque ficou horrível. Pode ir devolvendo."
Dando um bote, tentei tirar os papéis de sua mão, mas ela girou o corpo e os protegeu. Eu insisti:
"Não perca seu tempo. Saiu um poema meio doido, com muitas vozes diferentes..."
Foi inútil, Estela terminou aquela radical invasão de privacidade. Filhos!!! Quando abaixou as páginas, seu rosto estava conturbado.
"Nunca fui poeta. Avisei que era ruim", eu disse.
"Pai..."
"Quê?"
"Volta a ser escritor, por favor."
"Você enlouqueceu?"
"Por mim..."

22. Meu texto esquisito

SUMIDO

Um bebê no colo da mãe,
Você ria com o esguicho de leite.
Ela soube antes de todo mundo com quem estava lidando...

Quando contei de um futebol que se joga com as mãos,
Você imaginou o time plantando bananeira.
Eu só queria mostrar meus botões:
Pai e Filho Futebol Clube.

Mas de repente você evaporou,
Sumiu sem explicação.
"Acontece..."

*

Quando voltou, menina,
Você e eu éramos iguaizinhas.
A mesma marca de nascença.

Como toda princesa,
Você tinha medo do feitiço da bruxa:
E se na casca eu me concentro,
Vejo o que há lá por dentro,
E agora bem vermelha vais ficar,
Para Branca de Neve te provar!

Mas, num abraço, maçã envenenada virava bolo de chocolate.

Até que sumiu outra vez.
Ninguém entendeu nada;
Foi alguma coisa que eu fiz?

*

Agora você é um ponto de luz.
Não se anima a quebrar os códigos da natureza
E dar uma cambalhota na vida?

A família é um corpo vivo.
Gesso é que seca no molde,
E depois só quebra, só parte.

Está me ouvindo?
Eu sei que está —
Escondendo-se nas coisas,
Respirando nos animais —,
Eu aprendi:

Matéria é igual a energia.
Em religião, ciência e poesia,
Matéria é igual a energia.

23. Valsa rebelde

São muito badaladas as duas primeiras frases do romance *Anna Kariênina*, de Tolstói:

Todas as famílias felizes são iguais. As infelizes o são cada uma à sua maneira.

Para muita gente, é o melhor início de romance em todos os tempos. De fato, o leitor é imediatamente posto para pensar, o que em alguns casos não é fácil fazer nem com um livro inteiro. Mesmo admitindo tal virtude, no entanto, discordo do que essas duas frases sugerem. Tolstói parece dizer que a infelicidade é mais interessante e cheia de variações que a condição repetitiva e tediosa da felicidade. Ao menos assim a frase costuma ser interpretada pelos entendidos. Se for isso mesmo, devo confessar que, para o meu gosto, nessa passagem o mestre russo estimula um preconceito tão frequente quanto idiota.

Depois dos últimos acontecimentos, eu tinha voltado a buscar consolo e orientação nas *Meditações* de Marco Aurélio.

Qualquer tempo vazio que aparecesse — enquanto esperava o chá ferver, no quarto à noite antes de apagar a luz, na fila do banco, no metrô, no ônibus, no táxi e até no banheiro —, eu abria o livro do filósofo romano e com sua ajuda desopilava um pouco a minha tristeza, como se fizesse uma sangria, diminuindo a pressão. Meu amigo imperador e sua turma, os estoicos, eram bem mais construtivos que Tolstói. Eles achavam a felicidade um estado muito interessante.

Ser feliz, para esse pessoal, é sempre uma experiência aventurosa, nunca uma condição passiva e segura. Aliás, até os acontecimentos que nos trazem felicidade podem ser perigosos. Nossos sonhos mais queridos contêm efeitos de ação retardada e, se realizados, podem fazer mal à saúde.

Só por aí, a abertura do Tolstói já está duplamente errada. Ela se equivoca na premissa de que a felicidade é mais simples e previsível que a infelicidade, e também ao assumir que felicidade e infelicidade são duas coisas separadas. Não são.

Mesmo nos momentos de maior otimismo vejo razões para ser pessimista, e mesmo nas horas mais pessimistas tenho motivos para ser otimista. Claro que persistia a tristeza pela morte do Calvin, mas por causa dessa tragédia a Estela e o Marmita recomeçaram o namoro de outro ponto, muito melhor. Por causa do fiasco no jogo decisivo, André largou as chuteiras e se encontrou na guitarra. Por causa do ataque sofrido, Filomena definitivamente fez de nós a sua família.

E eu? Cheguei em dúvida ao dia do meu aniversário. Ao completar cinquenta anos, viúvo, com filhos grandes, sem neto e sem um novo amor, qual a minha compensação?

Contra a vontade, obrigado por Filomena, Estela e André, aceitei comemorar a data e encarar uma festinha, com direito a convidados meus e deles. Toda a organização ficou a cargo do rolo compressor dirigido pelos três. Naquela manhã, e durante boa parte da tarde, me tranquei no escritório, engalfinhado com um documento do século XVII, escrito numa caligrafia calamitosa, cuja decifração era um modo lento e conveniente de me alienar dos preparativos. Nem percebi a hora da festa se aproximando, até meus filhos me arrancarem da escrivaninha e me levarem para a sala, que encontrei decorada de alto a baixo com bandeirolas de festa junina, cartolinas com enfeites e dizeres em tinta purpurinada — "Glitter, pai, glitter". Na mesa, bandejas de salgados e docinhos, além de pratos de papel, copos e talheres de plástico. Empilhados num canto, aqueles ridículos chapéus coloridos em forma de cone.

"Não vou usar isso, já estou avisando", eu disse.

"Vai, sim, na hora do parabéns, como todo mundo", decretou Estela.

Os móveis haviam sido tirados de seu lugar habitual, pois, numa parte da sala, os equipamentos da mais nova banda punk estavam instalados, prometendo uma canja. Na face externa do bumbo da bateria, bem grande, o logo da banda incluía uma lata de aerossol e aquelas espirais verdes e fedorentas de matar mosquito.

Filomena foi a primeira a chegar, com cinco garrafas de champanhe:

"Trouxe uma para cada década. Nem os cinquentões merecem morrer de sede, não é, meu amor?"

Quatro foram para o freezer, uma ficou pelo caminho. Se as bebidas têm espírito, o do champanhe é alegre, vivo, parece um menino brincando no jardim, ou se debatendo e rindo enquanto você faz cócegas nele. Filomena ergueu um brinde bem típico:

"Aos adoráveis teimosos!"

Então chegou Rodolfinho, que logo ganhou beijos, abraços e um copo cheio. O episódio da coleção estava superado entre nós (os outros colecionadores que contatei tiveram a mesma reação que ele e, por decisão conjunta com meus patrões, eu a desmanchara e estava revendendo os documentos um a um).

Numa provocação totalmente amistosa, e honrando o apelido, Rodolfinho me presenteou com um DVD da ópera de Puccini:

"*Tôsca?*", perguntou André, pegando a caixa das minhas mãos e estranhando o título.

"*Tósca*", corrigi. "É o nome da heroína. Em italiano, fala-se com a vogal aberta."

"Mesmo assim, fica esquisito."

"Um dia você vai gostar. É a história de uma cantora apaixonada que, ao perder o homem que ama, se mata pulando do alto do castelo."

Ele pensou um pouco e me devolveu o DVD:

"Putz..."

Então chegou o Marmita, trazendo para mim um livro chamado *Protesto*, com a história dos movimentos sociais do século XVIII até os dias de hoje. Ao que parecia, meus convidados usavam seus presentes para me incentivar a rever minhas convicções. Gostei daquilo.

Tudo ia correndo bem em nossa festinha e eu me sentia muito melhor do que imaginava. A presença do Zé Roberto não perturbava mais o clima familiar, ao contrário. Ele e Estela eram tão carinhosos um com o outro que afetavam positivamente a todos nós.

Aos poucos foram aparecendo mais convidados. Os outros "mosquitos" fizeram sua entrada, e qual não foi minha surpresa ao reconhecer neles os antigos colegas do time de futebol. O Camelo, ex-beque destemido, agora tinha cabelos arrepiados e um bracelete de tachinhas; o marrento Camundongo, desde sempre um goleiro energético, exibia um piercing estalando de novo na aba do nariz e vestia a camisa dos Ramones com o orgulho de uma porta-bandeira; e reconheci até mesmo um adversário no dia infeliz, que já ia longe, o arqueiro octópode Carlos Caniço. Este, sendo o mais velho do grupo, já se lançava como aprendiz magricelo de sex symbol, combinação de Mick Jones com Mick Jagger.

Depois veio a turma de Estela, os colegas da faculdade e as amigas do coletivo feminista. A intimidade entre as meninas se restaurara completamente. O Marmita circulava com naturalidade entre as guerreiras da nova mulher, antes suas carrascas, e fiquei feliz pelo grupo, mas sobretudo por Estela.

Chegou a hora do parabéns. Meus filhos produziram uma torta de sorvete, fazendo com que eu me sentisse paparicado. Estela tirou fotos. Com os benditos cones na cabeça, todos cantamos, e soaram as palmas que, na origem, me dissera um amigo certa vez, tinham a função de espantar os maus espíritos para longe do aniversariante.

Então, enfim, o show. O Camelo ocupou a bateria; o Camundongo pendurou o baixo elétrico nos ombros e se postou atrás do tecladinho sobre um cavalete; André trouxe a guitarra e também arrepiou o cabelo antes de ir para o "palco". O Caniço, claro, era o vocalista.

Amplificadores ligados, instrumentos afinados, tudo pronto, eu me aproximei de Rodolfinho:

"Puccini gostava de punk rock?"

Baixinho, ele respondeu:

"Morreu antes, que Deus o tenha em bom lugar."

Um, dois, três!, e começaram. Para nossa surpresa, não veio a batida acelerada dos punks, a muralha sonora, com bateria, baixo, guitarra e vocais se matando numa corrida desesperada até o fim da música. Era um ritmo calmo, tocado pelo Camundongo no sintetizador, com uma batida seca do Camelo na caixa da bateria. André fazia arpejos discretos na guitarra. Apesar da instrumentação moderna, aquilo era nitidamente uma valsa!

Estela se levantou e me tirou para dançar. O golpe havia

sido planejado. Pensei em resistir, para não dar vexame, mas o sorriso em seu rosto não deixou. Ela me tomou nos braços e, por um tempo, ficamos sozinhos na pista. Todos me olhavam, e tive orgulho da minha filha tão bonita e carinhosa. Foi quando o Marmita, muito cavalheirescamente, tirou Filomena, e nós quatro rodopiamos juntos, e rimos uns dos outros. Os demais convidados batiam palmas e riam também.

Para Estela, só para Estela, eu disse:

"Que vergonha! Você me consolando, organizando festa..."

Ela respondeu, também só para mim:

"Vai soar estranho dizer isso, pai, mas ver você sofrendo pelo Calvin me faz bem."

"Que bom, pois eu não conseguiria evitar", brinquei.

Ela sorriu:

"Que bom mesmo."

Estela me deu um beijo que marcou minha bochecha esquerda para sempre.

"Não é amor demais para uma pessoa só?", perguntei, olhando na direção do Marmita.

Ela não respondeu, mas o brilho dos seus olhos disse tudo.

O acompanhamento instrumental evoluiu, suave, pulsante. Enfim o Caniço cantou, num ótimo inglês, outro cover do The Clash. Eu conhecia a música muito bem, do *meu* tempo de punk rock.

Na letra, um homem fala de quando era jovem e guerrilheiro. Não se sabe se a história é real ou imaginária, mas sua emoção, que mistura tristeza, idealismo e saudade, é muito verdadeira. Ele evoca uma noite em especial, na qual o exército revolucionário organizou um grande baile, numa clareira no meio da floresta. O acampamento brilhava, iluminado pelas fogueiras e animado pelas vozes, danças e gargalhadas. A felicidade era tanta que todos levitavam, "valsando no ar".

Naquela noite, ao som da música composta no campo de batalha, o guerrilheiro se apaixonou pela primeira vez. A garota, muito bonita, cantava seguindo os compassos da valsa. Era uma declaração de amor e uma promessa de luta ao mesmo tempo:

Resistiremos até cair,
Resistiremos até o último dos rapazes cair.

Estela, num passe hábil, entregou-me nos braços de Filomena e girou com o Marmita pelo salão improvisado.
"Pedro, *darling*", pediu Filomena, "disfarça o ciúme."
Sorrindo, também girei com ela. Senti um aroma suave, morno e aconchegante:
"Que perfume é esse? Muito bom."
Sem parar de dançar, Filomena me encarou:
"O que você disse?"
Seu olhar pareceu ver dentro de mim coisas que eu mesmo não via:
"Ah, meu amor, você é incorrigível!"
"…?"
Ela sorriu e balançou a cabeça:
"Esse é o perfume que a Mayumi usava, Pedro."
Continuamos no ritmo da "Valsa rebelde". E o Caniço emendou na terceira estrofe da letra, mudando o clima da história. Durante o baile dos guerrilheiros, chega a notícia de que cinco exércitos, pesadamente armados, se aproximam. Uma nuvem encobre a lua, uma criança chora de fome. A guerra está perdida. O exército do povo será massacrado.
Só resta a eles morrer lutando, "dançando com um rifle, ao ritmo das armas". Os soldados rebeldes, homens e mulheres, se lançam contra o inimigo muito mais poderoso, e vão caindo um a um. Então, em meio às árvores, o jovem guerrilheiro avista a ga-

rota por quem acabara de se apaixonar. Mas é a última vez. Bem nessa hora, a terra explode num "inferno quente como o sol".

A letra da música descreve os corpos espalhados e uma flutuação sinistra sobre o campo de batalha, a fumaça das esperanças destruídas. O olhar do guerrilheiro brinca na lua e nas copas das árvores, e deduzimos que esteja caído no chão, possivelmente ferido, ou mesmo morrendo, e olhando para o alto. Enquanto delira, num sonho maravilhoso, ele vê o exército rebelde ganhar vida outra vez. A canção da namorada se torna a própria voz do espírito revolucionário:

Uma voz a atrair, resista até cair.
Na melodia da antiga valsa rebelde.

Quando Os Mosquitos acabaram, todos aplaudimos efusivamente. Rodolfinho, com os olhos marejados, perguntava a esmo: "Mas é isso o ameaçador punk rock?"
Os meninos ainda tocaram mais duas músicas. The Who, em minha homenagem. "Sinto uma coisa dentro de mim, que eu não sei explicar", dizia uma delas, com a qual me identifiquei novamente, mesmo depois de tantos anos. A outra era desaforada: "Quero morrer antes de ficar velho". Não pude evitar uma gargalhada quando ouvi isso. Já havia cantado aqueles versos com total convicção, porém, agora, não mais, *não mesmo*!
Converter o negativo em positivo, como no quarto escuro dos antigos laboratórios fotográficos, equilibrando luzes e sombras, é uma forma de sabedoria, se o que importa são as mudanças provocadas na folha branca. Durante minha festa de aniversário, achei que pelo menos esse talento eu tinha.
Com meio século de existência — socorro! —, eu me sentia de frente para a mudança de novo. Sem dúvida, meus filhos precisariam cada vez menos de pai. Dali a poucos anos, a Estela e o

André seriam independentes — eu esperava que não tanto quanto o irmão mais velho —, e eu só teria a mim para cuidar. Um horizonte de possibilidades, claro, mas quem eu havia sido naquela última década não saberia aproveitá-las. Viver é uma eterna oscilação entre fases de tentar controlar a vida e fases de rasgar a fantasia de controle. Ao menos para mim. E não era eu que escolhia quando acabava uma fase e começava outra. Em breve eu teria de ser diferente, se quisesse manter viva a ilusão de ser feliz.

No final do show, Rodolfinho cercou-se dos garotos-pernilongos, adotando-os como sua rodinha particular. Quando vi, matava-os de rir com histórias de grandes fiascos operísticos:

"A Tosca pulou do alto do castelo para a morte, mas o contrarregra do teatro teve a ótima ideia de substituir o colchão tradicional por uma cama elástica..."

"Não acredito", eu disse, entrando na conversa e já imaginando a cena.

"Pois acredite. A pobre Tosca quicou lá embaixo, por trás dos muros, e, para espanto de todos, reapareceu algumas vezes acima das muralhas, esperneando, aos gritos e com as saias na cabeça."

Entre gargalhadas, Filomena pontuou:

"Esse, *amore*, é o tipo de entretenimento que as óperas nunca me proporcionaram."

No outro canto da sala, os jovens ativistas discutiam as eleições internas da UNE — o Marmita estava sozinho na disputa, a outra chapa renunciara a seu favor — e se posicionavam contra todas as mazelas do Brasil.

"Vocês não cansam?", perguntei.

"E você cansa, por acaso?", respondeu Estela, sorrindo e segurando minha mão.

Epílogo

Bruckner sofria de inflamação pulmonar. Segundo testemunhas, alguma forma de demência neurológica também o encurralava aos poucos, e suas mãos tremiam descontroladamente. A composição da *Nona sinfonia*, naqueles últimos anos, foi se tornando cada vez mais lenta e dolorosa. Religioso praticante, Bruckner não entendia por que Deus ameaçava lhe negar seu maior desejo: concluir a obra-prima.

Trabalhou até o derradeiro dia de vida, mas, quando morreu, apenas os três primeiros movimentos estavam terminados, e a regra para sinfonias é ter quatro. Do quarto movimento, Bruckner deixou apenas algumas partes finalizadas, outras em esboço e outras faltando. Para piorar, durante o velório de três dias em sua casa, o secretário do compositor — um quadrúpede — estimulou os poucos amigos, colegas e alunos que compareceram a levar como recordação páginas do movimento inconcluso. E lá se foram mais uns trechos da composição colossal.

Em cada parte da *Nona sinfonia*, assim como gosto de entendê-las, Bruckner representa um estágio da vida. O primeiro movimento seria a infância, com seu deslumbramento pela imensidão do mundo, o tempo dos gigantes; o segundo, a fase adulta, quando o homem procura tocar a rotina enquanto sobrevive às forças destrutivas que existem à sua volta; e o terceiro seria a velhice, tempo da pacificação consigo mesmo e com tudo mais, do alargamento existencial que nos embala rumo à grande passagem. Esse movimento acaba no ato de morrer, propriamente dito e musicado. No fim, quase toda a orquestra se cala, e apenas uma nota se prolonga, como um sopro, que finalmente desaparece também. Daí Bruckner ter escrito na partitura: "Adeus à vida".

De sua morte até hoje, ao longo de cento e tantos anos, muitas páginas do quarto movimento reapareceram, ora nas mãos de colecionadores, ora em leilões internacionais, acervos de bibliotecas etc. Gradativamente, os especialistas passaram a divergir — ah, os especialistas!, sempre divergem... — quanto ao grau de incompletude da obra.

Os puristas sustentam que é mesmo impossível tocar o último movimento, devido às lacunas existentes. Para eles, o conjunto formado pelos três primeiros movimentos é coerente e longo o bastante para, a seu modo, ter uma unidade, tornando desnecessárias especulações sobre a última parte. Qualquer coisa além disso é falsificação.

Outros, mais flexíveis, afirmam que as seções orquestradas e os esboços deixados somam oitenta e cinco por cento do total que teria o quarto movimento. Logo, os buracos para completá-lo são poucos e ele poderia muito bem ser tocado como está. Poderia até receber uma quantidade pequena de acréscimos de autoria de compositores atuais, apesar de estes reconhecerem as dificuldades em adivinhar exatamente como Bruckner teria costurado certas passagens.

Outros ainda, os mais confiantes, alegam que os buracos na partitura não apenas são poucos, como também são relativamente fáceis de tapar, por dedução, tendo em vista os padrões matemáticos nos quais Bruckner se baseava ao compor. Para demonstrá-lo, fizeram algumas gravações desse quarto movimento meio maroto, que, no entanto, leva o carimbo da musicologia avançada.

Não concordo com nenhuma dessas facções integralmente. Acredito, sim, que somente os três primeiros movimentos da obra devam ser tocados, mas não por questionar a autenticidade de uma eventual reconstrução do movimento final. Descontando a imperdoável burrice do secretário do compositor, acredito que foi melhor a *Nona sinfonia* ter ficado inacabada. Completada pelo próprio Bruckner ou por estudiosos, tanto faz para mim. Gosto mais dela como está, sem um pedaço. O que não é perfeito evolui com mais liberdade.

Além disso, se a sinfonia reproduz as fases da nossa existência, e se o terceiro movimento termina com um "Adeus à vida", é razoável supor que a última parte seria sobre o que acontece com os homens após a morte consumada. Seria o Bruckner, com seu incrível talento, desvendando musicalmente o que nos espera do outro lado. Talvez ele até fosse mesmo capaz de fazê-lo. Mais do que qualquer outro, era íntimo da morte.

Eu, porém, de minha parte, odeio spoilers.

ESTA OBRA FOI COMPOSTA POR RAUL LOUREIRO
EM ELECTRA E IMPRESSA PELA GRÁFICA BARTIRA EM OFSETE
SOBRE PAPEL PÓLEN SOFT DA SUZANO S.A.
PARA A EDITORA SCHWARCZ EM FEVEREIRO DE 2020

A marca FSC® é a garantia de que a madeira utilizada na fabricação do papel deste livro provém de florestas que foram gerenciadas de maneira ambientalmente correta, socialmente justa e economicamente viável, além de outras fontes de origem controlada.